디스 아닙니다,
피드백입니다

김봉현의 글쓰기 랩

김봉현 지음

xbooks

목차

3부 디스 아닙니다, 피드백입니다

1부.

균형 있게,
성실하게,
나답게

글쓰기의 길거리에서

전문성이 부족한 영역에 대해서는 되도록 언급하지 않는 편이다. 평균 이상으로, 조금은 과도할 정도로 조심한다. 몇 가지 이유가 있을 것이다. 혹시라도 틀린 말을 하게 될 경우를 대비한 방어심리도 있을 것이고, 누구나 말할 수 있는 수준의 내용을 나 역시 앵무새처럼 반복할 바에야 차라리 아무 말도 하지 않겠다는 묘한 심리도 있다. 적어도 난 말이야, 그 분야의 최고가 아니라면 의미 없어. 나만이 할 수 있는 이야기가 없다면 아무 의미 없다고. 외롭다.

'글쓰기'도 나에게 이런 존재였다. 전문성이 부족하기 때문에 함부로 뛰어들 수 없는 영역. 무슨 말도 안 되는 소리냐고 반문할지 모른다. 나는 글을 써서 밥을 벌어먹고 사는 사람이 아니던가. 하지만 '글을 쓰는 것'과 '글쓰기에 대해 말하는 것'은 나에게 오랫동안 별개의 일이었다. 특별한 사람만이 글쓰기에 대해 말할 수 있다고 생각했다. 언어학을 전공한 사람, 국어학자, 고등학교 교사, 언론사 기자, 유시민만이 글쓰기 강좌를 열고 글쓰기 책을 낼 수 있다고 여겼다. 글쓰기를 전공한 적도 없고 관련한 학위도 받은 적이 없는 내가 어떻게 글쓰기를 가르칠 수 있고 또 글쓰기에 관한 책을 낼 수 있겠나.

그러나 마음 한쪽에는 반발심리도 있었다. 꼭 국어를 학문으로 탐구한 사람만이, 또 언론사로부터 기자라는 직함을 인증받은 사람만이 글쓰기에 대해 말할 수 있는 걸까. 와이 낫? 왜 안 돼? 잠시 샛길로 돌아가자. 내가 좋아하는 힙합도 실은 이런 존재였다. 힙합은 기성의 모든 것에 "왜 안 돼?"라고 물으며 생겨났다. 일단 '랩'이 그랬다. "멜로디와 화성이 있어야 음악이라고요? 리듬에만 의지해 뱉으면 음악이 아니라고요? 아닌데요." 힙합 고유의 작법인 '샘플링' 역시 마찬가지다. "악기를 직접 연주해야 음악이라고요? 싫은데요. 전 있던 것에서 따와서 재창조할 건데요." 패션은 두말할 나위 없다. "그렇게 안 입을 건데요. 이게 멋있는 건데요." 기성의 모든 것을 '무시'했다기보다는 '구애받지 않았다'는 표현이 더 정확하겠다. "이렇게 할 수도 있는 거잖아. 이렇게 해서 안 될 게 뭐야? 왜 처음부터 못 하게 가로막아? 이렇게 해서 더 멋있을 수도 있는데." 그렇기 때문에 힙합은 '새로운 것'이기도 했지만 '용납할 수 없는 것'이기도 했다.

다시 돌아가자. 물론 이 책을 못 쓰게 가로막은 사람은 없다. 하지만 어쩌면 이 책도 누군가에게는 용납할 수 없는 것일지도 모르겠다. 나는 지금껏 글쓰기의 '길거리'에서 살아왔기 때문이다. 나는 국민학교(초등학교 아니다) 때 다닌 글짓기 학원을 제외하면 어디에서도 글쓰기를 배워 본 적이 없다. 글쓰기를 전공하거나 학위를 딴 적도 없다. 글쓰기에 관한 책도 읽어 본 적 없다. 대신에 글을 쓰고 또 쓰면서 글쓰기에 관한 모든 것을 직접 깨우쳤다. 힙합처럼, 기성의 것에 구애받지 않고 나만의 글쓰기 법칙을 만들어 나갔다. 일종의 '길거리 지식'인 셈이다. 자랑은 아니지만 창피한 일도 아니다. 동시에 있는 그대로의 사실이다. 그리고, 글을 쓰기 시작한 지 십수 년이 지난 지금에도 '작가'로 불리며 제법 좋은 모습으로 살아 있는 것을 보니 나의 '스트리트 라이프'가 마냥 틀리지만은 않았나 보다.

세삼 실감한다. 글을 써온 지난 15년은 특별한 롤 모델이나 참조할 교본 없이 스스로 글쓰기의 모든 것을 깨우친 세월이었다. 지금의 나에게는 쉽고 당연한 것이 누군가에게는 꽤나 막막한 것임을 안다. 그렇기에 내가 체득한 이 길거리 지식을 이 책을 통해 나누고자 한다. 물론 글쓰기에 관한 나의 방식과 철학이 정답이라고 말할 생각은 없다. 하지만 '일리 있는 주관'쯤으로 받아들일 만한 가치는 충분히 있을 것이다. 더 나아가, 혹시라도 나의 이 길거리 지식이 어떤 이에게 '새로운 교과서'가 된다면 더 바랄 것이 없겠다. 만약 그렇게 된다면 엄마한테 전화해 이렇게 말할 생각이다.

Momma, I Made It.

글을 잘 쓰고 싶은 이유

네이버 파워 블로거가 각광받던 때를 기억한다. "이제 누구나 글을 쓸 수 있습니다. 지금 당장 블로그에 글을 써보세요. 당신도 파워 블로거입니다." 그러고 보니 '블로그 글쓰기'를 표방한 책이나 강의가 등장했던 것 같기도 하다. 당시 이런 흐름은 나에게 조금의 혼란을 안겨 주었다. 아니, '글쓰기를 업으로 삼아 온 사람'으로서의 나에게 혼란을 안겨 주었다고 말하는 편이 더 정확하겠다. 사실 사람이라면 누구나 '말'을 할 수 있고 누구나 '글'을 쓸 수 있다. 말을 하지 않거나 글을 쓰지 않는 사람은 이 세상에 없다. 그리고 이 지점이 바로 내 혼란의 포인트다.

기타 연주는 아무나 할 수 없다. 피겨 스케이팅이나 포클

레인 운전도 마찬가지다. 하지만 글은 아무나 쓸 수 있다. 글은 누구나 쓸 수 있는 것이고, 실제로 많은 이가 블로그에든 어디에든 글을 쓰고 있다. 어렸을 때 엄마는 남이 하지 못하는 특별한 일을 하라고 늘 말씀하셨다. 나만의 무기가 있어야 한다고 강조하셨다. 하지만 지금 나는 누구나 할 수 있는 일을 업으로 삼고 있다. 허경영의 대선 공약 중에 '불효자 사형'이 있었던 게 문득 생각난다.

물론 일부러 농담과 자조를 섞어서 한 말이기는 하다. 솔직히 내가 짱이다. 하지만 가끔은 진짜로 헷갈린다. 가끔은 진지하게 자기 검열을 해볼 때가 있다. 누군가가 취미로 블로그에 쓴 글과 나의 글은 무엇이 어떻게 얼마나 다른지, 또 나는 정말 글쓰기로 돈을 받을 자격이 있는지 등에 대해서 말이다. 그리고 만일 내가 글쓰기로 돈을 받을 자격이 있다고 한다면, 그 이유는 바로 내가 글을 '잘' 쓰기 때문일 것이다. '글을 쓰는 것'과 '글을 잘 쓰는 것'에는 엄연한 차이가 있으니까. 지극히 당연한 사실이다.

그렇다면 사람들은 왜 글을 잘 쓰고 싶어 하는 걸까? 전업을 지망하는 사람들을 말하는 것이 아니다. 글쓰기를 업으로 삼길 딱히 원하지 않는 사람들도 글을 잘 쓰고 싶어 한다. 직업이 무엇이든, 비디오게임을 좋아하든 싫어하든, 아메리카노를 좋아하든 까페라떼를 좋아하든 모두가 글을 잘 쓰고 싶어 한다. 김봉현을 좋아하는 사람이든 사랑하는 사람이든 모두가 글을 잘 쓰고 싶어 한다. 물론 무엇이든 못하는 것보다는 잘하는 것이 낫다. 그러나 글을 잘 쓰고 싶다는 사람들의 열망에는 이런 일반론 외에 독립적인 이유가 따로 존재하는 것 같기도 하다.

이쯤에서 일러스트레이터 수이코(Suiko)에 대해 이야기해야 한다. 수이코는 나와 함께 레진코믹스에서 힙합 웹툰을 연재했고, 나의 책 『한국힙합 에볼루션』에도 일러스트로 참여한 인물이다. 무엇보다 내 주변 사람을 통틀어 글을 잘 쓰고 싶다는 열망이 가장 강한 인물이기도 하다. 한번은 스카우터로 그 열망을 쟀더니 기계가 부서진 적도 있다. 실제로 수이코는 지난 몇 년간 '글을 잘 쓰고 싶다'는 말을 나에게 지겹도록 해왔다. 전화로도 했고 카카오톡으로도 했다. 가끔은 종이컵 전화기나 모스부호로 하기도 했다. 어제도 수이코는 내 인스타그램에 '좋아요'를 누른 후 댓글을 달았다. "나도 글 잘 쓰고 싶다…" 월간지 『나일론』에 연재한 원고를 인스타그램에 올렸는데 이번에는 그 글이 마음에 들었나 보다.

궁금해할 독자가 있을까 봐 그 글을 아래에 싣는다.

넵튠스(Neptunes)와 동시대를 살아왔다는 건 나의 자랑
이다. 나이 많이 먹은 건 이럴 때 겨우 도움이 된다. 실제
로 나는 1990년대 후반부터 2018년 현재까지 넵튠스의
부상과 전성기, 그 외 그들의 모든 양상을 실시간으로 지
켜봐 왔다. 나의 20대는 넵튠스가 만든 노래라면 미발표
유출곡까지 모조리 담은 아이팟과 늘 함께였다. 지금도
'넵튠스 프로듀싱 모음' 폴더는 나의 보물이다.

넵튠스는 새로운 사운드로 힙합을 뒤집어 놓은 혁신가였
다. 하지만 그들은 한 해 동안 미국 전역의 라디오에서 재
생된 노래 중 절반에 가까운 노래의 주인일 정도로 팝의
지배자이기도 했다. 나는 이런 사람들을 좋아한다. 양자택
일할 필요 없이 둘 다 해내는 사람들 말이다. 그러나 말은
똑바로 하자. 넵튠스는 최소한 4~5가지를 동시에 해냈다.
지난 20년간 그들은 혁신가이자 팝의 지배자이자 게임체
인저이자 성실과 다작의 왕으로 군림해 왔다. 퍼렐(Phar-
rell)의 경우, 여기에 패션 아이콘이 추가된다.

엔이알디(N.E.R.D.)는 넵튠스와 비슷하지만 엄연히 다른

유닛이었다. 넵튠스와 달리 엔이알디는 밴드에 가까웠고 록 성향이 보다 짙었다. 퍼렐과 채드(Chad)는 넵튠스와 엔이알디를 적절히 운용하며 자신들의 방대한 음악 스케이프를 효과적으로 펼쳐 왔다. 『No One Ever Really Dies』는 엔이알디로서 그들이 7년 만에 발표한 새 앨범이다. 하지만 긴 기다림만큼 전복과 쇄신을 원한 사람이라면 다소 실망할 수도 있겠다. 넵튠스와 엔이알디의 궤적을 좇아온 사람이라면 익숙한 사운드가 가득하기 때문이다. 물론, 디테일에서는 새로움이 발견된다. 동어반복이라고 말하기엔 조금 억울하다. 대신에 스타일을 고수하면서도 새로운 조각을 곳곳에 입힌 모양새에 가깝다.

그러나 『No One Ever Really Dies』를 조명할 때 중요한 것은 사운드보다는 메시지다. 그 어느 때보다 사회/정치적인 목소리를 내는 데에 열중하고 있기 때문이다. 퍼렐 스스로도 이번 앨범에 대해 이렇게 이야기했다. "이건 음악이 아니야. 운동(movement)이지." 하지만 사람이 갑자기 변한 것은 아니다. 엔이알디로서 데뷔곡이나 다름없는 「Lap Dance」를 다시 떠올려 보면 쉽다. 이 노래는 정치가를 무려 스트리퍼에 빗댄 노래가 아니던가. 엔이알디의 전작들뿐이 아니다. 퍼렐은 솔로로서도 사회/정치적인 목소리를 내왔다. 단적으로 2014년에 발매된 퍼렐의 두 번째 솔로 앨범은 제목부터가 『G I R L』이다. 이 앨범에서 퍼렐은 여성을 존중하고 예찬한다. 또 그는 지난 대선에서 여성 대통령의 탄생을 강력하게 주장했다. 요즘의 페미니즘 이슈를 떠올려 보면 몇 년은 앞서간 셈이다.

『No One Ever Really Dies』는 이 흐름을 이어받는 동시에 스스로 그 정점에 선다. 그리고 이번에는 도널드 트럼프를 정면으로 겨냥한다. 퍼렐은 「Lemon」에서 리아나(Rihanna)에게 랩을 부탁하고, 자신의 여성 댄스 팀 더배즈(The BAES)의 일원을 뮤직비디오 주인공으로 내세운다. 하지만 실은 이 노래는 트럼프를 은유하고 있다. '쓸모 없다'는 뜻으로도 쓰이는 레몬을 자국의 대통령에 비유한 것이다. "우리는 정신 나간 사람(crazy man)을 대통령으로 뽑았어요." 한 인터뷰에서 퍼렐이 한 말이다. 그런가 하면 「Deep Down Body Thurst」에서는 트럼프의 마음속 깊숙이 자리한 삐뚤어진 욕망을 꼬집는다. 이 노래에서 퍼렐은 트럼프가 쌓을 거라고 선언한 '멕시코 국경 장벽'을 뛰어넘어 주겠다고 선언한다.

한편 「Don't Don't Do It!」에서는 경찰에게 부당하게 짓밟히는 흑인인권 문제를 제기한다. 이 노래의 제목은 무고한 흑인남성 키스 러몬트 스콧이 경찰의 총에 맞아 사망하기 전 그의 아내가 외친 말에서 따왔다. "내 남편은 총을 가지고 있지 않아요. 그는 잘못한 게 없어요. 제발 쏘지 마세요." 문득, 작년 가을 한 시상식에서 볼 수 있었던 퍼렐의 연설이 떠오른다. "정부는 걸핏하면 전쟁을 벌이겠다고 떠벌리지만 사실 진짜 적은 우리 안에 있어요. '배제'와 '분열' 말이죠. (…) 백인 국수주의자들이 당신의 미래를 조여 오고 있는데 당신은 지금 무얼 하고 있나요? (…) 나는 아프리칸 아메리칸이에요. 아프리칸은 내 정체성이고 아메리칸은 내가 있는 곳을 말해 주죠. 나는 지금 미국에 있어요. 자유와 정의의 나라 말이에요."

『No One Ever Really Dies』를 통해 그 어느 때보다 사회/정치적인 목소리를 극대화한 퍼렐의 행보는 흡사 『4:44』를 발표한 제이지(Jay-Z)를 떠오르게 한다. 오랫동안 '흑인음악의 아이콘'이었던 두 사람은 공교롭게도 비슷한 시기에 '흑인사회의 아이콘'으로 변모, 아니 진화하는 중이다.

"나도 글 잘 쓰고 싶다…"라는 수이코의 댓글을 보니 문득 궁금해졌다. 지금껏 잘 그려 온 그림을 앞으로도 계속 잘 그리면 되는데 왜 굳이 글을 잘 쓰고 싶어 하는 걸까? 그것도 끈질기게. 일단 나는 예의상 이 댓글에 대댓글을 달았다. "나도 그림 잘 그리고 싶다…" 그러곤 수이코에게 말을 걸었다.

💬 **나:** 왜 글을 잘 쓰고 싶나요? 별로 궁금하진 않은데 글쓰기 책에 인용하려고 해서…

💬 **수이코:** ㅋㅋㅋ… 뭐라고 해야 하지… (10초 경과) 이것 좀 보세요… 이런 것조차 글로 설명을 못함… (10초 경과) 그냥 제 말에 설득력을 얻고 싶어서인 것 같네요.

💬 **나:** 음…

💬 **수이코:** 어떤 사안이 불거지면 말을 잘 못하거나 글을 잘 못 쓰는 사람들은 작가나 고학력자의 논리 정연한 글을 공유하는 것으로 자기 이야기를 대체하는 게 최선이잖아요. 그런 글이 나오기 전까지 사람들은 자기 논리조차 확고하게 다지기 어렵고… 극단적으로

는 자기랑 생각이 비슷한 사람 중에서 '글 잘 쓰는 사람' '말 잘하는 사람'을 맹신하는 경향이 생긴다고 생각해요.

💬 **나:** 오… 더 듣고 싶어요.

💬 **수이코:** 저는 지금 사회에서 글과 말에 능한 사람이 권력을 갖고 있다고 생각해요. 글을 못 쓰면 저와 생각이 다른 사람에게 논리적으로 뭔가를 어필하거나 반박할 수 있는 힘이 없잖아요. 결국 지금은 누구나 어디에든 글을 쓸 수 있는 시대고, 그 글이 쉽게 공유되는 시대이기 때문에 글 잘 쓰는 게 너무 중요한 것 같아요. 저 같은 사람은 논쟁이 벌어지면 그냥 울어요.

💬 **나:** 와… 기대 이상의 답변인데요? 물론 이것도 수이코 님이 두서없이 던진 말을 제가 최대한 정리한 것이지만…

💬 **수이코:** 앗, 저희 지금 책 속에 있는 건가요? 종이와 글자 사이를 우리 거닐고 있나요?

💬 **나:** 맞아요. 우리 이제 함께 날아요.

수이코가 해준 말은 나로 하여금 많은 생각을 하게 했다. 나로서는 한 번도 생각해 보지 않은 부분이었다. 다른 재능은 떨어지지만 그나마 글 쓰는 재능이 조금 나은 나로서는 지금껏 한 번도 수이코가 처한 입장이 돼보지 않았기 때문이다. 그리고 수이코의 말은 나에게 이렇게 들린다. '온전한 나의 힘으로 다른 사람을 설득하고 싶다.' 여기서 '설득'이란 남을 이기고 싶다는 마음이 아닐 것이다. 대신에 '온전한 나의 생각과 표현으로 다른 사람과 만족할 만한 소통을 하고 싶다'는 뜻일 것이다.

나는 더 궁금해졌다. 더 많은 사람의 생각이 궁금해졌다. 그래서 페이스북에 설문을 올리기로 했다. "여러분, 글쓰기에 관심 있으신가요? 그렇다면 왜 글을 '잘' 쓰고 싶으신 건가요? 답변해 주시면 엑스북스에서 현금을 보내드립니다." 다음은 페이스북 친구들의 답변이다.

f @권진욱 제가 쓴 글은 제가 읽으면 당연히 그때의 감정이 느껴집니다. 기억이 있기 때문이죠. 하지만 다른 사람이 읽더라도 제가 느낀 그때의 감정을 느끼길 바랍니다. 이러한 이유로 글을 잘 쓰고 싶습니다.

f **@김상민** 효과적으로 설득하고 추상적인 감정을 명확하게 공유하고 싶어서요.

f **@서담은** 내가 어떻게 생각하는지 되짚어 보고 싶고, 남과 생각을 나누는 데 무리가 없고 싶어서요.

f **@이규리** 저는 남의 글을 읽을 때 '아, 누가 내가 했던 생각을 먼저 하고 이렇게 잘 써놨구나. 역시 나는 혼자가 아니구나'하면서 잠깐이나마 외로움을 덜 느껴요. 그래서 누가 나중에라도 제가 쓴 글을 읽고 제가 느꼈던 그 감정을 똑같이 느끼면 좋겠어요. 세상에 이런 생각을 하는 사람이 나밖에 없을 것 같고 너무 외로운데 누가 먼저 써놓은 걸 보면 혼자가 아닌 것 같거든요. 저도 그런 글을 써서 사람들이 덜 자살하면 좋겠어요.

f **@김시유** 주관적인 생각을 객관적으로 표현하고 싶어서요.

f **@이명박** 저는 제가 다 해봐서 다 아는데, 사람들이 안 믿어요. 그래서 저의 글로 다른 사람을 이해시키고 싶어요.

사람들의 진솔한 답변을 찬찬히 읽어 보며 나는 깨달았다. (조금 거창하게 말하자면) 인간사회에서 '글을 잘 쓰는 것'과 '그림을 잘 그리는 것'에는 큰 차이가 있다는 사실을 말이다. 인간은 기본적으로 말과 글로 소통한다. 만약 인간이 그림을 그려 서로 대화했다면 이야기가 달라지겠지만 인간은 말과 글로 소통한다. 그렇기 때문에 현재 인간사회에서 그림을 잘 그리는 것은 '기본에 더해진 특별한 재능'이 되지만 글을 잘 쓰는 것은 인간이라면 누구나 삶에서 갖춰야 할 기본 덕목과 연결된다. 직업이 무엇이든 사람은 말과 글을 사용해야 한다. 소설가뿐 아니라 가야금 연주자나 한식 요리사도 친구와 교류할 때에는 말과 글을 쓴다. 또 꼭 정치인이 아니더라도 사람들은 SNS에서 각종 이슈에 대해 글을 쓰고 토론한다. 정치도 일상이지만 실은 글도 일상이다.

사람의 내면은 입으로 뱉으면 말이 되고 활자로 치면 글이 된다. 자기 내면을 글로 잘 정돈해서 표현한다는 것은 결국 일상의 모든 순간에서 소통과 교감을 훌륭하게 한다는 뜻일 것이다. 그리고 이것에는 자존감, 성취감, 개인의 존엄, 사회적 동물로서의 인간 특성, 인간관계 등 사람의 삶을 구성하는 기본 가치들이 모두 엮여 있다. 더 나아가, 글을 잘 쓰고 싶다는 마음은 곧 '나의 삶을 잘 살고 싶다'는 마음과 같다고 말한다면 비약일까. 비약일지는 몰라도 근본적으로 틀린 말은 아니라고 믿는다.

앞서 나는 누구나 쓸 수 있는 '글'을 업으로 삼아 온 사람으로서의 혼란에 대해 말한 적 있다. 하지만 이제 생각이 바뀌었다. '누구나 쓸 수 있는', 혹은 '누구나 써야 하는' 글을 업으로 삼기에 나의 업은 더 중요하고 가치 있다. 부디 이 책이 많은 사람의 일상을 개선하고 그들의 삶을 풍요롭게 하는 데에 조금이라도 기여하길 기원한다.

글과 내면의 관계

앞서 나는 이렇게 말한 적이 있다. '사람의 내면은 입으로 뱉으면 말이 되고 활자로 치면 글이 된다.' 괜히 한 말이 아니다. 중요한 내용이다. 극단적으로 말하자면, 글이란 '정돈한 내면을 꺼내 놓은 결과'에 불과하다는 것이 봉현이의 생각이다. 글이 스스로 한 건 없다. 다 내면이 했다. 강조하기 위해 극단적으로 표현한 것이니 글의 팬들은 내 인스타그램에 악플 달지 말길 바란다. 물론 전제가 있다. 이것은 어디까지나 '논증적 글쓰기'에 국한된다. '문학적 글쓰기'에 내면의 정돈은 필요 없다는 뜻이 아니다. 문학적 글쓰기에 대해서는 내가 잘 모르니 함부로 이야기하지 않겠다는 의도다.

글을 잘 쓰고 싶어 하는 사람은 많다. 하지만 글을 잘 쓰고 싶어 하는 수많은 사람이 간과하는 점이 있다. 좋은 글은 '잘 정돈한 내면'으로부터 나온다는 사실 말이다. 글쓰기 강의를 할 때마다 내가 사람들에게 가장 먼저 해주는 말이 있다. 의욕에 가득 찬 이들에게 나는 이렇게 찬물을 퍼붓곤 한다.

"여러분, 반갑습니다. 이제부터 일주일에 한 번, 그러니까 일주일에 2시간씩 글쓰기 강의를 진행하게 될 텐데요, 단도직입으로 말합니다. 평소에는 글쓰기에 대해 생각 한 번 안 하다가 글쓰기 강의 시간에만 글쓰기에 대해 생각한다면, 결코 여러분의 글쓰기 실력은 늘지 않을 겁니다. 만약 그럴 요량으로 제 글쓰기 강의를 신청하셨다면 수강료 전액을 20년 할부로 환불해 드리겠습니다. 전 괜찮으니까 환불할 생각 있는 분은 지금 물구나무서기해서 한 손을 들어 주세요. 음, 없으신가요? 그럼 계속 이야기하겠습니다. 1주일이 168시간이죠? 그리고 여러분 대부분은 아마 166시간 동안 글쓰기와 무관한 삶을 살다가 나머지 2시간 동안만 글쓰기에 대해 생각해도 된다고 여기고 있을 겁니다. 아니, 그래도 된다고 생각하는 게 아니라 그냥 그렇게 하려고 자연스럽게 생각했겠죠. 하지만 저는 글쓰기란 그런 것이 아니라고 생각합니다. 166시간 동안 글쓰기에 대해 생각하지 않다가 글쓰기 강의실의 문을 열면서 '이제 2시간 동안 글쓰기 모드로 변해야징^^'한다고 해서 글쓰기가 늘지 않는다는 말입니다. 명심하세요. 그리고 성시경처럼 외워 두세요."

오해는 말자. '글쓰기 기술 10가지'나 '중요한 맞춤법 20가지' 같은 것을 평소에도 외우고 다니라는 뜻이 아니다. 직장에서도, 주말 오후 소파에서도, 연인과의 잠자리에서도 좋은 문장을 쓰는 법이나 좋은 문단을 구성하는 법에 대해 생각하라는 뜻이 아니다. 대신에 '늘 사고하라는' 말이다. 사고하는 습관, 다시 말해 '사고의 일상화'가 중요하다. 이를테면 이런 것이다.

#1.

• **사실**: 관객이 "너무 잘생겼어요!"라고 외치자 정우성은 "네. 잘생긴 것 저도 알아요"라고 대답했다.

• **사고하지 않고 반응하기 1**: "하하하. 재밌다."

• 사고하지 않고 반응하기 2: "저 새끼 재수 없네."

• 사고해 보기: "요즘 보면 정우성은 늘 저렇게 반응하더라. 사람들이 잘생겼다고 하면 자기도 안다고 만날 대답해. 왜 저렇게 반응하는 걸까. 아마 저런 상황을 수없이 겪으면서 자기 나름대로 정립한 어떤 '태도'는 아닐까. 모든 사람이 자기 보고 잘생겼다고 하는데 거기에 대고 '아니에요. 못생겼어요'라고 하는 것도 웃기니까 그냥 가벼운 말투로 인정하고 넘어가는 편이 더 자연스럽고 유쾌하다고 결론 내린 것 같아. 마치 이렇게 말하는 것 같잖아. '네네. 저도 저 잘생긴 것 알아요. 그런데 더 이상은 그런 걸로 이야기되고 싶지 않아요. 제가 중요하게 생각하는 것은 그게 아니에요. 물론 칭찬은 감사히 받을게요. 하지만 제 연기와 작품에 대해서 더 많이 말해 주세요.' 정우성은 '지겨운 호의에 무례하지 않게 대처하는 법'을 나에게 알려 주었어."

#2.

• 사실: 어떤 뮤지션이 5년간 앨범을 내지 않고 있다.

• 사고하지 않고 반응하기 1: "되게 게으르네. 배 좀 불렀나 보네."

• **사고하지 않고 반응하기 2:** "퇴물."

• **사고해 보기:** "뮤지션들이 앨범을 내는 보편적인 주기로 비춰 보면 5년의 공백은 분명 긴 편에 속하는 것 같아. 사람들이 반사적으로 게으르다고 말하는 것도 이해는 가. 그런데 그렇다고 내가 저 사람을 게으르다고 '단정'할 수 있을까. 다작은 늘 과작보다 우월하고 훌륭한 걸까. 만약 그가 10년 만에 앨범을 냈는데 그게 역사에 남을 명작이라고 가정해 보자. 그는 훌륭한 뮤지션일까 아닐까. 더 나아가 뮤지션의 게으름이란 '앨범을 내는 주기'로 평가해야 하는 걸까 아니면 '작품의 완성도'로 평가해야 하는 걸까. 만약 어떤 뮤지션이 앨범을 자주 내기는 하는데 완성도는 하나같이 낮다고 해봐. 이것이야말로 뮤지션으로서 게으른 건 아닐까. 그리고 사람들은 뮤지션이 모두 다 똑같은 정도와 수준의 마음가짐으로 음악을 대하고 있다고 여기는 것 같아. 하지만 어떤 사람에게는 음악이 인생의 전부지만 누군가에게는 취미의 하나일 수도 있잖아. 모든 뮤지션이 치열하게 작품을 생산해 낼 필요는 없지. 물론 좋아하는 뮤지션의 활동이 뜸하면 아쉽고 서운할 수도 있어. 그런데 어디까지나 그 정도의 감정선을 유지하는 편이 바람직한 것 같아."

맞다. 평소에 내가 하던 생각이다. 평소에 사고의 일상화를 실천한 덕에 책에 집어넣을 사례도 이렇듯 쉽게 찾을 수 있었다. 노파심에 말하지만 세상의 모든 사안에 관해 일일이 구체적인 입장을 가지고 있어야 한다는 말은 아니다. 물론 그럴 수만 있다면 베스트일 것이다. 어느 때, 어느 것에 대해서도 좋은 글을 쓸 수 있을 테니. 하지만 어떤 대상에 관한 구체적인 정보를 습득하고 나만의 구체적인 입장을 정리하는 일보다 중요한 것은 자기 내면에 '정돈된 틀'을 항상 간직하는 일이다. 어떤 대상, 어떤 이슈에 관해 글을 쓰게 되더라도 복합적으로 꼼꼼하게 접근할 수 있는 '틀' 말이다. 그리고 만약 이런 틀을 내면에 가지고 있다면, 매사를 사고하지 않고 지나치기가 오히려 더 어려워진다. 길고 완결된 사고에까지는 이르지 못하더라도 모든 것에 대해 최소한 반사적/표피적으로만 반응하고 지나치는 일은 피할 수 있게 된다. 이를테면 이런 것이다.

"저 사람은 오늘도 누구한테 '배신당했다'고 글을 썼잖아? 이번이 세 번째야. 가슴 아프겠군. 하지만 인간관계를 '늘 자신이 피해당사자인 이분법'으로만 재단할 수 있는 걸까. 특정한 누군가가 매번 일방적으로 피해자가 되는 삶이 존재할 확률은 극히 적을 것 같은데. 아무튼 이제 밥 먹으러 가야겠군."

일상에서 마주하는 것들에 대해 최소한 이 정도로만 내면을 정돈해 두어도 글을 쓸 때 큰 힘이 된다. 예를 들어 위의 예시는 '배신'에 대해 글을 쓴다면 핵심구조로 활용할 수 있을 것이고, '인간관계'에 대해 글을 쓴다면 '중요한 부분 중 하나'로 활용할 수 있다. 또 전혀 상관없을 것 같은 주제에 대해 글을 쓸 때에도 필요에 따라 언제든지 이 '내면의 정돈된 조각'을 활용할 수 있다. 실제로 나는 이런 경험을 자주 하는 편이다. 지금 쓰고 있는 글 A와 전혀 무관할 것 같았던 내면의 조각 F를 적절하고 효과적으로 삽입해 글 A를 더 견고하게 만드는 짜릿한 경험 말이다.

내면에 수많은 생각의 조각을 각각 정돈해 둔 후, 필요할 때 언제든지 꺼내 쓸 수 있게 늘 준비해 놓아야 한다. 길 가다가 모르는 사람이 갑자기 "정말, 아프니까 청춘인가요?"라고 물어봐도 서너 문장 정도로는 대답할 수 있도록. 이렇게.

"젊을 때 많은 경험을 해보라는 취지는 이해가 가요. 또 젊을 때 힘든 일을 겪더라도 좌절할 필요는 없다는 좋은 메시지일 수도 있죠. 하지만 그 말을 안온한 삶을 영위하는 기성세대가 한다면 말의 의미가 완전히 달라지겠죠. 본의와 다르게 사회의 책임을 개인에게 전가해 버릴 수도 있고요. 하지만 전 『아프니까 청춘이다』라는 책이 지나치게 비판받은 감이 있다고 생각해요. 구조의 역할이나 사회의 책임을 중요하게 생각하는 사람들은 때때로 '영감'이나 '감정'을 지나치게 경시하는 것 같아 찝찝할 때가 있어요. 성공한 사람들, 행복한 사람들의 인터뷰를 보다 보면 실제로 누군가의 영감을 주는 말 한마디에 인생이 바뀐 사람이 많거든요. 또 어떤 사람들은 용기와 위로를 주는 책 글귀 하나로 삶 전체를 버텨 내기도 하죠. 사람들이 너무 극단적으로 반응하지는 않았으면 해요. 그럼 이만 밥 먹으러."

그리고 만약 당신이 글을 쓰기 위해 책상 앞에 앉았다면, 위의 생각의 조각을 내면에서 꺼내 더 살찌우고 더 세심하게 다듬으면 하나의 글이 탄생하는 것이다. 서두에서 말한

대로, 정돈한 내면을 꺼내 놓는 것이야말로 글쓰기의 시작인 셈이다. 이런 맥락으로 보면 결국 글쓰기를 배우는 것은 사고하는 법을 배우는 것이다. 물론 글쓰기에는 '기술'도 필요하다. 하지만 좋은 사고로 내면을 정돈하는 것이야말로 글쓰기의 핵심이라고 나는 생각한다.

문득 「100분 토론」이 떠오른다. 「100분 토론」은 몇 년 전까지만 해도 즐겨 봤던 프로그램이다. 만약 길 가다가 모르는 사람이 「100분 토론」에서 가장 인상 깊었던 패널을 묻는다면 나의 답은 이미 정해져 있다. 평소에 사고의 일상화를 실천한 덕분이다. 그의 이름은 바로 김상조. 지금 당신이 생각하는 그 사람, 공정거래위원회 위원장으로 알려져 있는 그 사람 맞다.

「100분 토론」에 한창 출연할 때 그의 직함은 '한성대학교 교수'였다. 한성대학교 김상조 교수는 「100분 토론」에 출연한 모든 패널을 통틀어 나에게 가장 강렬한 인상을 주었다. 한마디로, 그의 말은 곧 글과 같았다. 그의 말 앞에서 '구어'와 '문어'의 구별은 의미가 없었다. 그의 말은 퇴고를 거친 글처럼 매끈했다. 실시간으로 그의 말을 받아 적은 후 아무런 퇴고 없이 글로 발표해도 별다른 오류 없는 글이 될 것이라는 생각도 들었다. 내면과 말과 글의 삼위일체. 궁극의 경지였다. TV 속에서 경제정책에 대해 열변을 토하는 그의 모습을 보면서 나는 그가 평소에 얼마나 훌륭하게 내면을 정돈해 두었는지에 대해 잠시 생각했다.

물론 집안 정돈도 중요하다. 여자친구가 집에 오는 날에는 더더욱 그렇다. 하지만 글을 쓸 때는 내면의 정돈이 중요함을 잊지 말자.

어려운 글이라는 함정

평소에 '배신당했다'거나 '뒤통수 맞았다'는 말을 자주 하는 사람을 신뢰하지 않는 편이다. '특정한 누군가가 매번 일방적으로 피해자가 되는 삶'이 존재할 확률은 과연 얼마나 될까? 모르긴 몰라도 그 확률은 지극히 낮지 않을까? 실제로 나는 온라인에서는 '매번 나쁜 놈에게 뒤통수 맞는 순수와 정의의 화신'이 오프라인에서는 그렇지 않은 사례를 몇 번 경험했다. 관계란 '늘 자신이 피해당사자인 이분법'으로는 온전히 재단할 수 없는 법.

내가 믿지 않는 것이 또 하나 있다. 바로 '지루한 영화'라는 말이다. 원리는 위 경우와 비슷하다. 이 말에선 (부정적인 의미에서의) 철저한 자기 본위가 느껴진다. 내가 피곤하거나 컨디

션이 안 좋아서 극장에서 잤지만 책임은 영화에게 있고, 고요함과 여백이 장르적 특성인 영화 역시 오직 지루함이라는 잣대 하나로 재단당한다. 물론 세상엔 '못 만들어서 지루한' 영화도 분명 존재할 것이다. 그러나 지루하다는 말이 함부로 남용되고 있다는 점 역시 사실이다.

'어려운 글'이라는 함정에 대해 이야기하기 위해 이렇게 길을 돌아왔다. 어려운 글이라는 말 역시 내가 잘 믿지 않는 말이기 때문이다. 인터넷을 돌아다니다 보면 어떤 글 아래에 '글이 너무 어렵다'고 토로하는 광경을 심심치 않게 본다. 어떤 이는 글쓴이를 '허세종자'로 몰며 비아냥거리기도 한다. 모두가 '쉬운 글'을 주장하고, 아무도 그에 토 달지 않는다. 그러나 정작 쉬운 글의 정체에 대해서는 누구도 좀처럼 말하지 않는다. 어디까지가 쉬운 글이고 어디서부터가 어려운 글인지에 대해 사람들은 정작 큰 관심이 없다. 그냥, 내가 단번에 이해하면 쉬운 글이고 그렇지 못하면 어려운 글이 된다. 이것이 전부는 아니겠지만 이런 '경향'은 분명히 있다고 생각한다. 위 사례들처럼, 다분히 자기 본위다.

물론 정말로 '잘 못 쓴' 글도 있다. 읽는 이로서의 책임감을 가지고 사유를 동원해도 잘 읽히지 않는 글이라면 글 자체에 문제가 있는지 살펴봐야 한다. 예를 들어 구조가 산만하거나, 개념 정리가 되어 있지 않거나, 비문이 많은 글이라면 분명 그 글에는 문제가 있다. 그런 글은 못 썼기 때문에 읽기 어려운 글이 된다. 이럴 때 읽는 이의 비판은 정당하다.

그러나 사람들은 때때로 '잘 쓴 글'에도 문제를 제기한다. 어려우니까 좀 쉽게 쓰라고 질타하면서 말이다. 이쯤에서 여성학자 정희진의 글을 인용해 보자. 정희진의 산문집 『낯선 시선』(교양인, 2017)에 수록된 글 「쉬운 글이 불편한 이유」 중 일부다.

> 내 생각에 쉬운 글에는 두 가지가 있다. 하나는 익숙한 논리와 상투적 표현으로 쓰여져 아무 노동(생각) 없이 읽을 수 있는 글이다. 익숙함은 사고를 고정시킨다. 쉬운 글은 실제로 쉬워서가 아니라 익숙하기 때문에 쉽게 느껴지는 것이다. 진부한 주장, 논리로 위장한 통념, 지당하신 말씀, 제목만 봐도 읽을 마음이 사라지는 글이 대표적이다.

그렇다. 어떤 사람들은 글 앞에서 아무것도 하지 않으려고 한다. 그들을 노동(생각)하게 하는 순간, 그 글은 어려운 글로 낙인찍힌다. 문제아가 되는 것이다. 그들에게 좋은 글이란 '내가 아무것도 하지 않아도 알아서 전부 떠먹여 주는' 글이다. 그렇기 때문에 '글은 쉬워야 한다'는 말은 때때로 반지성주의의 다른 말이거나, 자신의 지적 게으름을 글쓴이에게 책임 전가하는 행위일 수도 있다. 글쓴이의 책임감만큼은 아니겠지만 읽는 이에게도 일정한 책임감은 요구돼야 한다. 어떠한 노력도 하지 않겠다는 팔짱 낀 자세를 풀고 나서야 비로소 읽는 이는 글이 쉬운지 어려운지 왈가왈부할 수 있을 것이다.

따라서 글을 쓰고 싶어 하는 사람들은 '어려운 글'이라는 평가를 너무 두려워하지 말았으면 한다. 물론 위에서 말한 것처럼 '잘 못 써서' 어려운 글이라면 분명 문제다. 그럴 때는 겸허히 글을 고쳐야 한다. 그러나 그런 경우가 아님에도 글은 무조건 쉬워야 한다는 강박에 사로잡혀 '자기 스타일'을 잃거나 '읽는 이를 생각하게 만드는 지점'을 담지 않는다면 더 큰 문제다. 이럴 때 필요한 것이 바로 힙합의 'IDGAF' 정신이다. I DON'T GIVE A F**K. 다른 사람의 비판을 적당히 흘리거나, 보다 근본적으로 그 비판의 근거와 설득력에 대해 먼저 생각해 볼 필요가 있다는 뜻이다. "어쩌라고? 신경 안

써. 내 글은 좋은 글이야."

물론 글을 쓰는 사람은 기본적으로 어려운 글보다는 쉬운 글을 지향해야 한다고 생각한다. 그러나 '자기 스타일'과 '읽는 이를 생각하게 만드는 지점'을 포기하게 만드는 글은 쉬운 글이 아니라 '어리석은 글'이다. 어떤 사람들은 지금도 여전히 '좋은 글'을 가리켜 '어려운 글'이라고 부르면서 '쉬운 글'을 달라고 하고 있다. 그러나 나는 그들이 정의한 '쉬운 글'을 '어리석은 글'이라고 부른다. 쉬운 건 좋지만 어리석을 필요까진 없다.

'나'를 빼라고?

글을 종종 쓴다. 며칠에 한 편은 쓰는 것 같다. 글쓰기를 업으로 삼은 만큼 당연한 일이다. 잡지에도 글을 종종 쓴다. 잡지에 실을 원고를 에디터에게 보낸 후 2주 정도 다른 일을 열심히 하고 있으면 택배가 온다. 박스를 열면 잡지가 들어 있고 나는 내 글이 어디에 실려 있는지 확인한다. 수없이 반복해 온 일이다.

하지만 가끔 불쾌할 때가 있다. 잡지에 실린 버전과 나의 원본이 많이 다를 때 그렇다. 물론 에디터의 역할은 존중한다. 나는 내 글이 토씨 하나까지 그대로 잡지에 실려야 한다고 생각하는 사람이 아니다. 그러나 가끔 눈살이 찌푸려질 때가 있다. 특히 글에서 '나는'이라는 표현이 모조리 삭제된 것을 발견했을 때 나는 가장 불쾌하다. 24시간 내내 유쾌, 상쾌, 통쾌해도 모자란 삶인데 왜 나는 이런 부정적인 에너지를 받아야 한단 말인가.

문득 국민학교 시절이 떠오른다. 한컴오피스의 맞춤법 기능은 국민학교를 틀린 표현이라고 계속 알려 주고 있지만 상관없다. 내 인생에서는 국민학교였다. 국민학교 때는 일기를 자주 썼다. 어려서부터 자아성찰을 자주 했기 때문⋯은 아니고 숙제여서 그랬던 것 같다. 일기를 과제로 제출한 후 담임 선생님에게 가장 먼저 받았던 피드백은 이것이다. "일기는 이미 '내가 쓰는 글'이란 점을 전제로 하는 것이잖아. 그러니까 '나는'이라는 표현을 쓰면 안 돼. 알았니? 그럼 나는, 아니 선생님은 밥 먹으러 갈게."

그 후 일기를 쓸 때면 나는 의식적으로 '나는'이란 표현을 쓰지 않기 위해 노력했다. 하지만 어떨 때는 도저히 쓰지 않을 수가 없어서 차선책으로 전두환 스타일을 응용해 '본인은'이라고 쓰기도 했다. 심지어 지금까지도 그 트라우마가 남아 있어서 나는 여자친구와 카톡을 할 때면 '나는'을 피하기 위해 '나눈'이라는 표현을 사용하고 있다.

다시 돌아가서, 1994년 4월 27일의 밤을 나는 아직도 기억한다. 일기를 다 쓴 후 다시 읽어 보는데 가슴이 너무 답답했다. 선생님의 말대로 '나는'을 다 빼고 완성했지만 일기는 어색하기만 했다. 정보 전달에는 큰 이상이 없었지만 딱딱하고 읽는 맛이 떨어지는 글이 되었다는 느낌을 감출 수 없었다. 왜 내가 이런 핸디캡을 안고 일기를 써야 하는지 납득할 수 없었다, 학교 교육에 깊은 회의를 느긴 나는 다음 날 바로 자퇴서를 제출했고, 그 후 음악을 열심히 해 서태지와 아이들을 결성했다, 는 건 아니다.

　물론 일기를 쓸 때 '나는'이란 표현을 금기시해 온 맥락 자체는 이해한다. 말 그대로 일기의 주체는 기본적으로 '나'이기 때문이다. 군이 중복해서 쓸 필요가 없다는 뜻이었을 게다. 또 어린 학생들이 '나는'이란 표현을 너무 남발하는 경향도 영향을 미쳤을 것이라고 본다. 정말로 일기를 이렇게 쓰는 애들이 있었으니까.

　나는 아침에 일어났다.
　나는 밥을 먹었다.
　나는 학원에 다녀왔다.
　나는 봉현이가 좋다.

나는 사랑에 빠졌다.

이렇게 쓰인 일기는 사실 내 입장에서도 곤란하다. 게다가 나는 그 아이의 짝꿍을 좋아했다. 하지만 그렇다고 해서 하늘에서 신이 내려 준 법칙마냥 '나는'을 금지한다는 것도 나는 이해할 수 없었다. 선생님은 고민과 경험에서 비롯된 자신의 지론을 나에게 말했던 것일까, 아니면 당신이 어릴 때 배우고 외워 놓은 것을 별생각 없이 내 앞에 그냥 꺼내 놓던 것일까.

일기의 법칙(?)이 영향을 미쳤는지는 모르겠으나, 일기가 아닌 다른 대부분의 글에서도 이러한 분위기는 이어져 왔다고 생각한다. '나는'은 언제나 '되도록이면 쓰지 않는 게 좋은' 표현이었다. 그러니 이 글의 서두에서 언급한 그 에디터도 생선에서 가시 발라내듯 내 글에서 '나는'을 모조리 빼버렸을 터이다. 이건 어디까지나 추측이지만 겸손함을 강박적으로 숭상하고, 자기를 직접 드러내면 건방지거나 무례하다고 생각하는 한국 특유의 분위기도 작용하지 않았을까? 한편 누군가는 '나는'이란 표현이 객관성을 해친다고도 말한다. 물론 글의 종류에 따라 그런 경우도 있을 것이다. 그러나 내가 주로 쓰는 글은 칼럼과 에세이다. 둘 모두 객관성과는 큰 상관이 없는, 오히려 자기를 더 드러내야 하는 글이다. 그런데 왜 그들은 자꾸 내 글에서 나를 삭제한단 말인가!

만약 이 글을 읽는 당신이 '반-나는-파'라면 나는 존중할 수 있다. 그러나 그것은 어디까지나 취향일 뿐 법칙이 아니다. 예를 들어 만약 당신이 이 문장을 본다면 이렇게 고치려 들 것이다.

나는 영화 「동주」가 좋은 영화라고 생각한다.

→ 영화 「동주」는 좋은 영화다.

언뜻 후자가 더 깔끔한 문장처럼 보인다. 아니, 후자가 더 깔끔한 문장이다. 하지만 그렇다고 해서 후자가 정답이고 전자는 오답이라고 말할 순 없다. 내가 굳이 전자처럼 쓰겠다고 한다면 당신은 나를 존중해야 한다. 실제로 나는 후자처럼 쓸 수 있음에도 종종 일부러 전자처럼 쓰곤 한다. 일단 쓰는 맛/읽는 맛이 더 좋고, 문장의 안정감 역시 더 좋다고 생각한다. 때때로 나에게는 군더더기 없이 깔끔하고 건조한 문장보다 글쓴이의 스타일이 느껴지는 글의 '플로우'가 더 중요하나. 또 후자보다 전자가 니의 주관을 더 온전하고 확실하게 담아내는 표현방식이다. 후자처럼 표현해도 이미 내 생각이지만 더 격렬하게 내 생각임을 드러내고 싶다는 말이다.

무엇보다 '나 같은' 사람이 '나다운' 글을 쓰려면 절대 '나는'을 빼고 글을 쓸 수는 없다. 현실의 나는 (이기적이지 않으려고 노력하는) 자기중심적인 사람이고, 나의 주관을 명확히 드러내는 데에 주저함이 없는 사람이기 때문이다. 따라서 나의 글에는 특별히 의도하지 않았음에도 1인칭 표현이 자주 들어간다. 남들은 되도록 1인칭을 빼라고 하지만 나는 되도록 1인칭을 넣고 싶다. 나는 이런 내 글의 특성이 맘에 든다. 더 나아가 그것이야말로 나의 스타일이자 내 글의 힘이라고 생각한다. 이런 나에게 '나는'을 쓰지 말아야 한다는 글쓰기 법칙이란 무용하고 공허할 뿐이다. 내 문장이 비문이 아닌 이상 나는 당신의 말을 들을 생각이 없다. 오히려 글쓰기위원회에서는 나에게 상을 줘야 한다. 나야말로 가장 자기답고 진실한 글쓰기를 실천하고 있는 사람이니까.

글쓰기 법칙 운운하니 다른 법칙 하나가 생각난다. 사람들은 '~한 것 같다'라는 표현도 쓰지 말아야 한다고 주장한다. 예를 들어 '좋은 것 같다'라는 표현은 틀렸고 '좋다'라고 하는 게 맞다고 말한다. 이에 대해 내가 오랫동안 품어 온 의문이 있는데, 마침 국립국어원 홈페이지 게시판에 나와 똑같은 의문을 품은 사람의 글이 있어 그것으로 대체한다.

〈'좋은 것 같다'가 틀린 표현이라는 데 대한 이견〉

법은 표현을 풍부하게 하고, 실제 쓰임을 잘 반영해야 한다고 알고 있습니다.

그런데 실제생활에서, '좋다'는 감정은 인간의 감정이기에 늘 확정적이지 않습니다. 비슷한 감정으로 사랑이 있는데, 그것이 진짜인지 확신하지 못하는 경우가 많습니다. 좋다는 감정은 그에 미치진 않더라도, 현실적으로 비슷할 때가 많습니다.

좋은 정도가 보통이거나, 좋지 않다고는 표현하기 애매한 상황에서 많은 사람들이 "좋은 것 같다"는 표현을 사용합니다. 감정에 여러 단계가 있기 때문에, 이러한 다양성을 국어 표현에 반영하려면 "좋은 것 같다"가 허용되어야 한다고 생각합니다.

또 다른 용례로, 감정의 공유를 거절하기 어려운 상황에서 돌려 말하는 화법으로 많이 사용됩니다. 상대방이 이 영화가 어떠냐 물어볼 때, 한국 정서상 직설적으로 "그저 그렇다, 나쁘다, 보통이다"와 같은 대답을 하기 힘든 경우가 많습니다. 이런 경우에 "좋은 것 같다"는 표현을 일상적으로 사용함에도 이것을 국문법에서 어긋난 규정으로 유지해야 하는지에 의문이 듭니다.

내 생각과 240% 똑같은 이 글에 국립국어원은 이렇게 답변을 달았다.

안녕하십니까?

'같다'는 '-ㄴ/는 것', '-ㄹ/을 것' 뒤에 쓰여 "추측, 불확실한 단정"을 나타냅니다. 예를 들어, "연락이 없는 걸 보니 무슨 사고가 난 것 같다./비가 올 것 같다."와 같이 씁니다. 말씀하신 것처럼 "좋은 것 같다."라는 표현은 일상에서 많이 쓰입니다. 이러한 표현을 틀렸다고 보기는 어렵습니다. 다만, '좋다'라는 감정을 느끼는 주체는 말하는 사람이므로 스스로의 판단을 추측하여 표현하는 것보다는 "좋다." 와 같이 표현하는 것이 조금 더 바람직해 보입니다.

고맙습니다.

합리적인 답변이라고 생각한다. 모든 사람이 이 정도의 합리성과 균형감각만 가지고 있어도 아마 인류는 더 이상 실패하지 않을 것이다. 그러나 세상에는 여전히 배우고 외워 놓은 법칙을 교조적으로 되풀이하는 사람이 존재하고, 나는 그사람들과 최대한 가까이하지 않으려고 오늘도 노력한다.

'법칙'에 지레 겁먹지 말자. 무조건 따라야 하는 것으로 숭상하지도 말자. 대신에 기성 법칙과, 실제 현실과, 자신의 정체성 사이를 오가며 치열하게 고민하고 균형 잡자. 그리고 결국엔 나다운 글을 쓰자.

공감과 영감

글쓰기 합평모임을 운영 중이다. 글을 잘 쓰고 싶은 사람들이 나를 찾아오고, 나는 성의를 다해 정확한 도움을 주려고 노력한다. 한번은 '서울'이라는 주제를 내준 적이 있다. 다음은 모임의 멤버인 K가 그때 쓴 글이다.

「흔적 없는 2018 서울」

나의 서울생활은 직장과 학교에 다니기 위해 시작되었다. 현재 살고 있는 집은 다섯 번째 이사 온 곳이다. 출/퇴근, 등/하교 시간이 긴 것에 익숙하지 않은 나는 직장이나 학교에 나가야 하는 빈도에 따라 이사를 다녀 왔다. 나뿐만 아니라 많은 서울러들이 다양한 이유로 계속 옮겨 다니며 삶을 살아가고 있다. 지금도 수십, 수백 개의 건물이 사라지고 생겨나기를 반복하는 곳에서는 장소와 삶을 긴밀히 연결한 애착을 형성하기 어렵다. 이러한 특징 때문에 서울에서 아무리 많은 시간을 보내 왔고 보낼지라도, 서울의 어떠한 곳에 남긴 종적은 빨리 대체되거나 전치된다.

마르크 오제(Marc Augé)에 따르면 구체적·상징적인 구성물과 물리적·사회적 성격 모두를 지닌 내용물로 채워져 있을 때에야 비로소 정체성과 관계성, 역사성의 장소가 된다. 하지만 현재 서울에 관련된 가장 핫한 개념 중 하나가 젠트리피케이션(gentrification)이다. 이는 처음에는 창의적으로 만들어지고 운영되었던 곳들이 점점 본격적인 사업장소로 바뀌는 현상을 가리킨다. 서울의 지금까지의 경향에 가속도가 더욱 붙고 있는 것이다.

영국에서 온 나의 친구, 데이비두는 얼마 전 그가 한국에 온 지 10년이 되는 날을 맞아 홈파티를 열었다. 6년 전 데이비두는 홍대에 살다가 월세가 치솟자 해방촌으로 이사를 갔다. 하지만 그는 곧 또 다른 동네로 옮겨 가야 할지도 모르겠다. 이제 그의 집 주변 맛있는 피자집은 대기 줄이 너무나 길어 아예 방문을 포기한 지 오래다. 결정타로 오늘 자 신문에 해방촌의 젠트리피케이션을 다루는 기사를 읽고서는 안타깝지만 친구의 미래를 그렇게 추측해 본다. 요즘 제주도의 가장 큰 이슈인 난민은 서울에도 많다. 서울 난민들은 왜 서울을 떠나지 않는 것일까? 다양하고 신선한 자극을 향유할 기회를 놓치기 싫은 이유가 클 것이다. 서울은 젠트리피케이션으로 획일화되어 가는 것처럼 보인다. 허름한 동네에 예술가의 작업실이 들어서면 그 뒤에 카페나 레스토랑이 자리 잡고, 뒤이어 프랜차이즈 기업이 들어온다. 하지만 또 젠트리피케이션이 노릴 만한 힙한 곳들이 끊임없이 생겨난다. 난민들이 서울을 떠나지 않고 새로운 터전들을 일구는 덕분이다.

서울은 오랜 시간 고도(古都)였으므로 양질의 흔적들이 남을 수밖에 없다. 어느 곳보다도 귀한 유물들이 많이 나오는 서울에서 단시간에 청계천을 조성해야 했을 때 여러 학예사들이 사직을 했다. 중요 유물의 출토는 곧 공사의 지연 혹은 멈춤이므로, 그들의 손으로 유물을 출토(出土)하기보다는 되묻어야 했기 때문이다. 최소한 유물은 묻혀 있기라도 하지, 이제는 사라져 버린 조용했던 동네와 좋아했던 카페는 어디에서 되찾으리오. 3000년대의 서울러들이 참조할 수 있는 자료는 페이스북의 카드뉴스와 젠트리피케이션 관련 기사와 보고서일 것이다.

이 글에 대한 모든 멤버의 평가를 일일이 기억하지는 못한다. 하지만 누군가가 이렇게 말했던 것은 기억한다. "저도 직장 때문에 서울에 올라와서 살고 있거든요. 그래서 이 글에 너무 공감이 갔어요. 제 얘기 같았어요. 좋은 글 잘 읽었어요." 물론 나 역시 K의 글에 공감했다. 서울에서 태어나긴 했지만 부모님 집에서 나와 따로 살고 있기에 나에게도 서울의 젠트리피케이션은 중요한 관심사다. 아무도 모르지만 난 은근히 공감요정이다. 그러나 묘하게 찝찝했다. 그냥 넘어가도 되지만 마음에 걸린 무언가를 이야기하기로 했다. "음. 저 역시 이 글에 공감합니다. 그런데 공감할 수 있는 글이 곧 좋은 글은 아닌 것 같아요."

처음부터 말해 보자. '공감'이 중요하다고 모두 말한다. 인간에게 가장 중요한 것은 공감 능력이라고 말하는 사람도 있다. 일단 공감의 중요성에 대해서는 나도 원론적으로 동의한다. 최근 발생한 여러 사회문제를 떠올려 보면 특히 그렇다. 국가폭력, 권력비리, 재벌갑질, 그리고 총기난사 등은 우리가 지금보다 더 좋은 공감 능력을 가지고 있었다면 어쩌면 일어나지 않았을 일이다.

최근 몇 년 사이 '콘텐츠'에도 공감 열풍이 불고 있다. 많은 기획자가 콘텐츠의 첫 번째 키워드도 공감, 두 번째 키워드도 공감, 세 번째 키워드는 김봉현 섭외라고 외친다. 그래야 '좋아요'도 많이 받고 '공유'도 많이 된다고 그들은 말한다. 물론 나 역시 '공감 콘텐츠'를 접하며 위로받을 때가 있다. "이런 상황에서 나만 이런 감정이 드는 게 아니구나." "하하, 나도 저 상황에서 저랬는데. 다들 똑같네." 모르는 사람들과 어깨동무를 하는 기분이란 바로 이런 것일 테다.

그러나 동시에 마음 한편엔 늘 의문이 남았다. '연애할 때 공감되는 5가지'나 '남자들이 위닝할 때 공감되는 5가지' 같은 콘텐츠로 과연 우리는 더 '훌륭'해진 것일까. 공감이라는 개념을 근원적으로 부정하는 것이 아니다. 다만 공감이 전부인 듯한, 그리고 공감을 가장 중요한 가치로 치는 듯한 말들에는 동의할 수 없다는 이야기다.

소위 '인스타그램 감성 작가'들을 보면 이런 생각은 더욱 굳어진다. 물론 나는 시대가 바뀌며 변하는 모든 것을 '나빠진다'고 생각하는 순간 꼰대가 된다고 믿는 사람이다. 하지만 변한 것 중에는 훌륭하지 않은 것도 있다. 그 대표적인 예가 바로 인스타그램 감성 작가를 자처하는 사람들의 글이다. 그들은 대체로 '누구나 경험해 봤을 소재를 느슨하게 정리한 짧은 글'을 쓴다. 그리고 이런 글은 대체로 익숙한 논리와 상투적 표현으로 쓰였기 때문에 머리를 굴려 '사고'하는 수고로움 없이 쉽게 읽을 수 있다. 그래서 공감을 많이 받는다. 오히려 공감을 안 하기가 더 어렵다.

　　나는 이렇게 아픈데 / 너의 카톡사진은 웃고 있네 / 너도
　　아팠으면 좋겠다 / 나처럼

　이 글에 어떻게 공감을 안 할 수가 있단 말인가. 공감의 그물망이 너무 거대해서 도무지 빠져나갈 도리가 없다. 퉁아저씨도 이건 안 된다.
　물론 이런 글을 좋아하는 건 자유다. 하지만 '좋아요'의 숫자가 글의 '완성도'와 비례한다고 생각한다면 큰 착각이다. 공감의 정도가 글의 완성도를 평가하는 절대 기준, 혹은 핵심 기준이 아니라는 사실을 알아야 한다. 또 느슨하고 못난

많은 글이 공감이라는 '미명'하에 지금 이 순간에도 정체를 교묘히 위장하고 있다는 점 역시 인지할 필요가 있다.

다시 K의 글을 보자. 누군가는 이 글의 내용에 공감하기 때문에 이 글을 좋은 글이라고 말할 수도 있다. 하지만 바로 그 점 때문에 이 글은 좋은 글이라고 말하기 어렵다. 쓴 이의 입장에선 누구나 다 아는 사실을 자기 입으로 다시 한번 반복한 글에 불과하기 때문이다. 그런가 하면 읽은 이의 입장에선 내가 이미 아는 사실을 다시 한번 확인한 후 끝나는 글에 불과하기 때문이다.

"몇 년 전부터 서울에도 젠트리피케이션 현상이 일어나는 것, 너도 알지? 난 이게 슬퍼. 끝." (글쓴이)

"아, 그렇지. 젠트리피케이션 현상이 정말 문제란 말이야. 공감되는 글이야. 끝." (읽은 이)

여담이지만 K의 글에 좋은 시도가 없었던 것은 아니다. K는 최근 이슈가 되고 있는 '제주도 난민' 문제를 업어와 '서울 난민'이라는 개념을 만들려고 했다. 제주도에서 논란을 낳고 있는 외국인 난민이나 서울에서 갈 곳을 잃은 내국인이나 처지는 똑같다고 말하고 싶었을 것이다. 그러나 아쉽게도 시도 이상의 의의는 찾기 어렵다. 얼핏 적절한 비유처럼 보일지 모르지만 나의 예민한 언어 감수성에 의거할 때 난민이란 단어를 그대로 따온 것에는 문제가 있다. 서울 난민보다는 서울 '유목민'이 더 적절한 단어 선택이 아니었을까. 제주 난민과 서울 유목민 말이다. 난민과 유목민은 큰 틀에서 긍정적인 뉘앙스보다는 부정적인 뉘앙스를 품은 단어라는 점에서 비슷하다고도 할 수 있지만 동시에 둘은 엄연히 다른 단어이기 때문이다. 비유 시도는 좋았지만 더 세밀할 필요가 있었다.

그렇다면 K의 글은 어떻게 해야 더 좋은 글이 될 수 있을까. 굳이 라임을 맞춰 말하자면 좋은 글이 되기 위해서는 '공감'보다 '영감'이 필요하다. 좋은 글은 공감보다 영감을 줄 수 있어야 한다. 공감을 일부러 주지 않을 필요는 없지만 공감만 있어서는 안 된다. 좋은 글은 읽는 이에게 영감을 줄 수 있는 부분을 반드시 포함하고 있어야 한다.

그렇다면 쓰는 이는 읽는 이에게 어떻게 영감을 줄 수 있을까. 몇 가지 방법이 있다. 먼저 '새로운 관점'이다. 같은 것을 같은 시선으로 바라보는 대신 새로운 시선으로 바라보는 것이다. 혹은 세상이 이미 정해 놓은 프레임에서 벗어나 다른 프레임으로 갈아타는 것이다. 다음은 김봉현 씨가 2009년 8월에 『한겨레』에 썼던 칼럼이다. 당시 한창 이슈가 되었던 지-드래곤의 표절 논란에 대해 다룬 이 글은 『한겨레』의 역사를 통틀어 가장 훌륭한 칼럼으로 회자된 적이 없다.

요즘 인터넷을 가장 뜨겁게 달구는 이름은 단연 인기 정상의 아이돌 그룹 빅뱅의 멤버 지-드래곤이다. 그가 솔로 앨범 발표에 앞서 공개한 곡 대부분이 표절 시비에 휘말렸다. 대표적으로 「하트브레이커」가 미국의 래퍼 플로 라이다(Flo Rida)의 「Right Round」와 비슷하다는 지적이 있고, 나머지 곡도 오아시스(Oasis) 등과 비교당하며 표절 혐의를 받고 있다.

하지만 나는 이런 논란이 불거질 때마다 정작 '표절의 진위 여부'에는 일절 관심이 없다. 왜냐? 간단하다. 표절이 아니니까. 더 정확히 말하면, 어떻게든 표절이 아니게 될 것이니까. 기실 표절이냐 아니냐를 따지는 일은 이제 무의미하다. 요즘 세상에 표절 기준에 걸릴 정도로 정직(?)

하게 표절하는 음악가는 존재하지 않는다. 또한 곱씹을수록 오히려 더 모호해지는 문화체육관광부의 음악 표절 가이드라인은 '명확한 표절 기준이란 게 있기는 한 건가?'라는 근본적인 의문을 갖게 한다. 자기방어와 시치미 떼기에 유용한 샘플링이니 리메이크니 하는 좋은 구실도 몇 가지 생겼다. 이제 표절이 이 땅에 설 자리는 없다. 고로 표절은 죽었다.

표절이냐 아니냐를 따지는 태도는 처음부터 한계를 수반한다. 표절이 아니라고 판명될 경우 해당 음악가에게는 논란의 크기만큼이나 거대한 면죄부가 부여되기 때문이다. 더욱이 요즘은 워낙 빠져나갈 구멍이 많아서 표절 혐의는 열이면 열 혐의 그 자체로 그친다. 이런 절대적 이분법의 틀 안에서 혐의를 제도와 절차를 통해 입증해 내지 못하면 결국 무죄다. 따라서 관점을 근본적으로 바꿀 필요가 있다. 바로, '표절 프레임'을 버리고 '감별 프레임'으로 들어가는 것이다.

표절이면 유죄고 아니면 무죄라는 발상의 틀을 깨야 한다. 규정과 제도에 입각한 판명보다 중요한 건 창작자의 양심과 음악가의 윤리라는 사실을 인지하면서, 좋은 음악과 못된 음악을 감별하고 나아가 못된 음악을 퇴출시켜야 한다. 그렇다면 '못된 음악'의 기준은 누가 정하는가. 물론 절대적 기준은 없다. 그러나 공감대 형성이 가능한, 신뢰할 만한 기준을 제시할 수는 있을 것이다.

유행을 좇는 것이 대중음악의 숙명이라고는 해도, 유행의 정수를 파악해 자신의 개성으로 재창조하기보다는 인기를 얻었던 특정곡을 처음부터 끝까지 노골적으로 흉내 내기에 급급한 곡. 즉 어떤 특정곡이 없었다면 존재 자체가 불가능했으리라 추정되는 곡. 또 창작자로서의 노력보다는 남이 이미 이루어 놓은 것들을 답습하고 모방하는 데에 더 심혈을 기울였을 것이라 짐작되는 곡. 우리는 이런 못된 음악을 감별하고 퇴출시켜야 한다.

못된 음악에 대한 질타와 외면은 강하고 분명할수록 좋다. 그렇게 거르고 추려 내야 좋은 음악만이 남는다. 다시 처음으로 돌아가서, 지-드래곤의 새 음악들은 표절인가? 실로 우문이다. 그렇다면 이렇게 물어본다. 지-드래곤의 새 음악들은 좋은 음악인가, 못된 음악인가? 답은 잠시 각자의 가슴에 맡기고, 대신 이 말을 꼭 전하고 싶다. 누군가 말하길, 각성한 시민만이 좋은 사회를 만들 수 있다고 했다. 다르지 않다. 각성한 음악 대중만이 좋은 음악계를 만들 수 있다. 그리고 그 혜택은 전부 우리 스스로에게 돌아온다.

벌써 9년이나 지난 글이다. 그동안 나는 늙고 병들었지만 다행히 그때보다 더 좋은 글을 쓸 수 있게 됐다. 그럼에도 이 글을 인용하는 까닭은 당시 이 글에 대한 좋은 평가를 아직도 기억하고 있기 때문이다. 음악평론가이자 소설가이기도 한 최민우는 당시 이 글에 대해 이렇게 말했다. "표절에 대한 새로운 윤리를 정립하려 하고 있다."

최민우의 말은 당시의 나에게 꽤나 인상적이었다. 좋은 평가였기 때문만은 아니다. 나의 의도를 정확히 알아차렸고, 그것을 한 문장으로 명쾌하게 정리해 주었기 때문이다. 모두가 표절인지 아닌지에 대해 '법'과 '제도'로만 판단하려고 할 때 나는 그것이 핵심이 아님을 말하고 싶었다. 때문에 관점을 근본적으로 바꿀 필요가 있다고 주장했고, '표절 프레임' 대신 '감별 프레임'을 외쳤다. 나는 뻔한 이야기를 하기 싫었다. 더 정확히 말하면 뻔한 이야기만 하고 글을 끝내기가 싫었다. "표절은 정말 나쁜 겁니다. 따라서 표절은 샅샅이 가려

내야 합니다. 히힛. 모두 저에게 공감하시죠?" 이렇게 쓸 바에는 차라리 글을 안 쓰고 만다. 남들과 똑같아지느니 차라리 죽음을 택하겠어!

물론 나의 주장에 동의하지 않거나 반대할 수도 있다. 하지만 당신이 나의 글에 동의하지 않더라도 나는 당신의 글이 더 좋아질 수 있도록 모든 노력을 다할 것이다. 그러니까 내가 표절에 대한 새로운 윤리를 정립하려고 했던 것처럼 당신도 당신의 글에 남들과 다른 새로운 관점을 불어넣어야 한다. 그래야 읽는 이에게 영감을 줄 수 있고, 영감을 주는 글은 100% 확률로 좋은 글이다.

읽는 이에게 영감을 주는 글을 쓸 수 있는 또 다른 방법이 있다. 읽는 이가 몰랐던 새로운 정보를 제공하는 것이다. 또다시 김봉현 씨의 글을 인용할 수밖에 없다. 윗글과 달리 이 글은 비교적 최근의 글이다. 늙고 병들었지만 9년 전보다는 조금 더 좋은 글을 쓰는 김봉현 씨가 썼다. 남성 월간지 『에스콰이어』 2018년 4월 호에 실렸다.

2018년 3월 현재, 세계에서 가장 '잘나가는' 그룹을 하나만 꼽는다면 누가 될까. 나는 주저 없이 랩 트리오 미고스

(Migos)를 꼽을 생각이다. 힙합에 대한 편애가 아니다. 지금 그들은 팝 세계를 통틀어서도 가장 뜨거운 그룹이니까. 미고스는 얼마 전 세 번째 정규 앨범『Culture II』를 발표했다. 가장 눈에 띄는 건 앨범 이름도 아니고, 앨범 커버도 아닌, 트랙 수다. 애플뮤직에 따르면 이 앨범의 정보는 다음과 같다. 총 24곡, 러닝타임 1시간 45분. 이 숫자는 곧바로 이런 의문을 불러일으킨다. '요즘 같은 싱글 & 스트리밍 시대에 24곡을 채워서 2시간 가까운 앨범을 냈다고? 이런 짓은 90년대에도 안 했는데?' 생각은 계속 이어진다. '왜 이런 어리석은 짓을 한 거지? 세계에서 가장 잘나가는 그룹이 굳이 이럴 필요가 있나? 아니, 그렇기 때문에 이런 건가? 이미 돈은 벌대로 벌었으니 작품으로 승부하겠다는 건가? 쪼잔하게 꼼수 안 부리고 24곡씩 꽉꽉 채워서 한 번에 내겠다는 건가? 히야, 뭔가 멋있는걸.'

사실 이 느낌의 원조(?)는 드레이크(Drake)다. 그의 앨범 『Views』(2016)는 총 19곡, 러닝타임 1시간 19분이었다. 『More Life』(2017)는 한술 더 떠 총 22곡, 러닝타임 1시간 21분이다. 이 앨범을 들으며 나는 잠시 드레이크에게 경의를 표한 적이 있다. 노파심에 말하자면 이제 와서 모두가 '앨범 단위'를 의식한 작품을 낼 필요는 없다. 그것이 절대선도 아니다. 하지만 드레이크의 행보가 귀감은 될 수 있다고 생각했다. 세계에서 가장 '잘 파는' 뮤지션이 보여 주는 '예술적' 행보로서 말이다. 그러나 나의 환희는 오래가지 않았다. 인정하기 싫지만 이번에도 엄마 말이 맞았다. 엄마는 어린 내가 세상을 너무 순진하게 바라본다고 걱정하시곤 했는데, 여전히 나는 그대로다. 알고 보니 '긴 앨범' 뒤에는 다른 이유가 있었다. 음악적 이유라기보다는 산업적 이유가.

물론 이것을 힙합의 장르적 특성으로 조명할 수도 있다. 실제로 힙합 앨범의 평균 러닝타임은 다른 장르 앨범보다 긴 편이다. 오래전 일이지만 아직도 기억하는 말이 있다. 록과 팝에 대해 주로 글을 쓰는 음악평론가가 나에게 했던 말이다. "래퍼들은 왜 이렇게 트랙을 많이 집어넣는 거야? 솔직히 좀 넘친다는 느낌이 들어. 10곡에서 12곡 사이가 딱 좋은 것 같아." 힙합 앨범이 긴 데에는 몇 가지 이유가 있을 것이다. 최대한 열심히, 많이, 자주 하는 것이 옳다는 힙합 문화(허슬)의 미덕도 작용했을 것이고 잡다한 '인트로'와 '스킷'도 영향을 미쳤을 것이다. 그러나 미고스나 드레이크의 최근 앨범을 힙합의 전통으로만 설명하기에는 부족하다. 참조사항은 될 수 있지만 논의의 핵심은 아니다. 또, 래퍼들만 앨범을 길게 만드는 것도 아니다. 예를 들어 라나 델 레이(Lana Del Rey)의 최근작 『Lust for Life』(2017)도 1시간 12분이고 에드 시런(Ed Sheeran)의 『÷』(2017)도 59분이다. 위켄드(The Weeknd)의 『Starboy』(2016)는 1시간 8분이다. 다시 말해 이것은 장르의 문제가 아니라 '스타' 뮤지션의 문제다. 빌보드 차트를 기민하게 의식할 수밖에 없는 존재들의 공통적인 행보라는 이야기다.

즉, 모든 사단은 빌보드 차트의 집계방식으로부터 출발한다. 지난 2014년, 빌보드는 종합 앨범 순위인 빌보드 200에 스트리밍 횟수를 반영하기로 발표했다. 기존의 앨범 판매량 집계방식에 더해 시대의 추세를 따라잡기로 한 것이다. 바뀐 방침의 핵심은 두 가지였다. ① (한 앨범에서) 음원 10곡이 다운로드되면 앨범 1장을 판매한 것으로 집계된다. ② (한 앨범에서) 노래가 1,500회 스트리밍되면 앨범 1장을 판매한 것으로 집계된다. 하지만 보다 정확한 이해를 위해 부연 설명이 필요하다. 예를 들어 10곡이 수록된 앨범 1장이 다운로드되면 앨범 1장을 판매한 것으로 집계된다. 그러나 20곡이 수록된 앨범 1장이 다운로드되면 앨범 2장이 판매된 것으로 집계된다. 또 한 앨범에 수록돼 있는 10곡을 150명이 스트리밍하면 앨범 1장을 판매한 것으로 집계된다. 그러나 한 앨범에 수록돼 있는 15곡을 100명이 스트리밍해도 앨범 1장을 판매한 것으로 집계된다.

사람들은 빌보드의 바뀐 방침이 현실에서 구체적으로 어떤 양상으로 나타날지 처음에는 몰랐다. 하지만 시간이 지나며 변화의 윤곽이 드러났고 뮤지션과 음악 관계자들은 전략적으로 이에 적응하기 시작했다. 이 '대-스트리밍 시대'의 한복판에서 살아남는 법은, 90년대보다도 더 긴 앨범을 만드는 일이라는 아이러니를 깨닫게 된 것이다. 이런 맥락에서 크리스 브라운(Chris Brown)의 『Heart-break on a Full Moon』(2017)은 최근 몇 년을 통틀어 가장 상징적인 사례다. 이 앨범에는 45곡이 수록돼 있고 러닝타임은 2시간 39분이다. 이 앨범을 한 번 다 들을 동안 우리는 나스(Nas)의 『Illmatic』을 정확히 네 번 들을 수 있고, 「다크 나이트」를 다 본 다음 「다크 나이트 라이즈」 초반부를 조금 더 볼 수 있다. 사실 어제 나는 이 앨범을 듣다 잠이 들었는데, 깬 후에도 이 앨범은 계속되고 있었다. 물론 크리스 브라운은 누구보다 성실한 뮤지션이다. 방탕한 이미지와는 다르게 그는 누구보다 끊임없이 결과물을 발표해 왔다. 하지만 그의 최근작은 이러한 그의 기질만으로는 설명할 수 없다. "앨범을 여러 번 돌려 들으세요. 그리고 '반복' 버튼을 누른 후 계속 놔두세요." 『Heartbreak on a Full Moon』이 발매됐을 때 크리스 브라운의 매니지먼트 팀이 인스타그램을 통해 팬들에게 했던 당부다. 가히 시대를 통째로 상징하는 말이라고 할 만하다. 나는 이 멘트를 팝 역사의 결정적 순간 중 하나로 꼽고 싶다. 크리스 브라운은 이 앨범으로 며칠 만에 '골드'를 기록했다. 'top 40' 차트에 진입한 싱글 하나 없이도. 아, 그래서 24곡을 수록한 미고스의 새 앨범은 어떻게 됐냐고? 20일 만에 10억 스트리밍을 달성하는 동시에 수록곡 15곡을 'hot 100' 차트에 올리면서 비틀즈(The Beatles)의 기록을 갈아 치웠다.

나는 지금 빌보드의 잘못을 지적하는 것도 아니고 뮤지션들을 비판하는 것도 아니다. 빌보드의 방침을 조금 더 정교하게 보완하면 좋겠다는 생각은 있지만 이것 역시 일반론일 뿐이다. 대체 빌보드의 스트리밍 반영에 무슨 문제가 있단 말인가. 오히려 이는 음악의 영향력을 보다 정확하게 측정하려는 좋은 변화로 보인다. 음반을 사거나 음원을 다운로드하는 사람보다 스트리밍을 이용하는 사람이 증가했다는 사실 자체 때문만은 아니다. 대신에 스트리밍을 반영하는 행위는 '사람들이 음악에 돈을 얼마나 썼는지'보다 '사람들이 음악과 얼마만큼의 시간을 보내고 있는지'를 더 주목하는 방식이기 때문에 그렇다(빌보드가 반영하는 스트리밍 업체에는 이용자가 돈을 내지 않아도 되는 유튜브나 스포티파이도 있다).

"긴 앨범은 음악적 고민의 발로가 아니다. 사업적 결정일 뿐이다(But length is not necessarily an artistic decision. It's a business move)." 『워싱턴 포스트』가 최근 뮤지션들의 행보에 대해 한 말이다. 강조어법이란 건 안다. 그러나 음악과 사업, 예술과 산업이 정확히 분리가 가능할까. 산업의 변화가 예술의 지형을 바꾸기도 하지만 번뜩이는 예술이 산업 전체를 뒤흔들어 놓기도 한다. 또 예술가들은 종종 자신의 예술을 훼손하지 않으면서도 변화된 산업에 영리하게 적응하기도 한다. 문득 신승훈이나 휘성이 떠오른다. 이들은 스토리가 이어지는 미니 앨범 3부작 등을 기획하며 산업의 변화를 자신의 예술에 전향적으로 활용하려고 했다. 마침 2018년 들어 빌보드의 방침은 또 바뀌었다. 스트리밍 반영은 여전하지만 '유료' 스트리밍에 더 무게를 두기로 한 것이다. 빌보드의 이 날갯짓(?)은 또 어떠한 나비효과를 일으킬까. 그저 흥미롭게 지켜보고 성실하게 해석할 뿐이다.

SNS에 이 글을 올렸을 때의 반응을 기억한다. 평소보다 눈에 띄게 반응이 좋았다. 평소보다 '좋아요'와 '공유'가 몇 배 이상 많았다. 누가 공유했는지 궁금해서 클릭해 보니 문재인 대통령이 이렇게 적어 놓은 것을 발견하기도 했다. "국민 여러분, 좋은 글이라 퍼왔습니다. 괜찮겠지요? 사람이 먼저입니다." 당연히 나쁜 반응보다는 좋은 반응이 낫다. 하지만 동시에 조금 의아했다. 이유가 뭘까. 그 실마리는 댓글에서 발견할 수 있었다. "유익한 정보군요!" "그렇구나. 몰랐던 사실을 알아 가네요!" "오호. 이런 숨은 뜻이?"

물론 사람들이 이미 알고 있던 것도 있다. 사람들은 요즘

이 스트리밍 시대임을 알고 있었고 빌보드 차트의 존재에 대해서도 알고 있었다. 음악에 조금 더 관심 있는 사람들은 요즘 뮤지션들이 '긴' 앨범을 발표하고 있다는 사실도 알고 있었을 것이다. 그러나 대부분의 사람들은 빌보드 차트의 구체적인 집계방식까지는 알지 못했다. 또 빌보드 차트의 집계방식이 앨범의 긴 러닝타임과 어떠한 연관이 있는지에 대해서는 더욱 알지 못했다. 나의 글은 그 '연결고리'를 사람들에게 알려 줬다. 사람들이 '파편'적으로 알고 있던 '현상'들은 이제 나의 글을 통해 '조립'되어 '통찰'로 탈바꿈했다. 나의 글이 사람들에게 영감으로 가닿은 것이다.

하지만 이 글은 번뜩이는 아이디어나 창의적인 시야로 완성한 것이라기보다는 '성실함'으로 쌓아 올린 것에 가깝다. 앞서 인용한 지-드래곤에 관한 글이 나의 머릿속에서 나왔다면 이 글은 '자료조사'로부터 나왔다고 할 수 있다. 가만히 있는 나에게 누군가가 먼저 다가와 빌보드 차트의 집계방식을 정리해 알려 주는 기적은 일어나지 않는다. 때문에 나는 이 글을 쓰기 위해 부지런히 자료를 조사했다. 미국 칼럼니스트들의 글도 여러 개 읽었다. 만약 당신도 이 글에서 영감을 받았다면 내가 시간과 에너지를 자료조사에 쏟은 덕이고,

이 글이 별로였다면 조상 탓이다. 안 되면 조상 탓하면 된다.

마지막으로 한 가지만 더 말하고 이제 집에 가서 밥 먹으려고 한다. 읽는 이에게 영감을 주는 글을 쓰는 또 다른 방법이 있다. '누구나 아는 것'에 대해 '누구도 쉽게 범접할 수 없는 깊이와 디테일'을 갖추면 된다. 일단 예문을 보자. 이번엔 내 글이 아니다. 출판사의 압력으로 이 챕터에선 더 이상 내 글을 인용하지 못하게 됐다. 다음은 김소연 시인의 산문집 『사랑에는 사랑이 없다』(문학과지성사, 2019)에 수록된 「혼자를 누리는 일」이라는 글이다.

혼자 잠을 자고, 혼자 밥을 먹고, 혼자 영화를 보러 가는 나를 친구는 걱정스러운 눈빛으로 바라본다. 외롭지 않느냐고 조심스레 묻는다. 나는 친구의 질문을 곱씹는다. 외로운지 그렇지 않은지. 그러곤 대답한다. 외롭다고. 외롭지만 참 좋다고. 친구는 그게 말이 되냐는 눈빛이다. 괴짜를 바라보듯 씨익 웃으며 나를 본다. 그리고 연애를 해야한다고 주장하기 시작한다. 사랑이 얼마나 활기를 주는지를 설파하며 못내 안타까운 표정을 짓는다. 바로 그때. 나는 즐거운 토론을 시작할 마음으로 자세를 고쳐 앉는다.

어쩌면 친구에게 외롭지 않다는 대답을 해야 했을지도 모르겠다. 친구의 도식에 의해서라면, 나의 면면은 외롭지 않은 쪽에 가까운 게 사실이기 때문이다. 하지만, 정확한 대답을 하고 싶어서 나는 외롭지 않느냐는 질문에 긍정을 할 수밖에는 없다. 외롭다. 하지만 그게 좋다. 이 사실이 이상하게 들릴 수 있는 건, 외로운 상태는 좋지 않은 상태라고 흔히들 믿어온 탓이다. 가난하다는 상태가 좋지 않은 상태라고 흔히들 믿고 있듯이. 하지만 나는 외롭고 가난하지만 그게 참 좋다. 홀홀함이 좋고, 단촐함이 좋고, 홀홀함과 단촐함이 빚어내는 씩씩함이 좋고 표표함이 좋다. 그래서 나는 되도록 외로우려 하고 되도록 가난하려 한다. 그게 좋아서 그렇게 한다. 내게 외롭지 않은 상태는 오히려 번잡하다. 약속들로 점철된 나날들. 말을 뱉고 난 헛헛함을 감당해야 하는 나날들. 조율하고 양보하고 희생도 감내하는 나날들의 꽉참이 나에겐 가난함과 더 가깝기만 하다. 내가 가장 좋아하는 시간은 알람을 굳이 맞춰 놓지 않고 실컷 자고 일어나는 아침, 조금 더 이불 속에서 뭉그적대며 꿈을 우물우물 음미하는 아침, 서서히 잠에서 벗어나는 육체를 감지하며 느릿느릿 침대를 벗어나는 아침이다. 찬 물을 벌컥벌컥 마시고, 사과 한 알을 깎아 아삭아삭 씹어 과즙을 입안 가득 머금고, 찻물을 데우고 커피콩을 갈아 까만 커피를 내려서 책상에 앉는 그런 아침이 좋다. 오늘은 무얼 할까. 영화를 보러 나갈까. 책을 읽다가 요리를 해볼까. 내가 나와 상의를 하는 일. 뭐가 보고 싶은지, 뭐가 먹고 싶은지를 궁금해하는 일. 그러면서, 나는 소소한 마음과 소소한 육체의 욕망을 독대하고 돌본다. 외롭다. 그러나 오랜 세월 매만진 돌맹이처럼, 그런 외로움은 윤기가 돈다.

외로움이 윤기나는 상태라는 사실과 마주하게 된 건 그리 오래되진 않았다. 외로울 때면 쉽게 손을 뻗어 아무나에 가까운 사람을 애인으로 만들었던 시절도 있었고, 외롭다는 사실과 마주치는 것이 두려워 전화로든 채팅으로든 늘 누군가와 연결되어 아무 말이든 나누어야 잠이 들 수 있었던 시절도 있었고, 혼자서 식당에 찾아가 밥을 먹는 일이 도무지 어색해서 차라리 끼니를 굶는 시절도 있었다. 연락처 목록을 뒤져서 누군가에게 전화를 해야지만 겨우 숨을 쉴 수 있을 것 같은 나날도 있었고, 사람들에게 완전히 잊히는 게 두려워 누군가가 나를 생각하고 있다는 확인을 해야 안도가 되는 나날도 분명 있었다. 누군가와 연결이 되어야만 겨우 안심이 되는 그 시절들에 나는, 사람을 소비했고 사랑을 속였고 나를 마모시켰다. 사랑을 할수록, 누더기를 걸친 채로 구걸을 하는 거지의 몰골이 되어갔다. 사랑이 사람을 그렇게 만들었다기보다는, 나의 허접하고 경박한 외로움이 사랑을 그렇게 만들었다. 서로를 필요로 하며 부르고 달려오고 사랑을 속삭였던 시간들은 무언가를 잔뜩 잃고 놓치고 박탈당한 기분을 남기고 종결됐다. 그래서 지나간 사랑을 들춰 보면 서럽거나 화가 났고, 서럽거나 화가 난다는 사실에 대해 수치스러워졌다. 어째서 사랑했던 시간의 뒤끝이 수치심이어야 하는지, 그걸 이해하지 못했다. (…)

지금 나는 사랑의 숭고함보다 혼자의 숭고함을 바라보고 지낸다. 혼자를 더 많이 누리기 위해서 가끔 거짓말조차 꾸며 댄다. 선약이 있다며 핑계를 대고 약속을 잡지 않는다. 아니, 거짓말이 아니다. 나는 나와 놀아 주기로, 나에게 신중하게 오래 생각할 하루를 주기로 약속을 했으므로 선약이 있다는 말은 사실이기는 하다. 하지만 '나와 놀아 주기로 한 날이라서 시간이 없어요'라는 말은 안타깝게도 타인에게 허용되지 않는다. 허용받기 위해서 어쩔 수 없이 거짓말을 한다. 거짓말을 하다하다 지치면 두어 달을 잡고 여행을 떠난다. 여행지에 가족이나 친구가 함께하는 것을 두고 나는 가끔 농담처럼 '회식자리에 도시락을 싸 들고 가는 경우'와 같다는 표현을 쓰곤 한다. 관광을 하러 가는 것이 아니라, 나를 인간관계로부터 언플러그드하러 떠나는 것이므로. 오롯하게 혼자가 되어서, 깊은 외로움의 가장 텅 빈 상태에서 새로운 세계를 받아들여야 하므로. 감정 없이 텅 빈, 대화 없이 텅 빈. 백지처럼 텅 빈, 악기처럼 텅 빈. 그래야 내가 좋은 그림이 배어 나오는 종이처럼, 좋은 소리가 배어 나오는 악기처럼 될 수 있으므로. (…)

요즘은 외로울 시간이 없다. 바쁘다. 탁상달력엔 하루에 두 가지 이상씩의 해야 할 일이 적혀 있다. 어쩌다가 달력에 동그라미가 쳐져 있지 않는 날짜를 만나면, 그 날짜가 무언가로 채워지게 될까 봐 조금쯤 조바심도 난다. 바쁠수록 나는 얼얼해진다. 얼음 위에 한참 동안 손을 대고 있었던 사람처럼 무감각해진다. 무엇을 만져도 무엇을 만나도 살갑게 감각되지를 않는다. 그래서 나는 요즘 좀 질 나쁜 상태가 되어 있다. 쉽게 지치고 쉽게 피로하다. 느긋함을 잃고 허겁지겁거린다. 신중함을 잃고 자주 경솔해진다. 그런 내게 불만이 부풀어 오르는 중이다. 그래서 매일매일 기다린다. 오롯이 외로워질 수 있는 시간을. 오롯이 외로워져서 감각들이 살아나고 눈앞의 것들이 투명하게 보이고 지나가는 바람의 좋은 냄새를 맡을 수 있을 나의 시간을.

외로워질 때에야 이웃집의 바이올린 연습 소리와 그 애를 꾸짖는 엄마의 목소리가 들려오기 시작한다. 모르는 사람들의 생활에 빙그레 웃기 시작한다. 외로워질 때에야 내가 누군가와 어떻게 연결되어 있는지, 어떤 연결은 불길하고 어떤 연결은 미더운지에 대해 신중해지기 시작한다. 안 보이는 연결에서 든든함을 발견하고 어깨를 펴기 시작한다. 골목에 버려진 가구들, 골목을 횡단하는 길고양이들, 망가진 가로등, 물웅덩이에 비친 하늘 같은 것들이 눈에 들어온다. 그것들에 담긴 알 듯 말 듯 한 이야기들이 들리기 시작한다.

어쩌면 좋은 사랑을 하기 위해서 이런 시간을 필요로 하는 걸 수도 있다. 사랑으로 가기 위한 하나의 의식을 오래도록 행하고 있는 중일 수도 있다. 경박한 외로움이 사랑을 망치게 하지 않으려고, 사랑을 망쳐서 사람을 망가뜨리고 나 또한 망가지는 일을 더 이상 하지 않으려고, 무공을 연마하는 무예가처럼 무언가를 연마하는 중일 수도 있다. 집착하고 깨작대고 아둔하고 이기적인 사랑이 아니라, 든든하고 온전하고 예민하고 독립적인 사랑은 어떻게 가능한지를 알게 되는 게 지금은 나의 유일한 장래희망이다.

이 글의 주제는 '외로움'이다. 글을 다 읽고 나면 이런 생각이 든다. "외로움에 대해 할 수 있는 모든 이야기를 다 해봤잖아? 외로움을 머리부터 발끝까지 아주 발가벗겨 버렸어! 이럴 수가!" 물론 이 글에는 새로운 관점도 있다. 필자는 외로움을 새롭게 보기 위해, 외로움을 다르게 이야기하기 위해 노력하고 있다. 때문에 이 글은 앞서 인용한 지-드래곤에 관한 나의 글과 궤를 같이하는 면도 분명 있다.

그러나 내가 이 글을 인용한 핵심적인 이유는 따로 있다. 이 글은 '외로움 종합선물세트'다. 안 건드린 데가 없다. 그런데 깊이 또한 해저 수준이다. 이 글을 읽고 나는 외로움에 대해 더 이상 할 말이 없어졌다. 앞으로도 누군가가 외로움에 대해 묻는다면 그냥 이 글을 프린트해서 줄 생각이다. 이 글은 나에게 영감을 주었다. 깊이와 디테일로.

다시 K의 글로 돌아가자. K는 서울과 젠트리피케이션에 관해 쓴 자신의 글을 어떻게 하면 읽는 이에게 영감을 주는 글로 바꿀 수 있을까. K가 이 책을 읽고 있는 걸 안다. 다시 써서 빨리 나에게 보여 주세요.

깊이와 스타일

합평모임을 하다 보면 사람들의 글을 많이 접하게 된다. 그리고 그 과정에서 자연스럽게 글쓴이의 이모저모에 대해 알게 된다. 성장과정, 전 직업, 고향, 습관, 재산, 통장 비밀번호, 자유한국당 지지 여부, 엉덩이에 있는 점 등등. 하지만 글을 쓰기 위한 모임답게 가장 먼저 눈에 들어오는 것은 바로 글의 '수준'이다. 지금까지 나는 각종 글쓰기 강연 및 합평모임에서 총 326명을 만났는데, 이들의 글을 군이 분류하자면 세 가지로 나눌 수 있다.

첫 번째는 "형이 여기 왜 왔어?" 유형이다. 이 유형의 사람이 쓴 글을 읽으면 사실 딱히 할 말이 없다. 아마추어로 보기 힘들 정도로 글이 완성돼 있기 때문이다. 지금 하산해도 큰 이상이 없을 정도로 이들의 글은 숙련돼 있다. 합평모임을 통해 자잘한 디테일과 노하우를 더 얻어갈 수는 있겠지만 군이 그러지 않아도 블로그에서는 '글 좀 쓴다'는 평을 들을 수 있는 글이란 뜻이다. 물론 나보다 잘 쓴다는 말은 아니다. 나보다 못 쓴다.

두 번째는 "딱 잘 찾아왔어!" 유형이다. 이 유형의 사람은 내가 합평모임을 운영하고 있는 이유 그 자체다. 글에 관심이 있고 글을 잘 쓰고 싶어 하지만 여러모로 아직은 부족한, 그러나 합평모임에 꾸준히 참여하며 열심히 한다면 분명히 더 좋은 글을 쓸 수 있을 것 같은 사람 말이다. 만약 당신이 이 유형에 해당된다고 생각한다면 메일을 주기 바란다. murdamuzik@naver.com이다.

세 번째는 "우리는 앞으로 긴 터널을 지나야 해…" 유형이다. 이 유형의 사람은 말 그대로 '초보자'다. 원론적으로는 "딱 잘 찾아왔어!" 유형과 똑같다. 그러나 좋은 글을 쓰기 위해서는 "딱 잘 찾아왔어!" 유형보다 더 많은 시간이 필요한 사람들이다. 노파심에 말하지만 나는 이 유형의 사람이 싫거나 부담스럽지 않다. 오히려 이들은 나의 전투력을 상승시킨다. 바닥에서 정상까지 함께 가는 거야! 래퍼 도끼처럼.

언젠가 합평모임에서 멤버들에게 '택배'라는 주제를 내준 적이 있다. 주제에 진정성을 더하기 위해 주제를 종이에 적은 다음 편지봉투에 담아 멤버 개개인의 자택에 택배로 보냈다. 배송비로 3만 원이 들었지만 뭔가 남다른 사람이 된 것 같아 뿌듯했다. 택배라는 주제에 관해 그 당시 대부분은 이런 글을 써왔다.

나에겐 여전히 신기한 일이지만 사실 시장에선 흔한 모습이 된 지 오래다. 재작년부터 쿠팡을 필두로 한 E-커머스 회사들은 경쟁적으로 배송에 차별화를 두기 시작했다. 그 결과 주문하고 물건을 받기까지의 시간이 점점 줄고 있다. 이제는 다음 날 아침 식사를 오늘 저녁에 주문해서 배송받아 먹을 수 있는 시대다. 산업화 시대부터 시작된 빨리빨리 정신이 과열 경쟁의 IT 산업과 만나 탄생한 진풍경이랄까. (…)

새벽 배송을 블루오션이라 여기는 게 불편하다고 했다. 당일 배송을 신청하고 책을 받지 못했어도 이해했다고 했다. 또 기대대로 책을 받고도 의아했다고 했다. 아침부터 밤까지, 누군가의 업무 시간을 목표로 혹은 그 반대로, 배송 노동자들은 잠을 잊고 지내야 한다. 팍타 순트 세르반다, 이 노동 조건을 받아들인 대신 그렇게 해야만 한다. 계약 자유의 원칙과 신의 성실의 원칙은 널리 세상을 이롭게 하면서도 누군가의 삶을 고달프게 만들었다. 이 글을 쓴 뒤의 나 역시 마찬가지. 이제 돈 안 되는 일을 마치고 돈 되는 일을 시작해야 한다. 잠을 잊은 배송 노동자들이 출근길 내 기사를 보고 측은해하길 바라며.

부당한 근로환경, 감내하는 사람들, 한국의 고쳐야 할 문화. 약속이나 한 듯 대부분은 비슷한 글을 썼다. 틀렸다는 말이 아니다. 나 역시 공감한다. 다만 모두의 글이 비슷했다는 이야기다. 그런데 한 사람이 '다른' 글을 써왔다. 그는 자신의 글이 인쇄된 종이를 내 얼굴에 던지더니 "모두가 다 똑같아! 개성이 없어! 난 여길 떠나겠어"라고 외치곤 나가 버렸다. 뭐야, 멋있어… 그날 밤 나는 네이버에 그 사람의 팬카페를 개설했다. 다음은 「편리함이 주는 즐거움」이라는 제목으로 그가 쓴 글이다.

새벽 1시 55분 깃털처럼 가벼운 마음으로 택배를 기다린다. 심지어 글은 쓰지도 못하고 언제 오나 목이 빠지게 택배만 기다린다. 이 시간에 무슨 택배냐라고 생각하는 사람들도 있겠지만 나는 요즘 아침 배송을 해주는 식품 업체에 푹 빠져 지낸다.

일을 그만둔 뒤 하루에 가장 많은 시간을 보내는 것이 주방인 나에게 음식재료는 더없이 중요한 문제였다. 생선은 손질하기 무서워 안 먹기 다반사였고 춥거나 더운 날에는 장보기 귀찮아 집에 있는 김치로 대충 볶음밥이나 해서 먹었지만 요즘은 다르다. 바로 내가 샛별배송이 되는 지역주민이기 때문이다.

나날이 발전하는 택배시스템에 마트를 갈 필요가 없어지고 있다. 시장에서 흥정하며 신선도를 확인할 필요도 없다. 세계 유명 요리 재료들을 11시 이전에만 주문하면 아침 7시 전까지 배송해 준다. 너무 편리해서 기가 막히게 좋은 세상이다.

오늘은 남편과 일본에서 날아온 메밀 함량 100% 소바면으로 온소바를 해 먹을 예정이다. 이 배송업체의 최대 수혜자는 남편일 것이다. 더 많이 주문해서 VIP 멤버가 되어야지. 숭고한 퍼플 뺏지를 내 아이디 위에 꼭 붙여 줄 목표가 생겼다.

이 글 또한 핸드폰으로 쓰고 있다. 아!~ 편리함 너무 좋다.

오늘도 택배 받고 행복하길…*^^*

물론 이 글은 '잘 쓴' 글이 아니다. 여러모로 부족하다. 그러나 동시에 인상 깊었다. 합평모임에서 다른 사람들의 말을 들어 보니 다들 비슷한 느낌을 받은 것 같았다. "오히려 이 글이 가장 신선한 것 같아요." "허를 찔린 느낌이라고 할까요…"

다른 합평모임의 예를 들어 보자. 내가 내준 주제는 '베란다'였다. 세탁기를 돌리러 베란다에 나갔다가 '아 쫌!! 베란다 좀 정리해야지'하며 떠올린 주제였다. 일단 누군가는 이런 글을 써왔다.

노트에 '베란다' 한 단어 적어 놓고 앉아서 멍하니 '베란다 프로젝트' 노래만 듣고 있다. 네덜란드에서 유학하는 친구와 거기 놀러 간 친구가 편하게 합을 맞추다 보니 곡이 쌓였고, 그걸로 앨범을 구성해 보니 명반이었다는 『Day Off』. 김동률과 이상순이 2010년 결성한 베란다 프로젝트는 이 하나의 앨범만 남기고 헤어졌다.

두 뮤지션은 이 프로젝트에서 '베란다에서 듣기 편한 음악'을 추구한다고 말했다. 베란다에서 듣기 편한 음악이 뭘까. 아마 바쁜 일상에서 잠시 벗어나, 작은 벤치가 놓인 조용한 베란다에 앉아, 방해받지 않는 휴식을 취할 때 그걸 도와주는 음악이겠지. 실제로 이 앨범은 따뜻한 정서의 곡으로 가득하고, 발매 직후보다 힐링 광풍이 불던 시기에 더 자주 소환되었던 걸로 기억한다. 신나는 타이틀곡 「Bike Riding」을 놔두고, 가슴을 만지는 위로곡 「괜찮아」가 제일 유명한 것도 그런 맥락에서 이해가 된다.

하지만 나는 이런 베란다를 가져 본 적이 없어서, 베란다에서 듣기 좋다는 게 무슨 말인지 한동안 의아해했다. 내게 베란다는 좁고 지저분해서 거기서 뭘 하기는 힘들고 보일러 안 될 때나 들여다보는 곳이었다. 그나마도 있으면 다행, 베란다가 없는 집에서 사는 경우가 더 많았다. 그런데도, 이 앨범을 들으면 들을수록 그런 공간이 그려졌다. 가까운 친구를 초대해 안락한 베란다에서 도란도란 이야기를 주고받는 느낌. 그러니까 이건 '베란다에서 듣기 편한 음악'이라기보다, '듣는 장소를 베란다로 바꿔 주는 음악'이 아닐까.

사운드는 대체로 김동률 풍(風)이다. 피아노나 아코디언 소리도 그렇고, 무엇보다 보컬색이 워낙 선명하니까. 거기에 이상순의 기타가 튕기듯이 리듬을 더해 준다. 내가 유독 인상적으로 들었던 부분은 이상순의 보컬이다. 김동률보다 더 아래로 파고드는 저음으로 앨범 전반을 받치고 있고, 「꽃 파는 처녀」 같은 곡에서는 의외의 미성도 보여 준다. 서로 잘 아는 친구와 편하게 만든 앨범이라 가능했던 시도였을 걸로 짐작한다. 둘 외에도 정재일이나 하림, 조원선, 루시드폴 등이 함께 작업했으니, 친구들이 친구들과 만든 앨범이라 할 만하다.

그야말로 모든 곡이 좋은 앨범인데, 「기필코」에는 전혀 공감이 가지 않는 가사가 있다. '왜 나는 천재과가 아닌 걸까'라니. 18살에 「기억의 습작」을 쓴 사람이 천재가 아니면 누가 천재란 말일까. 야속할 만큼 샘나지만, 실은 이 곡이 앨범에서 내가 가장 좋아하는 곡이다. 후렴 가사가 꼭 내 마음이기 때문이다. '그래도 내가 제일 잘하는 일/그토록 내가 바랬던 나의 꿈/내 삶의 이유/이대로 후회할 수는 없잖아/기필코 나는 해내고 말 테야.'

나도 '베프'를 만든 적이 있다. '베짱이 프로젝트.' 같은 밴드 소모임에 있던 후배 둘과 유닛으로 결성해서, 두 친구가 곡을 쓰면 내가 가사를 붙였고 작은 무대에 선 적도 있다. 한 친구는 로스쿨을 준비한다고 전해 온 뒤 연락이 끊겼고, 다른 친구는 노량진에서 임용고시를 준비하다 거기서 연애한다고 들은 게 마지막이다. 이름은 당연히 베란다 프로젝트에서 따온 건데, 우리는 '우리가 베란다에 있냐 아니냐'보다 '언제 어디서든 우리가 베짱이'인 게 중요하다고 입을 모았었다. 두 베짱이는 지난겨울을 무사히 났을까. 이따 베란다에 쪼그리고 앉아서 그때 만든 노래를 들어 봐야겠다. 불편하겠지만 그렇게 들어 봐야겠다.

준수한 에세이다. 별다른 군더더기 없이 깔끔하다. 감정을 드러내는 노하우도 있다. 마지막 문장 역시 내가 지향하는 '에세이의 마지막 문장'과 통한다. 한편 누군가는 이렇게 글을 썼다.

테라스는 땅속에 뿌리가 안착되어 있는 건물 위쪽 공간을 일컫는 말이다. 그곳은 건물 위의 땅일까 하늘의 시작일까? 발코니는 건물 내부에서 보면 바깥 공간이고 외부에서 보면 건물 실내에 있다. 건물의 내부와 외부를 이어 주는 발코니는 실내일까 실외일까? 생각해 보면 주변에 많은 것들이 중간적 성격일 때가 많다. 위도 아니고 아래도 아닌 것들이 있고, 오른편이기도 하고 왼편인 것들도 있다. 흑과 백 사이에는 수많은 회색들이 숨어 있다. 나는 그것들을 경계색·중간색, 경계면·휴계면, 경계인·중간자라고 부르며 나 또한 중재자라고 불리우기를 좋아한다.

오늘 나는 땅이기도 하고 하늘이기한 베란다에 올라, 커피이기도하고 물이기도 한 묽은 커피를 마시면서 한 남자를 생각한다. 그의 이름은 재독 철학자 송두율. 그를 다시 생각하게 된 것은 두 달 전쯤 『시사저널』 특별인터뷰 기사를 읽고 나서였다. 3차남북정상회담이 열리기 전인 4월 16일과 정상회담 직후 낸 두 인터뷰에서 그는 '김정은과 대화하기에는 오바마보다 트럼프가 더 적합하다'고 했다. 나의 해석은 선이 곧고 정치철학이 뚜렷한 오바마보다는 대통령이기도 하고 장사꾼이기도 한 이중적 성질을 가진 트럼프가 남과 북의 통일 중재자로서 더 낫다는 뜻으로 보인다. 또 '통일은 원하든 원하지 않든 후대를 위한 유일한 선물'이라는 말도 잊지 않았다.

그의 이름을 처음 알게 된 것은 2003년. 나는 그가 '민주화운동기념사업회'에 초청되어 모국에 입국했다가 공항에서 부인과 함께 체포되었다는 기사를 읽고 분노하였다. 당시 나는 중국 유학생활을 마치고 귀국한 지 얼마 되지 않았을 때였다. 나의 분노는 두 가지. 첫째는 그가 모국의 초대를 받았으나 모국에 의해 체포와 구속을 받았다는 점에서 배신감을 느꼈다. 두 번째는 내가 경험한 타국생활은 자국민을 보호하지 못하는 무능력한 대사관에 대한 트라우마가 다시 일어나서였다. 한국 여권을 가지고 있었으나 중국 임시거류증만 존재하던 유학생활과 그에 순탄치 못한 타국생활에 대해 상련이 생겨서이기도 하다.

2003년 그가 공항에서 구속된 후 국내외에서는 그의 석방을 요구하는 탄원서들이 있었고, 나 역시 싸인을 하고 석방을 위한 모금활동비를 온라인으로 보냈다. 그는 석방 후 '경계인'으로 다시 독일로 돌아갔다. 남쪽은 그를 간첩으로 낙인찍었고, 남쪽 조국을 방문한 후로 북쪽도 더 이상 그를 원하지 않았다. 송두율 교수는 스스로를 '경계인'이라 부른다. 박정희 독재정권 시절에 철학공부를 위해 독일 유학길에 올랐지만 뿌리는 모국에 있음을 잊지 못해 스스로 '경계인'이 되었다. 그는 모국의 선택을 남쪽도 북쪽도 아닌 남북한 모두를 조국으로 선택함으로써 불운의 시작점에 선다. 냉전시대 흑백논리에서는 그를 '회색분자' 또는 '간첩'이라고 정의했다. 재독 유학 중 유신헌법 개헌에 반대하는 민주화운동을 하기도하고, 북한 김일성 대학에서 강의를 하기도 했다. 이런 일련의 행보들로 인해 그는 반체제 인사로 낙인찍혔고 몇십 년간 입국이 불허되었다. 2003년 방문은 그 기간 중에 있었던 일이다. 그는 왜 스스로 경계인이 되었을까? 냉전시대에 회색분자, 경계인은 낯설다. 그는 회고록에서 "경계나 경계선은 전투적 개념이다. 적군과 아군이 대치하는 최전선이다. 그러나 이 선이 면이 되고, 면이 공간이 되면 '제3의 공간'이 열린다. 경계나 경계선은 '이것이냐 아니면 저것이냐'는 양자택일이 아니라 '이것이면서도 저것일 수 있다'"는 것이다. "남에서는 북을 발견하고 북에서 남을 발견할 수 있는 창조적인 '제3의 공간'." 이 말의 속뜻은 통일이란 남과 북 모두를 헤아리는 '경계인'의 열린 마음으로 제3의 공간에서 적응한 후 양쪽 모두 평등하고 온화한 통일을 만들어야 한다는 뜻으로 읽힌다.

제3의 공간은 베란다처럼 안과 밖을 이어 주고 땅과 하늘 사이의 사고를 확장시켜 주는 곳. 그곳에는 좌우의 통념과 흑백 사이를 넘는 '경계인'들이 존재하고 있다. 0과 1 사이에 수많은 숫자들이 존재하고 있듯이.

'경계'라는 개념을 끌어와 베란다라는 공간의 이중적/양가적 속성에 대해 쓴 글이다. 혁신적이진 않지만 주제에 관한 좋은 사유가 기반이 된 글이라고 할 수 있다. 하지만 이날 가장 눈에 띄는 글은 이것이었다. 제목은 「화분으로 꽉 찬 베란다」다.

우리 아빠는 사랑 표현이 서툴다. 아빠는 하나는 알고 둘은 모르는 사람이다. 그래서 가끔 가족들한테 잘해 주다가도 가족들이 싫어하는 일이 있으면 하질 말아야 하는데 온갖 고집을 부리며 가족들이 싫어하는 일들도 결국 하게 되어 좋은 소리를 못 들을 때가 많다.

한 달 전, 우리 집은 이사를 했다. 전에 살던 곳은 내가 초등학교 5학년 때부터 살던 곳이었으니 거의 15년을 살았던 곳이었다. 그 집은 방이 2개였고 네 가족이 살기엔 다소 좁은 곳이었다. 시간이 지나면서 가족들은 저마다 좁은 거주 공간에 대한 불편함이 늘어 갔는데 내 생각엔 엄마가 제일 불편했을 것 같다. 집안 살림의 많은 부분을 맡고 있었기에 좁은 공간에서의 살림이 얼마나 불편했을지 이해가 간다.

엄마는 이사를 오게 되면서 넓은 주방이 생겨 요리하는 것이 즐거워졌다고 하셨다. 또 집이 넓어져서 매일 청소하는 게 힘들어졌다고 말하셨는데 그 어투에서 '힘들지만 그래도 좋아'라는 엄마의 행복한 감정을 느꼈다. 그리고 예전 좁은 집에 살 땐 꿈도 꾸지 않으셨던 집안 인테리어에 관심을 가지기 시작하셨다. 엄마는 다육이 식물을 사 와서 베란다에 예쁘게 두셨다. 또한 집들이 선물로 들어온 스투키나 각종 식물들을 베란다에 예쁘게 진열하고선 아주 기뻐하셨다. 아빠는 엄마의 그 모습을 보고선 엄마에게 잘해 주고 싶은 기분이 들으셨던 것 같다.

그 이후로 아빠는 퇴근하면서 화분 1~2개씩 사 오셨다. 처음에는 그러려니 했는데 자주 사 오게 되니 엄마로부터 '이젠 그만 사 와라'라는 말을 들었다. 하지만 그 이후에도 아빠는 화분을 자주 사 오셨다.

한번은 아빠와 저녁 식사 겸 밖에서 술 한잔 마셨던 적이 있었다. 살짝 취하신 아빠는 집에 돌아가는 길에 화원을 들르자고 하셨다. 그러면서 이 화분, 저 화분을 고르시기 시작했다. 내 방에 둘 것, 동생 방에 둘 것, 엄마에게 줄 것을 고르라고 하셨다. "아빠, 이거 이렇게 사 가도 엄마한테 좋은 소리 못 들을 것 같은데?"라고 말하니 아빠는 무조건 엄마가 좋아할 거라며 신나게 고르셨다. 그날 우리가 사 온 화분을 본 엄마는 "무슨 놈의 화분을 이렇게 지겹게 사 와!"라면서 한 소리 하셨다. 그 이후로도 아빠는 술 한잔 하고 오시는 날에는 화분을 사 오셨다. 그래서 우리 집 베란다에는 온갖 화분으로 꽉 차 있다. 베란다에 두지 못한 화분은 거실로까지 나와 있다. 베란다에는 아빠의 서툰 사랑으로 가득 차 있다.

그런데 정작 엄마가 베란다가 생겨서 기뻐했던 점은 예쁜 꽃을 키울 수 있어서만은 아니었다. 엄마는 좁은 집에 살 땐 지저분한 짐들을 처리할 수 없었는데 그것들을 놓을 수 있는 공간이 있어서 기뻤고, 비 오는 날 밖에 널 수 없는 빨래를 임시방편으로 널 수 있는 공간이 생겨서 좋다고 하셨다. 엄마에겐 예쁜 꽃을 키우는 것도 좋지만 그런 낭만보다는 살림이 더 나아졌음에 더 기뻐하셨던 것 같다. 그러면서 엄마는 내게 이렇게 말했다. "엄마는 살아오면서 행복함을 많이 못 느끼고 힘들게 살아와서 낭만이니 감수성 같은 거 없어." 엄마는 평생을 고집불통인 아빠의 잦은 실수를 수습해 주고 두 딸을 건강하고 건전하게 양육하기 위해 힘을 쏟아 왔다. 엄마는 늘 가정과 살림만 바라보고 지금까지 오셨다. 그런 엄마의 삶에 꽃과 같은 예쁜 추억들을 많이 만들어 주지 못했음에 너무나 죄송했고 마음이 아팠다.

베란다에 화분을 가득 채우기보다 엄마 마음에 행복이라는 화분을 가득 채우고 싶다는 생각이 들었다. 아빠에게도 어서 말해야겠다. 우리의 미션은 행복이라는 화분을 엄마 가슴속에 가득 채워 주는 것이다. 평생을 가족을 위해 신경 썼으니 그 짐들 우리가 나누고 엄마에게 여유와 행복한 일들을 드리고 싶다. 지금 베란다가 화분으로 꽉 차 거실로까지 나오게 된 화분처럼 엄마도 너무나 행복해서 감출 수 없는 행복감이 삶 가운데 가득 찼으면 좋겠다.

멤버들은 이 글을 가리켜 이렇게 말했다. "글이 너무 사랑스러워요." "글에 청량감이 가득하네요." 틀린 말은 아니었다. 내가 받은 느낌도 비슷했다. 그러나 나는 할 일을 해야 했다. 내가 지금 어디에 있는지, 나는 누구인지 잊어서는 안 됐다. 일단 정신을 다잡기 위해 내 손으로 내 뺨을 세게 후려쳤다. 그 후 나는 책상에 올라가 이렇게 외쳤다. "나는 지금 합평모임에 앉아 있고, 이곳에서 나는 '선생님'이야! 그렇기 때문에 나는 냉정한 평가를 해야 해! 글의 완성도에 대해서 말해야 한다고!" 그러자 모두가 나를 걱정스러운 눈빛으로 바라봤다. 한 명은 119에 신고를 하려고 하길래 휴대폰을 빼앗아 창밖으로 던졌다. 모두에게 나는 괜찮다고 설명한 뒤 이렇게 말했다.

"이 글이 '러블리'한 느낌을 준다는 말이 무슨 말인지 저도 알아요. 또 뭔가 천진난만하기도 하고 '인간극장'을 보는 것 같기도 하죠. 하지만 글의 완성도에 관해 말하자면 이 글은 훌륭한 글이 아니에요. '일기' 같은 느낌을 주는데, 일기 같다는 것은 곧 '초보적'이라는 뜻이기도 하죠. 사람의 말을 인용하는 방식이 그 대표적인 예예요. 글쓰기의 기술이 부족하기 때문에 초등학생이 일기 쓰듯이 글을 쓰게 된 거죠. 하지만 저와 함께라면 발전할 수 있어요. 자, 손에 손잡고 우리 정상을 향해 달려갑시다."

「편리함이 주는 즐거움」의 글쓴이와 「화분으로 꽉 찬 베란다」의 글쓴이는 나에게 비슷한 느낌을 주었다. 더 정확히 말하면 「화분으로 꽉 찬 베란다」를 읽었을 때 나는 「편리함이 주는 즐거움」을 떠올렸다. 미안한 말이지만 이들은 합평모임에서 글을 잘 쓰는 편에 해당하지 않았다. 이들의 글은 많은 개선과 보완이 필요했다. 그런데 이 지점에서 나의 고민은 깊어졌다. 이들이 앞으로 나아가야 할 방향을 설정해 주어야 하는데, 두 가지 갈래 앞에서 고민이 됐다.

먼저, 나는 그들에게 이렇게 말할 수 있다. "주제에 관해 더 깊은 생각을 하셔야 해요. 제가 '택배'라는 주제를 드렸을 때는 '택배 넘 편리해서 좋아. 짱짱'이라는 글을 원했던 게 아니에요. 사전적 의미로서의 택배는 기본이고 그에 관한 다양하고 복합적인 성찰을 원했던 거죠. 때로는 누구도 생각하지 못한 연결고리를 끌고 와서 택배와 이어 놓은 글을 기대하기도 했고요. '베란다'도 마찬가지입니다. 다른 분들은 베란다라는 공간의 이중적/양가적 성격을 고찰하거나 베란다에 관한 다양한 인문학적인 고민을 글에 담았잖아요. 더 깊게 생각하셔야 해요. 일기 같은 글을 쓰시면 안 돼요."

실은 거의 이렇게 말할 뻔했다. 하지만 그 순간에도 김봉현 씨는 균형감각을 놓지 않았다. 과연 무엇이 그들에게 가장 도움이 되는 길인지에 대해 생각하고 또 생각했다. 잠시 눈을 감고 지난 몇 번의 합평을 떠올려 봤다. 이들이 그동안 어떤 글을 써왔는지 되새겨 봤다. 그러자 어떤 '일관성'이 느껴졌다. 그들은 줄곧 비슷한 느낌의 글을 써오고 있었다. 긍정적이고, 천진하고, 청량감 있고, 단순하지만 읽으면 기분이 좋아지는 글을 말이다.

그 순간, 이것은 그들의 정체성이라는 생각이 들었다. 없애고 고쳐야 할 것이 아니라 지키고 발전시킬 정체성이라는 생각이 들었다. 글은 쓴 사람을 닮기 마련이다. 그리고 쓴 사람의 정체성이 자연스럽게 묻어나는 글이 어쩌면 가장 좋은 글일 수도 있다. 택배의 편리함이 너무 행복한 사람에게 이제 그런 글은 쓰레기통에 버리고 택배 시스템을 비판하는 글을 써야 한다고 말하는 것이 과연 맞는 걸까? 전자가 후자로 탈바꿈하는 과정에서 소요될 시간과 에너지와 수고로움과 별개로 전자가 후자가 되는 것이 과연 유일한 '발전'이자 '옳은' 일이냐는 것이다.

나는 아니라는 결론을 내렸다. 나는 그들의 '스타일'이 소중하다는 결론을 내렸다. 9명이 택배의 노동환경에 대한 비판적인 글을 쓸 때 1명쯤은 택배가 가져다주는 행복에 관해 긍정 충만한 글을 써도 된다고, 아니 반드시 쓸 필요가 있다고 결론 내렸다. 그러나 여기서 중요한 포인트가 있다. 스타일과 완성도는 별개라는 점이다. 스타일을 유지한 채로 그들의 글은 더 훌륭해질 수 있다. 아니, 지금보다 '많이' 훌륭해져야 한다. 그리고 그 지점에 도달했을 때 그들의 글은 진정한 의미에서의 '좋은' 글이 될 것이다.

문득 파트리크 쥐스킨트의 소설 『깊이에의 강요』가 떠오른다. 이 소설에서 여성 미술가는 '깊이가 없다'는 평론가의 말에 결국 죽음을 택한다. 물론 깊이가 있으면 좋다. 깊이 있는 작품은 사람에게 좋은 영향을 준다. 그러나 깊이를 모두에게 강요할 필요는 없다. 아니, 강요해서는 안 된다. 깊이보다 중요한 것은 스타일이다. 자기 스타일에 맞는 글을 쓰는 것이 중요하다. 더 나아가, 깊이 자체가 스타일의 한 갈래일 수도 있다는 사고전환이 필요하다. 만약 위에 인용한 '베란다 프로젝트' 에세이를 쓴 사람에게 「화분으로 꽉 찬 베란다」 같은 글을 쓰라고 한다면 과연 쓸 수 있을까. 못 쓴다는 것에 부루마불 지폐 500만 원을 건다. 어쩌면 우리는 '깊이의 함정'에 빠져 있는지도 모르겠다.

마지막으로, 나도 한번 따라 외쳐 본다.

아!~ 편리함 너무 좋다.
아!~ 편리함 너무 좋다.
아!~ 편리함 너무 좋다.
아!~ 편리함 너무 좋다.
아!~ 편리함 너무 좋다.
아!~ 편리함 너무 좋다.
아!~ 편리함 너무 좋다.
아!~ 편리함 너무 좋다.
아!~ 편리함 너무 좋다.
아!~ 편리함 너무 좋다.

장치의 설정과 활용

합평모임을 꾸준히 이어 가고 있다. 일주일에 한 번씩 모여 서로의 글에 대해 이러쿵저러쿵 이야기를 교환한다. 모임의 '선생님' 격인 나는 주로 멤버 간의 이간질에 집중한다. 예를 들어 A가 B의 글에 대해 말하길 머뭇거리면 이내 내가 끼어든다. "글이 너무 형편없어서 차마 입을 못 떼시는 건가요?" 그런가 하면 C가 D의 글에 대해 말했던 내용을 기억해 놓았다가 D가 C의 글에 대해 말할 때 슬며시 갈등을 만든다. "아까 C가 했던 말에 지금 복수하시는 거죠?" 물론 어디까지나 '선'은 넘지 않는다. 또 내 차례가 오면 최선을 다해 질 좋은 피드백을 하려고 노력한다. 나는 합평멤버들을 사랑한다.

최근에는 멤버들에게 '서울'이라는 주제를 내주었다. 다음은 그중 한 명이 써온 글이다. 참고로 글에 남자친구 이야기가 있으니 원치 않는 분은 뒤로가기를 눌러 주시길 바란다.

나는 요즘 서울에서 보물찾기 중이다. 서울은 보물찾기를 할 수 있을 정도로 넓기도 하고 여기저기 보물이 숨겨져 있다. 내가 말하는 '보물'은 서울의 명소다. 내가 명소라고 뽑는 기준은 복잡하지 않고, 사람이 많지도 않으며 한적하게 나들이를 즐길 수 있는 곳이다.

사실 나는 서울에 대한 좋은 이미지를 가지고 있진 않았다. 서울에 대한 이미지는 20대 초반일 때와, 20대 중반, 그리고 지금 이렇게 크게 세 번 바뀌게 되었다.

20대 초반일 때에는 서울은 화려하고 세련된 곳이라는 환상이 있었다. 실제로 처음 서울을 방문했을 때 우리 동네보다 높은 빌딩들과 세련된 매장들을 보면서 서울의 화려한 모습에 반하기도 했다. 그래서 경기도에 사는 나를 비롯한 내 친구들은 종종 서울로 나가서 놀곤 했다. 그런데 그 생각은 20대 중반이 되고 서울로 출퇴근을 하기 시작하면서 이미지가 변하기 시작했다.

출퇴근 시간에 전철에서 보내는 시간은 이미 일을 하고

또 출근하는 기분이었다. 어느 정도로 질렸었냐면, 전철을 기다리다가 건너편 플랫폼에서 자리가 여유로워 보이는 동인천행 전철을 보면서 다음에 이직하면 반드시 인천으로 이직하겠다고 다짐을 할 정도였다. 그렇지만 결국 서울에서 또 서울로 이직하게 되었다.

그러다 작년 가을 지금의 남자친구를 만나게 되었다. 나와 남자친구는 걷는 것을 굉장히 좋아한다. 그래서 우리는 만나면 오랜 시간 걸으면서 이야기를 주고받는다. 그러다 보니 남자친구는 자연스럽게 걷기 좋은 장소들을 알아 와서 나를 데리고 가곤 한다. 그런데 그때마다 남자친구가 데리고 가줬던 곳들은 내가 한 번도 가본 적 없는 서울이었고, 조용하고 한적하기까지 했다. 제일 기억에 남는 몇 군데가 있다.

먼저 최근에 갔던 곳인데 부암동에 있는 석파정과 백사실 계곡이다. 석파정은 서울미술관과 연결되어 있다. 이곳은 흥선대원군의 별장이었는데 이곳에선 계곡이 흐르고 훤칠하고 푸른 나무들이 멋진 자연경관을 이루고 있다. 높은 빌딩들과 복잡한 도심 속 이런 공간이 있었다는 것이 놀라웠다. 백사실계곡도 부암동에 있는 곳인데 서울 한가운데서 맑은 계곡물과 시원한 오솔길을 맞이할 수 있다. 무엇보다 이 두 군데는 사람이 많지 않아서 좋았다. 서울에서 한적하게 자연을 느낄 수 있었다.

그리고 또 생각나는 곳이 있는데 바로 경복궁 뒷길이다. 광화문-경복궁 이쪽은 사람들이 많이 오는데 경복궁을 옆으로 끼고 올라가는 뒷길은 많이 안 찾는 것 같다. 이 길의 매력은 가을에 배로 느낄 수 있는데, 경복궁을 감싸고 있는 돌담과 노란 낙엽 나무들이 낭만적인 길을 만들어준다. 청와대 쪽까지 다 올라 삼청동으로 빠지는 경복궁 뒷길도 매력적이다. 서울임에도 불구하고 차도 많이 안 다니고 사람도 많이 안 다닌다. 옆에는 주택가라서 조용하기까지 하다. 게다가 도로가 좁지도 않고 넓다. 그러니 한적하고 드넓은 도로를 예쁜 돌담을 끼고 걸으니 얼마나 낭만적인가.

이 외에도 생각나는 곳들이 참 많다. 남산 야외식물원, 해방촌 쪽 소월길, 암사동 선사유적지 등등.

서울에서 이런 보물찾기가 가능한 것은 그만큼 서울이 다양한 모습과 이야기들을 담고 있기 때문은 아닐까란 생각이 들었다. 더군다나 대부분 서울을 떠올리면 '중심지, 번

화가, 화려한 곳'을 떠올리기 쉽기 때문에 이런 이미지와 다른 모습을 마주했을 때의 새로움은 색다른 매력으로 다가오기도 한다. 서울은 많은 모습과 이야기를 담고 있어서 누군가에는 꿈과 희망을 누군가에는 상실을 누군가에게는 피로를 안겨 줄 수도 있다. 나에게도 화려한 곳에서 피곤한 곳으로, 그리고 다시 설레는 공간으로 다가왔던 것처럼 서울은 무수히 많은 모습과 많은 이야기를 담고 있다. 그래서 앞으로 나는 서울에서 또 어떤 매력을 발견하고 어떤 이야기를 담을지가 기대된다. 이번 주에도 나는 서울로 보물찾기를 하러 떠난다.

이 글에 대해 멤버들의 좋은 말이 이어졌다. "글이 밝고 좋아요." "긍정적인 기운을 준다고 할까? 잘 읽었어요." 등등. 물론 나도 동의한다. 읽고 나서 기분이 좋아지는 글이었다. 하지만 내 기분이 좋아진 것과 글에 대한 평가는 별개다. 세상에 문제없는 글은 없지만 이 글에는 다른 글에서는 좀처럼 찾아볼 수 없는 큰 문제가 하나 있었다. 게다가 나는 그 문제를 글을 읽자마자 발견했다.

먼저 이 글의 제목을 보자. 이 글의 제목은 「보물찾기」다.

'서울'이라는 주제를 내주었는데 제목이 「보물찾기」다. 당신이라면 제목만 보고 글의 내용을 예상할 수 있을까? 물론 천지가 개벽할 만한 혁신적인 제목은 아님을 잘 알고 있다. 열 번 정도의 기회가 주어진다면 여덟 번째쯤에 맞힐 수 있을 것도 같다. 그러나 동시에 분명한 점은 이 제목이 호기심을 자극한다는 점이다. 서울에 대해 쓴 글인데 보물에 대해 이야기한다고? 보물이 뭘까? 혹시 김봉현? 설마… 아니겠지.

제목은 충분히 호기심을 자극했으니 본격적으로 글을 읽을 차례다. 이제 나는 글쓴이가 제목에 심어 놓은 수수께끼를 따라 미지의 세계에 뛰어들어 모험을 떠나면 된다. 그러나 봉소여의 모험은 시작과 동시에 끝이 나고 말았다. 정확히 말하면 글의 두 번째 줄에서 끝났다. 다음 문장 때문이다.

내가 말하는 '보물'은 서울의 명소다.

이 문장은 나로 하여금 두 가지 상상을 하게 만들었다. 다시 말해 내가 만약 다음 두 가지 상황과 마주하게 된다면 아마 이 문장이 내게 주었던 기분과 똑같은 기분을 맛볼 수 있을 것이다.

#1.

한용운 – 님의 침묵

님은 갔습니다.

그런데 여기서 '님'은 '조국'입니다.

아아, 사랑하는 나의 님은 갔습니다.

푸른 산빛을 깨치고 단풍나무 숲을 향하여 난 작은 길을 걸어서 차마 떨치고 갔습니다.

황금의 꽃같이 굳고 빛나던 옛 맹세는 차디찬 티끌이 되어서 한숨의 미풍에 날아갔습니다.

#2.

지금부터 영화 「유주얼 서스펙트」를 상영하겠습니다.

참고로 범인은 '절름발이'입니다.

즐거운 관람하세요.

위의 두 가지 예시가 공감된다면 '좋아요' 클릭이요. 아무튼 확실히 당황스러운 일이다. 제목의 존재의의를 글쓴이가 스스로 없앤 격이 아닌가. 그것도 글을 시작하자마자. 장치를 그럴듯하게 설정해 놓고, 3초 후에 활용 가능성을 스스로 폭파시킨 격이 아니냔 말이다.

그렇다면 어떻게 써야 했을까. 당연히 '보물'의 정체를 밝히지 말았어야 했다. 이렇게 허무하게 밝힐 거라면 애초에 제목을 그렇게 짓지 말아야 했고, '서울 안의 명소'를 보물이라는 포장지로 싸지도 말았어야 했다. 대신에 글의 마지막까지 보물의 정체를 밝히지 않은 채 읽는 이의 멱살을 잡고 끌고 다녔어야 옳다. 글의 마지막 문장까지 읽는 이로 하여금 보물의 정체에 대해 궁금하게 만들었어야 옳다.

내가 생각하는 가장 좋은 방법은, 글의 처음부터 끝까지 '보물'이라는 단어를 한 번도 쓰지 않으면서도 시종일관 보물이 무엇을 말하는지 간접적으로 드러냄으로써 읽는 이가 보물의 정체에 대해 '확신에 가까운 추측'을 하게 만드는 것이다. 정답을 누가 손에 쥐어 주지는 않았지만 글을 다 읽은 후 다시 맨 위의 제목을 바라본 다음, 내가 찾아낸 것이 정답임을 거의 확신하며 흐뭇한 미소로 다음 페이지를 넘기게 한다면, 당신은 성공한 것이다. 우리는 '은근한' 걸 좋아하거든. 그리고 그게 단지 취향만도 아냐. 그게 더 수준 높은 거라고 나는 생각해.

아마 글쓴이는 서울이라는 주제를 받아든 후 어떻게든 '뻔함'을 피하고 싶었을 것이다. 그렇기 때문에 서울을 보물섬으로 바라보는 관점을 선택했을 것이다. 하지만 장치의 '설정'보다 중요한 것은 장치의 '활용'이다. 그것이 봉현의 법칙이다.

2부.

글쓰기의 포인트,
소설 빼고

진심이 아니면 들킨다

1. 에세이란?

에세이에 관한 정의는 이미 교과서에 실려 있다. 에세이를 흔히 수필이라고 부르기도 하지만 혹자는 에세이와 수필이 서로 다른 장르라고도 말한다. 또 수필을 중수필과 경수필로 나누기도 한다. 이상은 고등학교 문학시간에 배운 것을 최대한 떠올려 본 내용이다.

하지만 수학시간에 배운 수많은 공식을 어른이 된 후 사용한 적이 없다는 점을 떠올린다면 에세이에 관한 이런 말들은 지금 와서 딱히 외울 필요는 없다고 생각한다. 고등학교 때 문학 선생님을 디스리스펙트하는 것은 아니지만 나도 어른으로 좀 많이 살아 봤으니까 하는 말이다. 대신에 에세이에 관해서는 이 말만 기억하면 되지 않을까 싶다.

논증적 글쓰기의 반대

논리로 전개하고 근거를 증명해야 하는 글쓰기의 반대지점에 놓인 글. 다시 말해 논리가 아닌 '정서'로 읽는 이의 마음에 영향을 주는 글이 바로 에세이다. 칼럼에는 근거, 데이터, 당위, 논리, 주장, 결론 등이 필요하다. 그러나 조금 과장하자면 에세이에는 오직 정서, 정서만이 필요하다. 정~~~~~~~~~~~~~~~~~~~~~~서만이 필요한 것이다.

2. 에세이의 소재

에세이의 소재로는 무엇이 적절할까. 에세이가 논증적 글쓰기의 정반대 지점에 있는 글, 칼럼 같은 글과는 상극인 글이기 때문에 어떤 사람들은 에세이가 다룰 수 있는 소재가 있고 아닌 소재가 있다고 믿는다. 그들의 말에 따르면 에세이로 쓰기 적절한 소재는 따로 정해져 있는 것처럼 보인다. 비슷한 소재끼리 무인도에 따로 모여 살기라도 하나.

그러나 내 생각은 다르다. 에세이로 쓰기 적절한 소재는 따로 정해져 있지 않다. 모든 것이 에세이의 소재가 될 수 있다. 중요한 것은 소재 자체가 아니라 소재를 다루는 '방식'이기 때문이다. 다음의 글을 보자. 내가 조선일보에 연재한 글이다.

여전히 폐지 줍는 할머니를 도와드리고 있다. 마주칠 때마다 인사를 한다. 오늘은 집 근처 카페에서 글을 쓰다가 나가서 리어카를 끌어 드렸다. 할머니가 물어보신다. "저 카페에서 뭐 팔아유?" "커피 팔죠." "커피 말고 다른 거도 있어유?" "네. 쥬스 같은 것도 있어요." "언제 가서 함 팔아 줘야겠네."

할머니는 이 카페를 내 가게로 알고 있었다. 할머니에게 물었다. "이거 하루 종일 모으면 얼마나 버세요?" "1,200원 정도 받쥬." "네? 그걸로 어떻게 사세요?" 대답을 제대로 못 하신다. 하루에 1,200원 벌면서 뭘 5천 원짜리 커피를 팔아 주겠다고. 할머니 허세도 참.

갑자기 그동안 내가 드렸던 돈이 생각났다. 나는 이 할머니와 마주칠 때마다 만 원짜리 지폐 한 장씩을 쥐어 드렸다. "제가 그동안 드린 돈으로 뭐 좀 드셨어요?" "그럼유.

반찬 같은 거 사서 먹었지." 일당 1,200원을 버는 사람에게 누군가가 조건 없이 쥐어 준 만 원짜리의 무게는 어느 정도일지 가늠하려다가, 그냥 내가 너무 건방진 것 같아서 포기했다.

할머니에게 집 주소를 물어봤다. 물이나 생필품을 배달시켜 드리겠다고 했다. 이마트 쓱배송은 클릭 몇 번이면 된다. 하지만 한사코 거절하신다. 집에 전화기도 없다고 하신다. 물은 근처 약수를 떠 마시면 된다고 하신다. 네 번 정도를 더 물어봤다. 계속 괜찮다고 손사래를 치신다. 필요하면 먼저 사달라고 하겠다고 말하신다. 그제야 나는 그만두었다. 돌아오는 길에 잠시 서서 내 방법이 서툴렀는지 생각했다.

냉장고 안의 유통기한 지난 것들을 버리면서 나는 내 이웃의 숨겨진 가난을 떠올렸다. 아무도 숨기지 않았고 누구도 숨지 않았지만 존재하지 않는 사람들이 있다. 동사무소에 숫자로만 존재하는 사람들. 지도에도 없는 곳으로 가 몸을 누이는 사람들. 나는 아직도 동네를 모른다.

나는 이 글을 에세이라고 생각하며 썼다. 완성본도 다행히 에세이로 보인다. 하지만 이 글이 다루는 소재를 가지고 칼럼을 쓸 수는 없을까. 당연히 쓸 수 있다. 소재를 다루는 방식을 바꾸면 된다. 나는 동네의 폐지 줍는 할머니를 보고 이 글을 썼다. '폐지 줍는 할머니'라는 소재에 정서로 접근해 이 글을 완성했다. 그러나 만약 다음번에 이 소재를 '사회 불균형'이나 '복지'의 차원에서 다룬다면 아마 에세이가 아니라 칼럼이 완성될 것이다. 사각지대의 소외된 사람들에 대한 복지가 더 필요하다는 식의 결론을 갖춘.

　이렇듯 에세이에 소재 제한은 없다. 어떤 것에 대해서라도 에세이를 쓸 수 있다. 오히려 에세이의 소재로 적절하지 않은 것처럼 보이는 소재를 선택해 훌륭하게 쓸 수 있다면 그것이야말로 최선일 것이다. 예를 들어 '김영란법'에 관해 칼럼이 아니라 에세이를 썼는데 다 읽고 눈물이 난다면? '북미 정상회담'에 관해 에세이를 썼는데 신춘문예에 당선된다면? 이제 당신의 성공길은 활짝 열렸다. 모든 것은 실력의 문제다. 갑자기 언에듀케이티드 키드라는 래퍼의 랩 가사가 떠오른다. "넌 핑계, 난 실행."

3. 에세이의 에센스

(1) 정답이나 결론은 필요 없다

칼럼이라면 필요하다. 칼럼에는 결론이 필요하다. 정확한 자기주장이 글 전반에 담겨 있어야 하고 특히 결론의 논지가 분명해야 한다. 때로는 자기 생각을 정답이라고 주장할 필요도 있다. 칼럼이라면.

그러나 에세이에는 정답이나 결론이 필요 없다. 정답이나 결론을 절대로 담아서는 안 된다는 말이 아니다. 정답이나 결론을 내리려 애쓰거나 강박을 가질 필요가 없다는 말에 가깝다. 앞서 말했듯 에세이는 정서로 승부하는 글이기 때문이다. 노파심에 말하면 결론이 필요 없다고 해서 글을 제대로 마무리하지 않아도 된다는 뜻은 아니다. 위에 예문으로 든 내 에세이를 보자. 마지막 문장은 다음과 같다.

나는 아직도 동네를 모른다.

언뜻 보면 평범한 문장이다. 특별한 표현도 없다. 하지만 나는 이 마지막 문장을 얻기까지 많은 고민을 했다. 많은 시간을 쏟았다. 이 문장 하나만 떼어 놓고 보면 별다른 느낌이 없을 수 있지만 글 전체를 읽어 내려간 끝에 이 문장에 다다른다면 생각이 달라질 것이라고 확신한다. 이 글을 쓸 때 나는 정답이나 결론을 내리려고 하지는 않았지만 글을 제대로 마무리하기 위해 노력했고 이 문장이 글을 제대로 마무리해 줄 수 있다고 생각했다.

이렇듯 에세이 역시 다른 모든 장르의 글처럼 마무리는 제대로 해야 한다. 하지만 당신이 에세이를 쓰고 있다면 정답과 결론을 내리려는 강박을 가질 필요는 없다. 그보다는 좋은 정서를 하나라도 더 담아내기 위해 노력하는 편이 낫다. 결론은 칼럼에 양보하자.

(2) 창피를 무릅쓰고 모든 것을 드러낼 것. 진심이 아니면 들킨다

언뜻 보면 뻔하고 당연한 말처럼 들린다. 김봉현이 드디어 할 말이 떨어졌다고 생각할 수도 있다. 하지만 뻔한 말을 어디서 주워듣거나 그냥 외워서 하는 것과 그 말의 위력을 직접 실감한 다음에 하는 것은 완전히 다르다. 나는 당연히 후자 쪽이다. 나는 저 말의 위력을 내가 글을 쓸 때도 느꼈고 남의 글을 읽을 때도 느꼈다. 때문에 나는 이 뻔한 말을 자신 있게 내세울 수 있다.

'창피를 무릅쓰고 나의 모든 것을 드러내는 행위'의 위력을 느꼈던 적이 있다. 여자친구와 헤어진 직후 에세이를 쓸 때였다. 여자친구와 카페에서 만나 이제 모르는 사람이 되기로 협의한 후, 나는 돌아와 바로 에세이를 쓰기 시작했다. 에세이를 쓰며 여러 감정이 들었다. 이것이야말로 글 쓰는 사람의 운명이란 생각에 나 자신이 좀 멋있다는 생각을 하다가도 이 상황에서조차 글을 쓰고 있다는 생각에 나 자신이 미친놈이나 괴물처럼 느껴지기도 했다. 그렇게 나는 내 삶을 다해 사랑했던 여자와 이별한 후 몇 시간 만에 이 글을 완성했다.

너는 빛났다. 너도 나를 그렇게 보는 것 같았다. 처음으로 단둘이 만났던 저녁엔 네가 먼저 기다리고 있었다. 내가 지나치는 골목을 여러 번 사진으로 찍어 너에게 보내 줬다. 그렇게라도 너의 기다림을 최대한 줄이고 싶었다. 우리는 밀고 당길 필요가 없었다. 너와 나는 처음부터 서로를 확신했다.

너는 나에게 둘 다 주었다. 네 덕분에 나는 함께일 때의 안정감과 혼자일 때의 자유로움을 둘 다 가질 수 있었다. 혼자 지냈던 세월이 떠오른다. 오랜 시간 동안 나는 노력했었다. 조바심 내지 않고 나를 가꾸며 새로운 사람을 기다렸었다. 그리고 내 앞에 네가 나타났다. 좋은 기다림이었다고 생각했다. 과분한 사람이 왔다.

화장이 지워진 얼굴을 보고도 예쁘다고 생각한 건 네가 처음이었다. 네 얼굴의 주근깨를 보고 예쁜 무늬 같다고 생각했다. 통화로 다툰 후 너를 만나면 다툰 이유가 기억나지 않았다. 내가 다 잘못했다. 예쁜 네 얼굴은 잘했다.

너는 내가 가장 좋아하는 걸 가지고 있었다. 내가 가장 싫어하는 건 너에게 없었다. 이게 내가 널 사랑하게 된 이유였다. 네가 주는 편안함, 네가 주는 안정감, 네가 날 지지하고 있다는 느낌이 좋았다. 너의 20대를 못 가진 것은 나의 최대 불운이었다. 이게 문득문득 날 미치게 했다.

그런데 과연 나는 너를 알았던 걸까. 물론 나의 너는 알고 있었다. 잘 알고 있었다고 생각한다. 하지만 너의 너를 나는 알고 있었을까. 나는 너를 알고 있었을까. 나는 그동안 뭘 했던 걸까. 나는 누구를 만났던 걸까. 우리가 했던 건 사랑일까.

주변 사람의 시간을 빼앗기 시작했다. 당신들은 내 이야기를 들을 의무가 있어. 지금의 내 꼴을 봐. 미안해. 나중에 밥 살게. 사실 안 미안해. 이 정도는 나한테 해줘야지. 이 정도도 안 해주면 넌 사람도 아니지. 미안해. 조금만 버텨 줘.

너에게 받은 선물이 많다. 여전히 네가 준 지갑을 가지고 다닌다. 사실 네가 준 스킨로션은 버리려고 했다. 그런데 그럴 수 없었다. 너는 나에게 꼭 필요한 것만 주었다. 네가 준 것은 모두 유용하다.

많은 것을 고쳤다. 내가 했으면 좋겠다며 네가 말하던 걸 거의 다 시작했다. 네가 바꾸길 원했던 모든 것을 바꾼 후 상자에 한꺼번에 담았다. 고친 내 성격, 내 습관, 내 말투도 넣었다. 그것들을 네가 없는 자리에 바치고 왔다. 이제야 겨우, 이제라도 다행히.

사람을 잃고 글을 얻는 일에 대해 생각한다. 이렇게 어리석은 짓이 없다. 이렇게 손해 보는 장사가 없다. 하지만 사람을 잃어야만 쓸 수 있는 글이 있다. 지금 난 글이라도 얻어야겠다. 무엇이라도 얻어야겠다. 무엇이라도 닥치는 대로 얻어야겠다.

어른의 악수를 하고 왔다. 전부를 주고 혼자 남는 일을 또

했다. 밤은 이제 견뎌야 하는 것이 됐다. 쌀쌀한 바람이 분다. 나에게도 새로운 계절이 왔다.

이 글을 다 쓴 후 나는 직감했다. 그동안 내가 쓴 모든 에세이를 통틀어 가장 훌륭한 글이라는 사실을. 사람을 잃은 대가로 얻은 글이었기 때문이다. 무엇보다 숨기는 것 없이 내 모든 것을 스스로 까발린 글이었기 때문이다. 더 놀라운 것은 주변의 반응이었다. 특히 유지성 씨의 반응이 나를 놀라게 했다. 유지성은 『GQ 코리아』와 『플레이보이 코리아』에서 에디터로 일했던 나의 친구인데, 평생 좋은 말 한 번 해준 적 없던 그가 이 글을 읽고 나에게 말해 왔다.

"정말 죽기보다 인정하기 싫지만 이 글은 솔직히 너무 좋았다. 특히 '네가 준 것은 모두 유용하다'. 이 문장은 대단했다. 이제 난 너의 노예가 되겠다."

마지막 문장은 드립이지만 다른 말은 진짜다. 나는 낯선 그의 칭찬 앞에서 진심의 힘에 대해 다시 한번 생각했다. 창피를 무릅쓰고 나의 모든 것을 드러낼 때 발생하는 힘에 대해서 말이다.

다른 사람의 에세이를 읽을 때도 진심의 힘을 종종 느낀다. 어떤 이의 에세이는 아무리 읽어도 친해지지 않아 답답할 때가 있다. 언뜻 보면 솔직하게 써놓은 것 같은데 왠지 알맹이는 빠져 있는 느낌이 드는 글이 있다. 그럴 때 나는 글쓴이에게 살며시 물어본다. 혹시 글에 숨긴 것이 있냐고, 정말 중요한 것에 대해서는 말하지 않은 것 같다고. 그제야 글쓴이는 고백하기 시작한다. 방어적으로 썼다고, 다 말하기는 조금 무서웠다고.

창피를 무릅쓰고 나의 모든 것을 드러내지 않았다고 해서 잘못이란 말은 아니다. 사람은 저마다 다양하고 각자 다른 시기를 지나고 있으며 누구에게나 사정은 있다. 하지만 에세이를 쓸 때 창피를 무릅쓰고 나의 모든 것을 드러낼 준비가 돼 있다면 절반 이상은 성공한 것이라고 말하고 싶다. 진심이 아니면 들킨다.

(3) 감정의 과잉은 금기다. 슬프다고 울부짖는 노래일수록 안 슬픈 법

장례식장에서 가장 슬픈 사람을 알아보는 법이 있다. 바로 눈물 한 방울 흘리지 않는 사람이 가장 슬퍼하는 사람이다.

통곡하는 자의 슬픔을 깎아내릴 생각은 없다. 그러나 눈물 한 방울 흘리지 않는 사람의 슬픔이 통곡하는 자의 슬픔보다 더 클 수도 있다. 나는 그렇게 믿는다.

이별노래를 좋아한다. 이별에 대한 가사를 담은 한국 발라드를 즐겨 들었다. 하지만 모든 이별노래를 좋아하는 것은 아니다. 슬프지 않은 이별노래는 별로 좋아하지 않는다. 그런 노래가 어떤 노래냐고? 슬프다고 울부짖는 노래들이다. '나는 지금 너무 슬퍼서 죽을 것 같다고 울부짖는' 노래들은 하나같이 슬픈 적이 없었다. 대신에 100만큼 슬픈데 50만큼 슬프다고 하고, 50만큼 슬픈데 그냥 괜찮다고 말하는 노래들이 나는 유독 슬펐다.

그래서 윤종신을 좋아했다. 윤종신의 노래는 하나같이 담담했다. 그렇다고 이별노래를 웃으면서 부른 건 아니지만 최소한 울부짖지는 않았다. 괜찮다고, 견딜 만하다고, 그렇게 해보겠다고, 나보다 당신이 더 걱정이라고, 담담하게 말하곤 했다. 예를 들어 「No Schedule」 같은 노래가 그렇다. 가사를 보자.

한밤중에 늦은 친구 전화에

머뭇거림 없이 문을 나서고

헤어질 무렵이 마냥 아쉬워

애꿎은 친구만을 붙잡는 새벽

잠을 깨면 어제와 같은 점심

미각 둔해져 버린 예전 추억

샤워 물줄기가 씻어 주는 건

겉에만 보여지는 옅은 초췌함

네가 떠나간 뒤에 내게 사라진 것들

하루의 준비들과 꿈을 기대하는 밤

비어 버린 시간들 너 없이 채우려 해

무얼 해야 하는지 아무 계획도 없는 이별 뒤

　나는 이 노래가 너무 슬프다. 담담함은 어른의 것이기 때
문일까. 문득 빛과 소금의 「내 곁에서 떠나가지 말아요」도 떠
오른다. 이 노래에선 '나약한 내가 뭘 할 수 있을까 생각을 해
봐'라는 구절을 좋아한다. 연인과 헤어진 상황에서 정신을
다잡으려고 하는 노력이 나를 더욱 슬프게 하기 때문이다.

윤종신의 노래도 빛과 소금의 노래도 슬픔 너머의, 슬픔 이상의 슬픔을 담고 있다.

글도 마찬가지다. 에세이라면 더욱 그렇다. 감정을 절제하려는 시도와 노력이 그 감정을 더욱 효과적으로 읽는 이에게 전달해 준다고 나는 믿는다. 슬퍼하는 모습보다 슬픔을 참으려는 모습이 더 슬프다.

(4) 감정을 때로는 묘사로 대신할 것

3번과 비슷하면서도 다른 이야기다. 과잉을 경계하고 절제를 추구한다는 점에서는 3번과 비슷하다. 감정을 직접적으로 드러내지 않고 행동이나 사물을 묘사하는 것으로 대체하면 대체로 그 감정의 수위는 낮아지기 때문이다. 하지만 이 항목은 과잉을 경계하는 것에 포인트가 있다기보다는 감정을 다른 방식의 표현으로 대체함으로써 정서를 더 효과적으로 전달하는 데에 포인트가 있다. 다음 예문을 보자.

나는 태연한 척하며 그걸 주머니에 집어넣으려고 했다. 그런데 내가 좋아하는 앞치마에는 어디에도 주머니가 달려 있지 않았다.

소설 『러브 레터』의 마지막 부분이다. 『러브 레터』는 영화로 널리 알려져 있지만 소설도 있다. 나는 이 부분을 감명 깊게 읽었다. 그렇기 때문에 지금 예문으로도 활용하고 있다. 물론 혹자는 이 부분을 가리켜 '일본'의 특징이라고 말할지도 모른다. 그렇게 볼 수도 있다고 생각한다. 하지만 그와 별개로 이 부분은 정서를 효과적으로 드러낸 좋은 예시이기도 하다. 에세이를 잘 쓰고 싶은 사람이 알아 두면 좋은 기술 말이다.

잠시 저 부분에 대해 설명해 보자. 여주인공은 어린 여자아이들에게 엽서 한 장을 받는다. 뒷장을 보니 어릴 적 자신의 얼굴이 그려져 있었다. 남주인공이 어릴 적에 그려 놓은 그림이다. 여주인공은 이제야 남주인공도 어릴 때 자기를 좋아했다는 사실을 알게 된다. 기쁘지만 당황스럽고 부끄러워진 여주인공은 황급히 엽서를 주머니 속에 넣으려고 한다. 그러나… (생략)

중요한 부분은 저 중에서도 마지막 문장이다. '그런데 내가 좋아하는 앞치마에는 어디에도 주머니가 달려 있지 않았다.' 내 앞치마에 주머니가 없다는 것은 사실 기술에 가깝다. 혹은 홈쇼핑에서 앞치마를 팔 때 하는 기능 설명에 해당할 수도 있다. "저희 회사 앞치마에는 주머니가 달려 있지 않습니다. 주머니에 손을 넣을 수가 없으니 쉬지 않고 설거지를 할 수 있어요!"

그러나 앞에 특정한 상황이 발생한 후 이 문장이 등장하면 이야기가 달라진다. 황급히 엽서를 주머니 속에 넣으려고 했으나 하필 앞치마에 주머니가 달려 있지 않았던 것이다. 이 때 이 문장은 여주인공의 감정을 이어받아 그것을 더 진하게 만들어 주는 역할을 한다. 감정을 직접적으로 표출하는 것보다 앞치마의 형태를 시각적으로 묘사하는 것이 더 깊은 여운을 드리운다는 이야기다.

여기서 놓치지 말아야 할 점이 있다. 앞치마의 형태를 시각적으로 묘사하는 이 문장의 앞에 스리슬쩍 끼워 둔 '좋아하는'이라는 부분이다. 다음 세 가지 예를 보자.

–그런데 앞치마에는 어디에도 주머니가 달려 있지 않았다.

–그런데 나의 앞치마에는 어디에도 주머니가 달려 있지 않았다.

–그런데 내가 좋아하는 앞치마에는 어디에도 주머니가 달려 있지 않았다.

무엇이 정서를 가장 효과적으로 전달하는 문장일까. 세 번째 문장이라고 생각한다. 기쁘지만 당황스럽고 부끄러워져 엽서를 황급히 숨겨야 하는 상황에서, 내가 '좋아하는' 앞치마에 하필 주머니가 달려 있지 않다는 사실이 주인공의 감정을 더 세밀하고 정확하게 드러내 준다고 생각하기 때문이다.

사실 이 항목은 만화작품 하나를 추천하는 것으로 대신할 수도 있었다. 『H2』, 혹은 『터치』, 혹은 『러프』, 혹은 아다치 미츠루의 모든 작품. 아다치 미츠루의 만화야말로 내가 이 항목에서 말하고자 하는 것의 모든 것이다. 감정을 행동 묘사로 대신하기, 감정을 사물 묘사로 대신하기, 감정을 드러내지 않는 척하면서 실은 효과적으로 모두 드러내기. 에세이를 쓸 때에도 꼭 필요한 덕목이다.

(5) 개인의 경험으로 시작해 모두의 보편으로 끝낼 것

사람들은 에세이를 지극히 사적인 장르라고 생각한다. 사람들은 개인의 경험이나 감상을 내밀하게 드러내는 글이 에세이라고 이해하고 있다. 이렇게 말하니 반론이라도 펼칠 것 같지만 아니다. 나도 동의한다. 에세이는 그런 글이다.

그러나 문제는 여기서부터 시작한다. 에세이를 잘 쓰고 싶은 사람들이 토로하는 고민이 있다. "왜 제 글은 에세이가 아니라 일기 같죠?" 사람들은 일기와 에세이의 차이를 종종 묻는다. 그럴 때면 나는 이렇게 대답한다. "일기는 개인의 경험에서 시작해 개인의 경험으로 끝나는 글이고요, 에세이는 개인의 경험에서 시작해 모두의 보편으로 끝나는 글입니다."

앞서 에세이의 소재에 관해 말할 때 예로 들었던 내 글을 다시 가져와 보자. 그 글의 마지막 문단이다.

냉장고 안의 유통기한 지난 것들을 버리면서 나는 내 이웃의 숨겨진 가난을 떠올렸다. 아무도 숨기지 않았고 누구도 숨지 않았지만 존재하지 않는 사람들이 있다. 동사무소에 숫자로만 존재하는 사람들. 지도에도 없는 곳으로가 몸을 누이는 사람들. 나는 아직도 동네를 모른다.

나는 이 마지막 문단을 통해 나의 글이 모두의 글이 되길 바랐다. 이 글을 읽는 모두가 각자의 동네에 관해, 각자의 이웃에 관해 생각하길 바랐다. 사람들이 이 글을 읽은 후 단순히 '아, 폐지 줍는 할머니를 도와드렸구나. 잘했네'라고만 생각하지 않길 바랐다. 내 글을 각자의 삶에 적용시키기를 바랐다.

좋은 노랫말은 좋은 에세이와 비슷하다고 생각한다. 그리고 좋은 노랫말로부터 받은 감동은 좋은 에세이로부터 받은 감동과 비슷한 경우가 많았다. 자이언티의 「양화대교」를 예로 들어 보자. 사람들은 왜 이 노래에 호응했을까. 자이언티 개인의 경험이 모두의 보편으로 사람들에게 스며들었기 때문이라고 생각한다. 첫 벌스를 보자.

우리 집에는
매일 나 홀로 있었지
아버지는 택시드라이버
어디냐고 여쭤보면 항상
"양화대교"

아침이면 머리맡에 놓인
별사탕에 라면땅에
새벽마다 퇴근하신 아버지
주머니를 기다리던

어린 날의 나를 기억하네

엄마 아빠 두 누나

나는 막둥이, 귀염둥이

그날의 나를 기억하네

기억하네

여기까지는 자이언티의 사적인 경험을 엿보는 느낌이 강하다. 하지만 후렴이 시작되며 이 노래는 우리 모두의 노래가 된다.

행복하자

우리 행복하자

아프지 말고 아프지 말고

행복하자 행복하자

아프지 말고 그래 그래

내가 「양화대교」를 듣고 받은 감동은 좋은 에세이를 읽고 받았던 감동과 거의 똑같다. 남의 이야기를 통해 나의 삶과 마주하는 경험 말이다. 언니네이발관의 앨범 『가장 보통의 존재』도 비슷한 사례로 꼽을 수 있다. 이 앨범은 왜 그렇게 많은 지지를 받았을까. 이석원 개인의 사랑과 이별 이야기가 곧 우리 모두의 사랑과 이별 이야기이기도 했기 때문이다. '가장 보통의 존재'라. 우리 모두는 사랑 앞에서 가장 보통의 존재가 된 적이 있으니까.

즉 「양화대교」도, 『가장 보통의 존재』도 예술가의 개인적 경험이 훌륭한 작품을 통해 불특정 다수에게 전파되며 거대한 보편성을 획득했다는 면에서 높은 가치가 있다고 말할 수 있다. 그리고 이것은 누누이 말하지만 좋은 에세이가 지닌 힘과도 통한다. 개인의 경험으로 시작해 모두의 보편으로 끝낼 것.

얄밉지만 재수 없지 않으면서 반박 못 하게

1. 칼럼이란?

칼럼의 정의에 대해서는 사실 특별히 이야기하지 않아도 된다고 생각한다. 에세이의 정의에 대해 이미 설명한 바 있기 때문이다. 앞에서 나는 에세이를 가리켜 논리로 전개하고 근거를 증명해야 하는 글쓰기의 반대지점에 놓인 글이라고 말했다. 여기서 '논리로 전개하고 근거를 증명해야 하는 글쓰기'가 바로 칼럼이다. 에세이의 반대지점에 있는 글쓰기란 뜻이다.

에세이가 정서적인 글쓰기라면 칼럼은 논증적인 글쓰기다. 에세이에 정서가 필요하다면 칼럼에는 근거, 데이터, 당위, 논리, 주장, 결론 등이 필요하다. 또 에세이를 쓸 때에는 체온이 요구되지만 칼럼을 쓸 때에는 차가운 머리가 요구된다. 두 가지를 동시에 품고 다니다가 적재적소에 꺼내 쓸 수 있다면 그것이야말로 가장 좋다.

칼럼은 때때로 대결적이거나 논쟁적인 색채를 지닌다. 주장하고 결론을 내다 보면 나와 다른 생각을 가진 사람과 부딪칠 수밖에 없다. 또 칼럼은 에세이와 달리 빈틈이 적을수록 좋고 아귀가 맞을수록 좋다. 이런 면에서 칼럼은 에너지 소모가 가장 심한 글쓰기라고도 볼 수 있다. 때문에 많은 사람이 칼럼을 쓰기 힘겨워 한다. 하지만 이 책을 읽고 있는 당신의 경우는 다르다. 김봉현과 함께라면 당신은 할 수 있다.

2. 칼럼에 필요한 것 - 정보, 관점, 주장

칼럼을 쓰기 위해 가장 먼저 필요한 것은 정보다. 예를 들어 그래미 어워드 논란에 관해 칼럼을 쓴다고 해보자. 가장 먼저 필요한 것은 그래미 어워드를 둘러싼 각종 정보다. 어떤 시상식인지, 심사 기준은 어떻게 되는지, 같은 원론적인 정보에서부터 올해에는 누가 상을 받았는지, 그리고 현재 벌어지고 있는 논란의 핵심은 무엇인지에 이르기까지 다양한 층위의 정보를 최대한 정확하게 수집해야 한다. 주장이 아무리 날카로워도 팩트에 오류가 있다면 글의 신빙성은 급격히 떨어진다.

정보를 수집했다면 필요한 것은 관점이다. '어떻게 볼 것인가?' 음악에 관한, 예술에 관한, 시상식에 관한 나의 가치관과 기준은 무엇인가. 현재 벌어지고 있는 논란에 대해 나는 어떠한 틀과 태도로 접근할 것인가. 글을 쓰는 데에 필요한 몇 가지 관점을 미리 선택해 놓을 필요가 있다.

관점을 정했다면 이제 주장을 하면 된다. 방향성이 정해졌으니 밀고 나가면 된다는 뜻이다. 물론 무턱대고 돌격하라는 말은 아니다. 주장은 정교해야 하고 모순이 없어야 하며 나만의 것일수록 좋다. 더 자세한 이야기는 차차 하도록 하자.

3. 성공적인 칼럼이란?

칼럼을 잘 쓰는 법은 쉽다.

1) 나의 생각을

2) 얄밉지만 재수 없지 않으면서

3) 반박 못 하게 쓰면 된다.

물론 말만 쉽다는 뜻이니 오해는 말자. 다시 말하면 내 칼럼을 읽은 사람의 반응이 이렇게 나온다면 그 글은 성공했다고 보면 된다.

"이 사람은 자기 생각이 분명해 보여. 그게 뭔가 좀 묘하게 얄밉긴 한데 재수 없을 정도는 아니야. 무턱대고 자기 주장만 늘어놓은 느낌은 아니거든. 중간중간에 역지사지도 하는 것 같고 균형을 잡으려고 노력하는 것도 같고 말이야. 사실 내 생각이 이 사람과 완전히 똑같진 않아. 그런데 뭔가 반박을 하라고 하면 딱히 못 하겠어. 이 글처럼 생각할 수도 있다고 생각해."

4. 칼럼의 에센스

(1) 주장과 결론이 필요하다

칼럼에는 주장과 결론이 필요하다. 주장은 칼럼을 지탱하는 힘이고 결론은 칼럼을 마무리하는 힘이다. 에세이에는 결론이 딱히 필요 없다. 결론을 내려선 안 된다는 뜻은 아니지만 결론을 내리려고 강박을 가질 필요는 없다. 하지만 칼럼에는 결론이 필요하다. 예를 들어 사형제 존폐에 관해 칼럼을 쓴다고 해보자. 이 글을 읽은 사람은 당신이 사형제에 관해 어떤 입장을 가지고 있는지 알 수 있어야 한다. 읽은 이가 당신이 사형제에 관해 어떤 결론을 내렸는지 알 수 있어야 칼럼이다. 칼럼의 기본이다.

(2) 가능한 한 많은 정보를 수집할 것

칼럼을 쓰기 전에는 가능한 한 많은 정보를 수집해야 한다. 언뜻 너무 당연한 말처럼 들리지만 매우 중요한 부분이다. 아무리 날카로운 주장을 해도 사실관계에 오류가 있거나 정보가 부실하면 그 칼럼은 한순간에 신뢰를 잃는다. 반면 깨알 같은 정보가 글의 곳곳에서 글쓴이의 주장을 뒷받침하고 있다면 그 칼럼은 읽는 이의 신뢰를 얻을 수 있다.

　나는 현재 『에스콰이어 코리아』에 몇 년째 칼럼을 연재하고 있다. 사람들이 읽는 최종본은 A4 2장 남짓이지만 나는 그 글을 쓰기 위해 수많은 자료를 읽는다. 사실 책상 앞에 앉아서 글을 쓰는 시간 자체는 많이 걸리지 않는다. 그래도 최소 몇 시간은 걸리지만 그 정도 노동은 당연하다. 정작 오래 걸리는 건 그 전 단계다. 키보드를 타이핑하기 위한 기반을 만드는 작업 말이다.

'틱톡 열풍'에 관한 칼럼을 쓴다고 해보자. 일단 소파에 누워 아이폰을 든다. 구글에서 틱톡을 검색한다. 결과로 뜨는 각종 기사를 닥치는 대로 읽는다. 한국 기사도 있고 외국 기사도 있다. 정보 제공에 가까운 글도 있고 칼럼도 있다. 틱톡에 관한 유저 반응을 정리한 글도 있고 틱톡의 산업적 가치를 추산한 글도 있다. 최대한 많은 자료를 읽고 듣고 본다. 이 작업을 며칠간 지속한다.

이 과정을 통해 얻게 된 정보를 한글문서에 메모해 놓는다. 어떤 건 링크로 걸어 놓고 어떤 건 한 문장으로 요약해 놓는다. 어떤 건 번역도 하지 않은 채 영문으로 '복붙'해 놓는다. 어떤 건 글에 활용할 것이 확실하기 때문에 빨간색으로 바꿔 놓는다. 글을 완성한 후 돌아보면 수집한 정보의 양이 글의 몇 배가 된다. 이 정도의 정보를 손에 쥔 후에야 나는 글쓰기를 겨우 시작한다.

물론 수집한 모든 정보를 글에 온전히 활용하지는 못한다. 공들여 읽은 남의 긴 글도, 일일이 번역해 이해한 영문 기사도, 글에 한 문장 정도 겨우 활용하거나 혹은 전혀 활용을 못하는 경우도 빈번하다. 그럴 땐 솔직히 좀 허무하다. '내가 이걸 읽으려고 얼마나 노력했는데… 내가 이걸 읽으려고 얼마나 많은 시간을 투자했는데…' 본전 생각이 스친다. 하지만 어쩔 수 없다. 백발백중할 수는 없다. 모든 것이 유용할 수는 없고 모든 시간을 낭비 없이 효율적으로 사용할 수는 없다. 당연한 과정으로 받아들여야 한다.

사실 '낭비'는 잘못된 말이다. 이 상황에 이 단어는 어울리지 않는다. 낭비는 없다. 모든 것이 도움이 된다. 글에 직접 활용하지 못한 자료도 실은 글에 도움이 됐다고 보는 편이 맞다. 어떤 자료를 글에 직접 활용하지 않았더라도 그 자료를 읽고 이해했기에 쓸 수 있었던 표현과 문장이 있기 때문이다. 머릿속에서 무형의 기반이 되어 준 것이다.

칼럼을 쓰기 전 가능한 한 많은 정보를 수집해 놓았을 때 경험하게 되는 또 다른 순간이 있다. 글을 쓰기 전에는 의도하지도 않았고 준비하지도 않았는데 글을 쓰면서 활용할 방법이 떠올라 어떤 자료를 글에 포함시키는 순간이다. 이럴 때는 희열마저 느껴진다. 그리고 이런 순간이 많을수록 글은 더 촘촘해지고 단단해진다. 주장과 근거가 유기적으로 얽혀 있는 잘 쓴 칼럼이 되는 것이다. 정보 수집에 시간과 노력을 들인 덕이다.

성실함이나 꼼꼼함 같은 가치는 언젠가부터 입에 올리기

머쓱해졌다. 누구나 아는 말을, 너무도 당연한 말을 반복하는 것 같기 때문이다. 하지만 그 위력을 실감한 입장에서는 이 말을 다시 한번 강조할 수밖에 없다. 시간과 노력을 들인 정보 수집이 기반이 된 칼럼은 분명히 티가 나게 돼 있다. 알아보는 사람은 알아본다. 그리고 이 정보 수집 작업은 글 실력이 향상되었다고 해서 생략할 수 있는 작업이 아니다. 어느 분야나 마찬가지다. 성실함은 기본이자 관건이다.

(3) 이분법은 휴지통에 버릴 것

칼럼이 성립하려면 주장과 결론이 필요하다고 이야기한 바 있다. 하지만 그렇다고 이 말이 이분법을 사용하라는 뜻은 아니다. 주장을 명확히 하는 것과 이분법으로 사안을 보는 것은 엄연히 다르기 때문이다. 많은 사람이 여전히 둘을 같은 것으로 인식하고 있지만 실은 그렇지 않다.

생각해 보자. 세상에 존재하는 이견과 대립, 갈등을 과연 이분법으로 온전히 재단할 수 있을까. 영화나 소설이 아니라 현실에서 선과 악, 100 대 0, 진짜와 가짜로 명쾌하게 구분할 수 있는 것이 과연 얼마나 있을까. 물론 이러한 생각에 과도하게 몰입해 기계적 균형에 빠지는 일은 없어야 한다. 그러나 '다른 여지'나 '다양한 가능성'에 대한 최소한의 고민 없이 '자기의 옳음'만 내세워 타인을 단죄하는 이분법은 영원히 쓰레기통에 버려도 좋다. 칼럼은 나만 옳은 이분법에 의거해 쓰는 글이 아니다. 대신에 합리와 균형으로 나의 주장을 세상에 내보이고 사람들을 설득하는 글이다.

비록 그 과정은 지난하고 어려울 것이다. 하지만 그 과정 속에서 적지 않은 시간과 에너지가 소모되더라도, 또 설령 그 결과가 자신이 정해 놓은 이분법의 도식에 들어맞지 않더라도, 그 오류의 찝찝함을 늘 각오하며 수용할 수 있는 태도로 우리는 살아가야 한다. 갑자기 삶에 관해 이야기한 이유는 글도 결국 삶의 일부분이기 때문이다. 글을 쓸 때에도 우리는 그 속에서 삶을 연장하고 있는 것뿐이다. 때문에 삶에서 견지해야 할 태도를 글에서도 견지할 필요가 있다. 그것이 세상이고 그것이 김봉현의 법칙이다.

(4) '물론 이해가 가는 부분도 있지만'

앞 내용과 이어지는 맥락에서 말해 보자. SBS 「백종원의 골목식당」을 보며 인상 깊었던 장면이 있다. 초반부의 어떤 순간이다. 백종원은 스테이크 가게 종업원에게 서빙 요령을 가르치고 있었다. 그때 그가 유달리 강조했던 포인트가 있다.

"제일 중요한 게 뭐죠?"

"아시겠지만…"

"'물론 아시겠지만'이에요. 이 말을 처음에 꼭 붙여야 해요. 이거 되게 중요해요."

이 프로그램을 본 독자들은 물론 아시겠지만 이 장면은 백종원의 오랜 경험에서 비롯된 노하우를 드러낸다. 손님에게 메뉴를 설명할 때 '물론 아시겠지만'이라는 표현을 꼭 맨 앞에 붙이라는 것이다. 곧바로 비교를 해보자.

"손님. 메뉴에 대해 간단히 설명드리겠습니다. 스테이크는 유럽식 스테이크와 미국식 스테이크가 있는데요, 유럽식이 더 양이 적고 조리법도 간편한 편입니다. 그런데 저희 가게는 저희가 독자 개발한 한국식 스테이크를 판매하고 있고요, 2002 월드컵 버전과 김봉현 베스트셀러 작가 버전이 있습니다."

이럴 때 나는 이렇게 반응할 것 같다.

"누가 그거 모르나요? 전 삼시세끼 스테이크만 먹고 사는
데요? 엄마가 그렇게 하라고 했는데요? 하지만 마마보이
는 아닌데요? 그 중간쯤인데요?"

한편 백종원이 알려 준 대로 설명을 해보자.

"손님. 메뉴에 대해 간단히 설명드리겠습니다. 물론 이미
잘 알고 계시겠지만 스테이크는 유럽식 스테이크와 미국
식 스테이크가 있는데요, 유럽식이 더 양이 적고 조리법
도 간편한 편입니다. 그런데 저희 가게는 저희가 독자 개
발한 한국식 스테이크를 판매하고 있고요, 2002 월드컵
버전과 김봉현 베스트셀러 작가 버전이 있습니다."

이럴 때 나의 반응이다.

"아하! 이 사람은 내가 스테이크에 대한 배경지식을 이미
알고 있다고 생각은 하지만 가게에 찾아온 손님인 만큼

다시 친절하게 설명을 해주고 있는 거야. 와, 근데 한국식 스테이크는 뭐지? 신선한걸. 빨리 먹어 보고 싶다. 인스타에 올려야지."

물론 장난을 가미해서 쓰긴 했다. 그러나 본질은 변하지 않는다. '물론 아시겠지만'이라는 말의 마법 같은 힘 말이다. 사전을 찾아보면 '물론'의 뜻은 '말할 것도 없이'로 나온다. 따라서 '물론 아시겠지만'을 풀이하면 이렇게 된다. "말할 것도 없이, 당연히 알고 계실 거라고 생각하지만 그래도 다시 한번 확인하는 차원에서 굳이 말씀드린다면…" 이런 뉘앙스의 말을 듣고도 불쾌해하는 사람이 과연 있을까. 도널드 트럼프 말고는 없다.

백종원의 '물론 아시겠지만'이 인상적이었던 이유는 이 표현이 내가 글을 쓸 때 자주 사용하는 표현이기도 하기 때문이다. 물론 정확히 말하면 나는 '물론 아시겠지만'보다는 '물론 이해가 가는 부분도 있지만'이나 '물론 이런 면도 있지만' 유의 표현을 자주 사용한다. 물론 '물론'이 포함된 표현이라는 점에서는 똑같다.

'물론…' 스킬은 글 자체의 무게감과 신뢰감을 높일 수 있다. 어찌 보면 '물론' 다음에 오는 내용은 대부분 글의 '부록'이라고 할 수 있다. 나의 주장과 다른 내용, 나의 주장에 포함되지 않는 내용이 '물론' 다음에 오는 경우가 많기 때문이다. 이는 그 자체로 글쓴이가 글을 쓰기 위해 많은 생각을 해보았음을 드러낸다. 나의 주장에 대해서만 생각하는 대신 나의 주장 바깥에 대해서도 생각해 본 '성의'가 읽는 이에게 전달된다는 뜻이다. 이런 글일수록 주제와 관련한 다양한 논의가 글에 담겨 있다. 이런 글은 읽는 이의 신뢰를 얻을 수 있다.

또 '물론…' 스킬은 상대방의 마음을 열 수 있다. 사람의 마음을 움직이는 건 이성이 아니라 감성이라는 말이 있다. 내가 이런 진부한 말을 인용하게 될 줄은 몰랐지만 여기서는 살짝 인용해도 될 것 같다. 노파심에 말하면 이성이나 논리가 없어도 된다는 뜻이 아니다. 명확한 주장과 탄탄한 근거는 당연히 구비해야 한다. 그것은 기본이다.

그러나 그것만으로는 부족하다. 그것만으로는 상대방을 온전히 설득할 수 없을뿐더러 엄마한테 혼날 뿐이다. 이 상황에서 필요한 것이 '윤활유'다. 사전적 의미로 '기계가 맞닿는 부분의 마찰을 덜기 위하여 쓰는 기름', 여기서는 바로 '물론…' 스킬이 되겠다. '물론 너의 생각도 존중하지만' '물론 이해가 가는 부분도 있지만 '물론 너의 주장이 틀렸다는 것은 아니지만' 같은 윤활유가 필요하다는 말이다. 이런 표현은 말 그대로 상대방으로 하여금 존중받고 있다는, 이해받고 있다는 느낌을 준다. 자신의 입장을 바꾸더라도 '내가 잘못해서' '내가 틀려서' 바꾸는 것은 아니라는 명분을 상대방에게 부여하는 것이다.

궁극적으로 '물론…' 스킬은 이분법을 인정하지 않는 태도다. 대신에 나의 주장을 관철하고 상대방을 설득하는 글을 쓸 때에도 최소한의 균형감각은 발휘하겠다는 의지다. 칼럼에는 물론이 필요하다.

(5) 비아냥대거나 격앙되지 말 것

다음은 내가 운영하는 합평모임의 어느 멤버가 써온 글이다. 일단 읽어 보자.

자유주제. 많은 사람들이 좋아하는 말이지 않을까. 자신이 표현하고 싶은 것에 대해 나름의 방식으로 풀어내면 되는 것. 그래서 만드는 이로 하여금 작품의 주도권이 자신에게 있다는 느낌을 주는 것. 그것이 바로 자유주제가 아닐까 싶다. 하지만 내게 있어 자유주제는 전혀 다른 느낌으로 다가오는 단어다. 이 말은 나침반도 없이 광대한 사막 한가운데에 놓인 느낌이 들게 한다. 어딘가로 빠져나가야 한다는 강박은 부여하지만 동시에 그 목적지도 방향도 알 수 없는 곳. 그렇기 때문에 나에게 자유주제는 어렵다.

이런 생각을 하는 나한테 많은 사람들은 아마 이런 도움의 손길을 내밀려고 할 것이다.

"표현하고 싶은 것을 자기가 직접 정해서 쓰는 것보다 쉬운 게 어딨어? 만약 그게 어렵다면 너의 주변에 있거나, 너가 평소에 생각하는 것부터 주제로 정하려고 해봐."

하지만 내게는 바로 이것이 문제가 된다. 자유주제는 내가 기준이 되는 것이 아니기 때문이다.

사람들이 자유주제에 대해 갖는 긍정적인 이미지는 '자유'라는 단어에서 기인하는 듯하다. 자유라는 것은 우리가 갖는 기본적이고 근원적인 욕구이자 삶의 목표가 되기도 하니까. 하지만 자유주제는 정말로 자유로운 것이 아니다. 그것은 자유라는 가식을 지닌 속박과도 같다. 우리는 보통 스스로가 마음에 내켜서 글을 쓸 때 '어떠어떠한 것에 대해서' 글을 써야겠다고 생각하지, '자유주제'로 글을 써야겠다고 하지 않는다. 그러니까 이 단어는 우리가 자연스럽게 사용하는 용어는 아니다. 대신 자유주제는 보통 과제나 공모전에서 심심치 않게 등장한다. 실제로 인터넷의 초록창에 이 네 글자를 넣으면, 각종 숙제나 대회에 관련된 글이 줄줄이 뜨는 것을 볼 수 있다. 그렇기에 자유주제는 창작자의 용어가 아니다. 이는 필연적으로 평가와 연관된 평가자의 용어이다.

그래서 나는 자유주제가 불편하다. 자유주제로 글을 쓰라는 주문을 받았을 때 드는 생각은, '내가 밥은 살 테니까 적당한 것으로 시켜'라는 말을 들었을 때 느끼는 난감함과 비슷하다. 어찌 보면 자유주제는 평가당하기 적당한 주제를 고르라는 요구와도 같다. 그렇기에 이런 체제하에서 나는 그 '주제'에 온전히 집중하지 못한다. 대신 선정된 주제가 만들어 낼 결과물에 대한 사람들의 시선 및 평가와 쉐도우 복싱을 하게 된다. 때문에 결과물이 받게 될 평가를 예측하고 이를 기반으로 주제를 선정하는 것은 나와 같은 많은 사람들이 이미 자유주제에 대처하고 있는 방식이 됐다.

자유주제는 창작자들이 직접 선정한 주제에 대해 좀 더

많은 관심과 애정을 갖고 그들의 열정을 마음껏 쏟을 수 있는 계기를 제공한다. 그리고 창작자들에게 그 노력의 결실을 얻을 수 있을 것이라는 일말의 희망을 준다. 그러나 이는 일종의 속임수에 불과하다. 자유주제라는 단어는 유연한 평가방식이라는 분위기도 함께 풍기지만 정작 그 안에는 그런 내용이 들어 있지 않기 때문이다. 그래서 우리가 자유주제에 대해 갖고 있는 이미지나 기대와는 달리, 그렇게 만들어진 작품은 형평성이라는 이름 아래 일관된 기준으로 평가된다.

그렇기에 평가자들은 이를 이용해 책임회피를 할 수 있게 된다. 그들은 자유주제라는 간판을 내걺으로써 평가기준을 일일이 공개해야 하는 부담을 덜게 된다. 뿐만 아니라 이는 평가결과에 대한 비난을 창작자의 자유로운 참여과정으로 돌릴 수 있게 하는 피난처를 제공한다. 잘못된 평가에 대해 비난해도 소용없다. 그들은 이미 창작자를 그들의 편으로 만들어 놓았기 때문이다. 결과적으로 자유주제를 사용함으로써 자유로워지는 것은 창작자가 아닌 평가자뿐이다.

그래서 자유주제는 내게 있어 오만한 대상이다. '평가는 정해진 대로 하겠지만, 어디 해볼 테면 해보라는' 식의 도발적인 태도를 지닌 것이다. 그 때문에 이를 마주한 나는 일부러 평가자의 신경을 거스를 수 있는 것을 찾고, 좀 더 삐뚤어져 버리는 것일지도 모르겠다. 하지만 당연하게도, 아직 이런 나의 반항이 성공했던 사례는 없다.

자유주제에 대한 나의 감정은, 이것이 절대적으로 안 좋은 것이라는 의미는 아니다. 단지 이런 말이 자주 사용되는 상황에서는 결국 무난하고 트집을 잡을 게 없는 것이 가장 우수한 것으로 여겨지는 것이 의아할 따름이다. 우수한 것은 논란을 불러일으킬 수 있어야 한다. 지금까지의 많은 위대한 유산이 그랬듯 말이다. 그러나 결국 이런 식의 무난한 평가가 내려질 것이라면, 자유주제가 아닌 무난하고 적당한 주제라는 표현을 사용해 줬으면 한다.

더 이상 자유주제라는 단어를 모욕하지 말았으면 좋겠다.

일단 몇 가지 포인트를 말해 보자. '자유주제'에 관한 이 글의 비판적인 시선은 일리 있다고 본다. 대상을 남들과 다르게 보려는 노력도 원론적으로는 좋다. 또 나는 대학생도 아닐뿐더러 누군가에게 주제를 받기보다는 내주는 입장에 가

깎기에 이 글에서 새로운 시선을 얻어 낼 수 있었다. 이 글은 나에게 도움이 됐다.

그러나 이 글은 정돈이 안 돼 있기도 하다. 중구난방까지는 아니지만 조직이 제대로 돼 있지 않다. 할 말이 많은 것으로 보이지만 효과적으로 전달되지는 않는다. 문장의 군더더기도 마음에 걸린다. 글을 다 쓴 후 뺄 것은 빼는 훈련이 필요하다.

이 글의 장르로는 칼럼이 적당하다. 자신의 주장을 드러내며 읽는 이를 설득하는 것이 목적인 글이라는 이야기다. 그렇다면 이 글은 김봉현 씨를 설득했는지 궁금해진다. 노노. 이 글은 나를 설득하지 못했다. 내게 새로운 시선과 정보는 주었지만 나의 지지를 이끌어 내지는 못했다. 여러 이유가 있을 수 있다. 주장의 근거가 부족해서일 수도 있고 표현방식이 논리정연하지 못해서일 수도 있다. 이것도 저것도 아니라면 대통령 탓일 수도 있다.

그러나 이 글이 나를 설득하지 못한 가장 중요한 이유는 이 글이 지나치게 감정적이기 때문이다. 설득을 위한 글을 쓰면서 '속임수' '오만한' '모욕' 같은 표현을 동원하는 것이 과연 글의 목적에 도움이 될까. 물론 글쓴이는 나에게 이렇게 말했다. "꼭 설득을 하려고 쓴 것은 아니에요. 그냥 제 감정을 발설하고 싶었어요." 뭐, 그럴 수도 있다. 그런 생각으로 글을 쓸 수도 있는 법이다. 그리고 그럴 경우 이 글은 글쓴이 자신에게 일종의 치유 역할을 하게 되지만 그 이상의 의미를 찾기는 어렵다. 혼자 쓰고 혼자 읽고 끝나는 글이 돼야 한다는 뜻이다.

감정적으로 쓰인 글이 읽는 이에게 카타르시스를 줄 수는 있다. 아니, 카타르시스를 준다. 시원한 대리만족을 안긴다. 이 글의 경우 글쓴이와 같은 입장에 놓인 이들에게는 특히 더 쾌감을 줄 수도 있다. "맞아요. 저도 공모전 많이 해봤는데 자유주제 내주는 거 진짜 짜증나요. 와 대박…" 하지만 이것은 같은 입장의 공유이자 재확인일 뿐 다른 입장으로의 확장은 아니다. 나와 다른 생각을 지닌 이들을 설득할 수는 없다는 말이다.

불행하게도 나는 이런 유의 글을 신문 지면에서도 종종 봤다. 여전히 어떤 사람들은 프로페셔널을 자처하면서 이런 유의 글을 버젓이 쓰고 있다. 이분법 위에서 감정적 어조로 말하는 칼럼은 같은 편 사람들을 열광시킬 수는 있다. 그러나 정작 그런 칼럼은 자기의 가장 중요한 목적은 실패한다. 오

히려 입장 차이와 감정의 골을 더욱 벌릴 뿐이다. 칼럼을 쓸
때는 감정적이 되지 말 것.

(6) 나의 주장을 대변하는 '캐치프레이즈'를 만들어 낼 것

칼럼에는 주장이 필요하다고 말했다. 이제 이 말을 하기도
지겹다. 그런데 주장도 주장 나름이다. 만약 글을 여러 번 읽
어야 알아들을 수 있는 주장이라면? 혹은 따로 에너지를 써
서 진의를 파악해야 하는 주장이라면? 곤란하다. 이런 주장
은 하지 않는 것만 못하다.

대신에 주장은 읽는 이가 단번에 이해할 수 있는 것이어야
한다. 더 나아가 한 번 읽었을 뿐인데 외울 수도 있는 주장이
라면 더욱 좋다. 그 안에 담긴 내용은 날카롭고 무거울지라
도 읽는 이가 쉽고 명료하게 이해할 수 있는 주장을 만들어
내는 것이 어쩌면 칼럼의 목적이라면 목적이다.

그래서 캐치프레이즈가 중요하다. 정확히 말하면 주장의
캐치프레이즈화가 중요하다. 자기주장의 핵심을 잃지 않으
면서도 그것을 매력적으로 문구화하는 작업 말이다. 예를 들
어 보자. 나는 드레이크(Drake)라는 래퍼에 관해 칼럼을 쓴
적이 있다. 남성중심적인 전통이 만연한 힙합 세계에서 드레

이크가 그 전통에 반하거나 최소한 무관한 음악으로 새로운 길을 내고 있다는 것이 글의 요지였다. 그리고 이것이 바로 나의 주장이었다.

드레이크의 이런 행보가 힙합을 진화시키는 동시에 새로운 영역으로 이동시켰다. 드레이크는 훗날 역사책 안에서도 살아남을 것이다.

하지만 나는 나의 주장을 조금 더 다듬길 원했다. 나의 주장이 조금 더 쉽고 매력적인 문구처럼 변하길 원했다. 다음은 이런 고민 끝에 쓴 문장들이다.

힙합의 킵잇리얼이 그동안 남자다워야 한다는 강박에 갇혀 있었다면, 드레이크는 그것을 '인간'의 차원으로 확장하고 끌어올렸다. 기존 래퍼들이 학습된 남성성 안에 갇힌 솔직함을 표현해 왔다면 드레이크는 남성이기 전에 한 인간으로서 최대치의 솔직함을 드러냈다. 다시 말하자면, 드레이크에 이르러서야 힙합은 비로소 남성이 아니라 인간을 완성했다.

여기서 중요한 문장은 마지막 문장이다. '드레이크에 이르러서야 힙합은 비로소 남성이 아니라 인간을 완성했다.' 남이 보기엔 어떨지 몰라도 나는 이 문장에 만족한다. 나의 주장을 이 한 문장 안에 깔끔명료하게 담아냈다고 느끼기 때문이다. 남성이 아니라 인간을 완성했다라. 꽤 괜찮은 캐치프레이즈가 아닌가. 반박 사절.

결론: 보기 좋은 주장이 기억하기도 좋다.

창작자의 의도를 헤아리면서도 나만의 이야기를

1. 리뷰란?

'리뷰'란 단어를 들어 보지 않은 사람이 있을까. 영화 리뷰, 앨범 리뷰, 공연 리뷰, 선풍기 리뷰, 공기청정기 리뷰, 휴대폰 리뷰, 책 리뷰… 우리는 리뷰 세상에 살고 있다. 네이버 사전에 리뷰를 검색하면 뜻이 이렇게 나온다.

(책, 연극, 영화 등에 대한) 논평[비평]

물론 비평이란 단어를 엄격하게 해석한다면 리뷰는 비평 속에 있는 것이 아닐지도 모른다. 그러나 기본적으로 리뷰 역시 어떤 대상에 대해 말하는 글이다. 설명하고 소개하고 느낀 점을 이야기하는 글. 그리고 좋은 점을 칭찬하고 아쉬운 점을 들춰내는 글. 리뷰는 이런 글이다.

2. 리뷰의 특성

(1) '나'보다는 '대상'

칼럼은 대상보다는 나에게 초점이 맞춰진 글이다. 물론 칼럼을 쓰기 위해선 대상이 필요하다. 그러나 칼럼의 핵심은 대상 자체가 아니라 대상에 관한 나의 견해와 주장이다. 칼럼은 대상보다 내가 돋보이는 글이다.

하지만 리뷰는 다르다. 리뷰에선 나보다는 대상이 중요하다. 아무리 양보해도 최소한 나만큼 대상이 중요하다. 물론 리뷰도 나의 생각을 말하는 글이긴 하다. 그러나 그것은 엄밀히 말해 대상을 위해 복무한다. 칼럼을 다 읽고 나면 글쓴이의 주장이 남지만 리뷰를 다 읽고 나면 대상이 어땠는지가 남는다. 리뷰는 그런 글이다.

(2) '주장'보다는 '주관'

리뷰에선 주장보다는 주관이 중요하다. 둘은 엇비슷하지만 엄연히 다른 말이다. 주장이 자기의 생각을 내세우고 관철하는 행위라면 주관은 자기의 견해나 관점을 드러내는 행위다. 관철하는 것과 드러내는 것은 다르다. 리뷰를 쓸 때 관철할 필요는 없다. 단지 충실히 드러내면 된다. 읽는 이에게 자기의 견해나 관점을 충실히 제공하면 된다.

(3) '정보'와 '견해'의 조화

사실 리뷰만의 특성은 아니다. 칼럼도 정보와 주장이 공존해야 하는 글이니까. 하지만 리뷰 역시 마찬가지다. 영화에 대해 쓴다고 해서 영화의 정보만 나열한다면 리뷰가 아니다. 그렇다고 영화에 대한 나의 생각만 늘어놓는다고 리뷰가 될 순 없다. 둘이 조화를 이루어야 한다. 당연하지만 중요한 포인트다.

(4) '가이드'와 동시에 '통찰'

리뷰는 읽는 이에게 가이드 역할을 해야 한다. 당신이 영화 리뷰를 한 편 썼다고 해보자. 사람들은 당신의 리뷰를 읽고 그 영화가 어떤 카테고리에 속하는지, 배우들의 연기는 어떤지, 전체적인 완성도는 어떤지, 작품의 메시지는 무엇인지 등에 대해 알 수 있어야 한다. 또 궁극적으로는 그래서 꼭 봐야 하는 영화인지, 지갑을 열어야 하는지 말아야 하는지에 관해 감을 잡을 수 있어야 한다. 당신은 리뷰를 쓸 때 대상을 복합적이고 입체적이게 읽는 이에게 가이드해야 한다.

가이드에 더해 통찰도 없을 수 있다면 베스트다. 만약 그럴 수 있다면 리뷰 자체가 또 하나의 작품이 될 수 있다. 이런 리뷰를 읽은 후엔 리뷰가 다룬 대상을 접하지 않아도 리뷰 자체만으로도 마음이 풍성해진다. 문학평론가 신형철이나 영화평론가 정성일이 쓰는 글이 바로 이런 글이다. 작품을 다루고 있지만 이미 스스로 작품이 되어 버린 글 말이다.

(5) 지적 즐거움

결국 리뷰는 지적 즐거움을 위한 글이 아닐까 싶다. 엄밀히 생각해 보면 사실 우리는 리뷰를 쓸 필요가 없다. 영화를 보기만 해도 되고 음악을 듣기만 해도 된다. 누가 리뷰를 쓰라고 강요하는 것도 아니다. 하지만 우리는 경험한 대상에 관해 자발적으로 리뷰를 쓰고 자발적으로 다른 사람의 리뷰를 찾아 읽는다. 밥은 안 먹으면 죽지만 리뷰는 안 써도 살 수 있다. 정서적 충만을 위해 쓰는 글이 에세이라면 지적 즐거움을 위해 쓰는 글은 리뷰가 아닐까.

3. 좋은 리뷰의 조건

(1) 리뷰로 다룬 창작물과 별개로 리뷰 자체가 또 다른 창작물이 될 때

위에서 신형철과 정성일을 거론하며 했던 이야기와 비슷하다. 리뷰가 리뷰로 다룬 대상에 기생하거나 대상의 부록처럼 느껴지는 대신 또 하나의 작품으로 느껴진다면 그 리뷰는 좋은 리뷰다. 독립적으로도 온전한 생명을 유지할 수 있다고 느껴지는 리뷰가 좋은 리뷰가 아닐 리 없다. 그러기 위해서는 대상을 충실히 가이드하는 동시에 자기만의 오롯한 통찰도 가지고 있어야 한다.

(2) 창작자의 의도를 헤아리면서도 나만의 이야기를 할 때

어떤 뮤지션의 앨범에 대해 리뷰를 쓴다고 해보자. 혹자는 이렇게 이야기한다. "그 뮤지션의 의도 따윈 상관없다고. 그게 뭐가 중요한데? 그냥 내가 느끼는 대로 쓰면 되는 거야. 뮤지션의 의도에 신경 쓰게 되면 오히려 말리는 거라고!"

일단 이 사람이 무엇을 경계하는지는 알 것 같다. 간단히 말해 혹시라도 글쓴이의 주관이 결여된 주례사적 리뷰가 나오지 않을까 걱정하는 것이다. '비판정신' 같은 단어나 '비평가의 순수함' 같은 개념을 애지중지하는 사람일수록 이런 태도를 취할 가능성이 높다. 노파심에 말하면 나는 기본적으로 이런 태도를 존중한다. 이런 고민조차 아예 하지 않는 사람들보다야 낫다고 생각한다.

하지만 어디까지나 '기본적'이다. 균형감각을 발휘했을 때 기본적으로 존중은 한다는 뜻이다. 그러나 나는 더 이상 그렇게 생각하는 사람이 아니다. 창작자의 의도를 배제한 채 완성한 리뷰가 공허해지거나 쓸모없어지는 경우를 여러 번 목격했기 때문이다.

리뷰가 대상에 관해 말할 수 있는 것처럼 창작자도 리뷰에 관해 반응할 수 있다. 일단 창작자가 리뷰라는 글 장르 자체를 부정하는 경우는 제외한다. "네가 뭔데 나의 작품에 대해 왈가왈부하느냐"고 나오는 창작자에 대해선 딱히 할 말이 없다. 하지만 창작자 입장에서 어떤 리뷰를 가리켜 와닿지 않는다고 말하거나 황당해할 수는 있다. "나의 작품과는 무관한 내용인 것 같다"거나 "글쓴이가 나의 생각을 멋대로 단정해 왜곡하고 있다"는 반응이 그것이다. 이럴 때 리뷰는 창작자와 연결되지 못한다. 창작자에게 좋은 피드백으로 다가가 생산적인 에너지를 끌어내는 대신 공중에서 공허하게 증발하고 만다.

물론 이렇게 쓰인 리뷰가 대중, 즉 읽는 이에게 쓸모 있을 수는 있다. 그러나 이렇게 쓰는 방법을 권장하진 않는다. 창작자와 대중 모두에게 의미 있는 리뷰를 쓸 수도 있기 때문이다. 제목에 적은 대로다. 창작자의 의도를 헤아리면서도 나만의 이야기를 할 때, 우리는 가장 가치 있는 리뷰를 완성할 수 있다.

쉽지 않은 작업이긴 하다. 창작자의 의도를 헤아리다가 그것에 말릴 수도 있다. 무조건적으로 창작자의 의도를 수용해 자기도 모르게 주관이 없는 리뷰를 써버릴 수도 있다. 만약 그렇게 된다면 큰 실패를 한 것이다. 그러나 성공한다면? 앞서 말한 대로 가장 가치 있는 리뷰를 쓸 수 있다. 훌륭함은 리스크를 걸 때 비로소 얻을 기회가 생긴다.

창작자의 의도를 헤아리면서도 나만의 이야기를 하려면 일단 해당 분야에 관한 전문성을 갖춰야 한다. 예를 들어 어떤 뮤지션이 새 앨범의 의도를 미니멀리즘이라고 했다고 치자. 음악과 미니멀리즘 양쪽에 조예가 있어야 그 뮤지션의 의도를 헤아리면서도 나만의 이야기를 할 수 있다. 미니멀리즘이 훌륭하게 구현되었다면 상찬을 하면 되고 그렇지 않다면 아쉬움을 토로하면 된다. 만약 미니멀리즘이란 단어가 뮤지션 자신의 역량 부족을 감추기 위한 술법이었다고 판단되면 그 지점에 관해 자기 생각을 밝히면 된다.

어떤 뮤직비디오의 의도가 레트로라고 해보자. 레트로라는 개념에 관해 복합적으로 이해하고 있어야 이 작품이 이해가 수반된 레트로의 완성인지, 유행을 급급하게 좇은 무늬만 레트로인지, 아니면 기술 부족을 가리기 위한 기만인지를 판단할 수 있다. 더 나아가 그래야 창작자의 의도에 더해 자신만의 이야기를 덧붙일 수 있다.

때문에 창작자의 의도를 헤아리면서도 나만의 이야기를 하는 리뷰는 처음부터 쉽게 쓸 수는 없다. 글솜씨와 별개로 문화적/예술적 소양을 일정 수준 이상 쌓아야 가능하다. 그리고 이것은 단기간에 이룰 수 있는 것이 아니다. 많은 사람이 의외로 이 지점에서 실패한다. 글솜씨와 별개로 문화적/예술적 소양을 쌓아야 좋은 리뷰를 쓸 수 있다는 사실을 간과하거나, 혹은 알지만 성실하지 못하거나 그 시간을 인내하지 못한다. 다시 한번 강조할 수밖에 없다. 성실함은 기본이자 관건이다.

(3) 창작자 본인이 의도하지 않았지만 리뷰 내용에 공감할 때

창작자의 의도를 헤아리면서도 나만의 이야기를 할 때 훌륭한 리뷰가 탄생한다고 말했다. 하지만 어떨 때는 창작자의 의도와 별개로 리뷰가 훌륭해질 때가 있다. 창작자의 의도를 무시해도 된다는 뜻은 아니다. '창작자의 의도를 처음부터 배제하거나 무시하며 리뷰를 쓰는 것'과 '창작자의 의도를 기본적으로는 헤아리면서도 때때로 그 의도와 별개로 나만의 의미 있는 해석을 더하는 것'은 엄연히 다르다.

빈지노를 좋아한다. 여러 가지 이유가 있다. 일단 빈지노의 랩 실력 자체가 한국힙합의 꼭대기 수준이다. 처음부터 그랬고 아마 지금도 그럴 것이다. 「We Are Going To」는 래퍼로서 그의 진면목을 확인할 수 있는 가장 좋은 노래다. 언어의 국적과 성분 따위는 개의치 않는 듯한 그의 랩 메이킹 앞에서 '한영혼용 논란'이나 '한국어의 한계' 운운하는 말은 그저 공허해진다. 어떤 방식이 옳고 그르다 말하기 전에 빈지노는 결과물로 압도한다. 경험해 본 적 없는 랩 메이킹 방식에 놀라운 래핑 기술이 더해졌을 때 우리는 그것을 압도적인 결과물이라고 부르는 동시에 전에 없던 새로운 것으로 받아들이게 된다. 자기 방식으로 밀어붙여 한국어 랩의 새로운 영역을 만들어 낸 것이다.

빈지노가 성공한 '방식'도 빼놓을 수 없다. 물론 성공한 래퍼는 많다. 하지만 빈지노의 성공은 특수했다. 빈지노는 「쇼미더머니」에 나가지도 않았고 '발라드랩'을 하지도 않았다. 다시 말해 TV에 나가 '하고 싶지 않은 일'을 하지 않고, 주류에 입성하기 위해 당연시되는 음악적 타협을 거부한 채, 이렇게까지 거대한 영향력을 갖게 된 래퍼는 빈지노 전엔 없었다고 봐도 무방하다.

데뷔 EP 『24:26』의 성공 역시 비슷한 맥락으로 조명 가능하다. 이 앨범은 랩의 '수준'과 카타르시스를 잃지 않으면서 대중가요와 팝 팬들에게도 어필할 수 있는 작품이었고 모두가 알 듯 거대한 성공을 거두었다. 지킬 건 지키고 얻을 건 다 얻은 셈이었다. 이 앨범에서 특히 즐겨 들었던 노래가 있었다. 「If I Die Tomorrow」다. 내가 만일 내일 죽는다면.

　　내게도 마지막 호흡이 주어지겠지
　　마라톤이 끝나면 끈이 끊어지듯이
　　당연시 여겼던 아침 아홉 시의 해와
　　음악에 몰두하던 밤들로부터 fade out

Marlboro와 함께 탄 내 20대의 생활

내 생에 마지막 여자와의 애정의 행각

책상 위에 놓인 1800원짜리 펜과

내가 세상에 내놓은 내 노래가 가진 색깔

까지 모두 다 다시는 못 볼 것 같아

삶이란 게 좀 지겹긴 해도 좋은 건가 봐

엄마, don't worry bout me, ma

엄마 입장에서 아들의 죽음은 도둑 같겠지만

I'll be always in your heart, 영원히

I'll be always in your heart, 할머니

You don't have to miss me. 난 이 노래 안에 있으니까

나의 목소리를 잊지 마

나는 『24:26』 앨범 리뷰를 쓰며 「If I Die Tomorrow」에
대해선 다음과 같이 적었다.

위험천만한 환경에서 언제 죽을지 모르는 갱스터로 자신
을 설정한 래퍼가 '내가 만약 (언제) 죽는다면… 먼저 간
형제 옆에 묻어 줘…'라며 비장미를 강조하는 문법은 갱

스터 랩의 단골 테마다. 「If I Die Tomorrow」는 마치 이러한 갱스터 랩의 단골 테마를 그 원형질만 빌려 와 대한민국에서 살아가는 20대 청년의 현실에 대입해 응용한 것 같다. 총, 피, 전우 대신 물감, 말보로, 엄마가 등장하는 것이다.

이 부분을 쓰며 나는 '단정'이 아니라 '추측'을 했다. 빈지노가 이런 의도로 이 노래를 만들었을 것이라는 단정은 전혀 하지 않았고, 다만 그럴 수도 있겠다는 추측은 했다. 더 정확히 말하면 빈지노의 의도가 어떻든 상관없다고 생각했다. 빈지노의 의도와 상관없이 나는 그가 세상에 내놓은 창작물을 받아들여 나만의 해석을 내놓은 것이라고 생각했다.

사실 빈지노에게 미리 연락을 해 확인을 해볼까도 생각했다. "안녕하세요 빈지노 씨. 혹시 「If I Die Tomorrow」가 갱스터 랩의 단골 테마를 그 원형질만 빌려 와 대한민국에서 살아가는 20대 청년의 현실에 대입해 응용한 노래가 맞나요?" 만약 대답이 '아니오'라면 글에서 이 부분을 빼버릴까 생각도 했다. 하지만 어리석은 생각이었다. 빈지노에게 연락을 한 순간, 이 리뷰는 존재가치가 없어지기 때문이다. 리뷰어는 창작자를 무시해서도 안 되지만 창작자에게 허락을 구하는 사람도 아니기 때문이다. 더 근본적으로, 「If I Die Tomorrow」에 관한 나만의 해석은 빈지노의 의도 여부에 따라 그 가치가 오르내리는 것이 아니기 때문이다. 말 그대로 '별개'다.

그 후 빈지노와 만날 기회가 있었다. 그때 나는 이 얘기를 꺼냈다. 그러자 빈지노는 이미 나의 리뷰를 읽어 봤다고 말했다. 또 자신이 그런 의도로 「If I Die Tomorrow」를 만든 것은 아니지만 그 해석도 의미 있다고 생각하며 공감했다고 말했다. 그 순간 나는 묘한 희열을 느꼈다. 창작자가 자신의 의도가 아님에도 그 해석에 공감할 수 있는 리뷰보다 훌륭한 리뷰가 있을까. 창작자에게도 도움을 주었고, 읽는 이에게도 보다 넓은 시야를 제공했으며, 그 덕분에 리뷰 자체로서도 더 깊은 가치를 지닐 수 있게 된 것이다.

그래서 나는 아직도 이 리뷰를 좋아한다. 그리고 리뷰를 쓸 때마다 이 리뷰가 만들어 낸 순간을 다시 만들어 내기 위해 노력한다. 아마 리뷰를 쓰는 한 계속해서 따라다닐 도전 과제일 것이다.

(4) 다양한 층위의 조명이 동시에 발휘될 때

나는 세상 모든 것이 입체적이라고 생각한다. 세상 모든 것은 한 가지로 규정할 수 없다고 믿는다. 때문에 복합적인 접근과 균형감각을 늘 중요시하는 편이다. 얼마 전 출간한 산문집의 제목도 『균형의 왕』이었다. 막판에 다른 제목으로 바뀌었지만.

리뷰를 쓸 때도 이런 삶의 태도를 적용하는 편이다. 흑과 백, 모 아니면 도, 0 혹은 100은 내 리뷰에 존재하지 않는다. 대신에 늘 다양한 층위의 조명을 동시에 발휘하려고 애쓰는 편이다. 적절한 예문을 가지고 왔다. 윤종신의 노래 「그래도 크리스마스」에 관해 내가 쓴 리뷰다.

윤종신은 여전히 몇 년째 '월간 윤종신'을 진행 중이다. 재미가 없어지면 언제라도 그만두겠다던 그의 말이 떠오르지만 아직은 재미를 느끼는 것 같아 다행이다. 지난 몇 해 동안 월간 윤종신이 발표한 노래 중에는 겨울노래도 있었다. 겨울을 기념하거나 겨울에 들으면 좋을 법한 노래 말이다.

가장 먼저 생각나는 노래는 「12월」이다. 전형적이지만 시즌송의 미덕을 성실하게 갖춘 노래였다.「Merry Christ-mas Only You」도 잊을 수 없다. 이 노래는 유희열과 함께한 좋은 선물이었다. 그리고 얼마 전에 또 하나의 겨울 노래가 월간 윤종신을 통해 세상에 나왔다.「그래도 크리스마스」라는 제목을 달고서.

「그래도 크리스마스」는 기획의 총체적 승리다. 다시 말해 이 노래의 입체성은 철저한 기획의 산물로 보인다. 일단 이 노래는 기본적으로 시즌송이다. 그러나 메시지는 다분히 사회참여 성격을 띤다. 뮤직비디오도 빼놓을 수 없다. 「그래도 크리스마스」의 뮤직비디오는 이 노래가 청각뿐 아니라 시각까지 아우르는 복합 상품임을 드러낸다.

윤종신의 작사 솜씨는 이 노래에서도 상수에 가깝다.「그래도 크리스마스」에서 그는 자신의 기존 작사 스타일을 유지하면서도 현 시국에 대한 메시지를 자연스럽게 녹여 냈다. 그리고 무엇보다 그것이 '문학'의 결을 유지한다는 점이 중요하다. 그의 말처럼 하얀 눈이 진실까지 덮으면 곤란하다.

음악은 정치가의 연설이나 시민의 투쟁 구호와는 달랐으면 한다. 음악가는 음악 안에서 음악을 활용해 자신의 방식으로 사회에 참여했으면 좋겠다. 그런 노래는 메시지를 빼더라도 음악이 남는다. 그런 노래는 정치적이면서도 서정적일 수 있다. 또 모두의 것이면서도 개인의 것일 수 있다. 더불어 누군가에게는 각성을 안기지만 어떤 이에게는 그냥 좋은 음악으로 기억될 수도 있다. 「그래도 크리스마스」는 이런 가능성을 떠올리게 한다.

나는 이 리뷰를 통해 「그래도 크리스마스」를 둘러싼 여러 가지 층위를 최대한 다루려고 애썼다. 읽는 이가 이 리뷰를 읽고 이 노래에 관해 입체적으로 이해할 수 있기를 바랐다. 먼저 나는 「그래도 크리스마스」가 월간 윤종신 프로젝트의 일환이라는 점, 또 윤종신이 그동안 발표한 몇몇 겨울 노래의 연장선이라는 점에 주목했다. 그리고 이 같은 면모를 글의 첫 번째 문단과 두 번째 문단에 담으려고 했다.

세 번째 문단에서는 「그래도 크리스마스」가 지닌 다양한 정체성에 관해 이야기하려고 했다. 이 노래는 철저한 기획의 산물이고, 시즌송이지만 사회참여 성격도 띠고 있으며, 공들여 만든 뮤직비디오를 보니 비주얼도 신경 쓴 시각적 상품이라는 점을 말하고 싶었다.

네 번째 문단에서는 이 노래의 가사에 대해 언급했다. 「그래도 크리스마스」의 가사는 윤종신 특유의 작사 스타일을 유지하면서도 동시대 상황에 대한 메시지를 담고 있다는 점, 그리고 사회참여적인 가사이긴 하나 문학적 면모로도 바라볼 수 있다는 점을 이야기했다.

다섯 번째 문단에서는 윤종신이라는 특정 인물과 「그래도 크리스마스」라는 특정 노래를 통해 '음악가의 사회참여 방식'이라는 더 큰 층위의 명제를 다루려고 했다. 그리고 음악가가 '좋은' 음악으로 사회에 참여했을 때 그 음악이 가지게 되는 여러 가능성에 대해 말하려고 했다. 즉 이 문단은 윤종신과 「그래도 크리스마스」라는 구체적 존재를 통해 일반론을 끌어내려고 한 부분이다.

물론 누군가는 다양한 층위의 조명을 동시에 발휘한 리뷰보다 한 가지 층위를 깊게 판 리뷰를 선호할 수도 있다. 예를 들어 누군가는 「그래도 크리스마스」의 사운드만을, 혹은 가사만을, 혹은 뮤직비디오만을 리뷰에서 다룰 수도 있다. 그러나 어쩌면 그런 리뷰란 코끼리를 소개하면서 다리만 만지게 하는 글이 아닐까.

나는 리뷰를 통해 대상의 입체성에 관해 말하고 싶다. 나는 리뷰를 통해 모든 것은 복합적임을 드러내고 싶다. 어떤 래퍼의 부족한 랩 기술을 비판하면서도 가사가 인상 깊었다면 그 의미를 동시에 길어 올리는 리뷰를 쓰고 싶고, 젊은 음악가의 겉멋을 지적하면서도 그것이야말로 그 나이에 누릴 수 있고 또 느낄 수 있는 쾌감이라는 점 역시 동시에 짚고 싶다. 어쩌면 이것이야말로 세상의 실체적 진실과 마주하는 작업이 아닐까.

첫 문장에 모든 것이 달려 있다는 거짓말

「첫 문장 쓰기」 챕터의 첫 문장을 쓴다. 방금 이런 문장으로 이 글의 첫 문장을 썼다. 글쓰기 책에 '첫 문장'에 관한 챕터를 따로 할애한 것에 대해 생각한다. 나는 왜 첫 문장 쓰기를 챕터 하나로 쓸 생각을 했을까.

솔직히 말하면 나의 의지라기보다는 남의 필요를 반영한 것에 가깝다. 사람들에게 이런 질문을 종종 받아 왔기 때문이다. "어떤 게 좋은 첫 문장인가요?" "첫 문장 쓰기가 너무 어려워요." 다행히 첫 문장을 대신 써달라는 사람은 없었다.

첫 문장을 중요하게 생각하지 않는다는 뜻은 아니다. 나 역시 늘 첫 문장에 신경을 쓴다. 아무렇게나 쓰지 않는다. 생각을 한 후 쓴다. 하지만 첫 문장에 관한 세간의 '힘준' 말들은 어딘가 좀 부담스럽다. 이런 말들 말이다. "첫 문장이 글의 모든 것을 결정합니다!" "첫 문장이 글에서 가장 중요합니다!" 하나 더 있다. "첫 문장을 잘 썼다면 이미 그 글은 성공한 거예요!"

이런 말들은 나에게는 언제나 '과잉'으로 다가온다. 강조 어법이라는 점을 모르는 것은 아니지만 그래도 찝찝함은 남는다. 사람들이 첫 문장에 특히 신경을 많이 쓰게 된 것에는 강사나 작가들의 이런 말들이 영향을 끼쳤다고도 생각한다. 그러나 첫 문장이 글의 모든 것을 결정하는 것도 아니고, 첫 문장이 글에서 가장 중요한 것도 아니며, 첫 문장을 잘 썼다고 그 글이 성공적이라는 보장도 없다.

물론 글의 첫 문장은 글의 열세 번째 문장보다는 중요할 것이다. 첫 문장의 중요도가 다섯 번째 문장의 중요도보다 통계적으로 더 높을 것이라는 점에도 동의한다. 하지만 첫 문장을 추앙할 필요도 없고 첫 문장의 눈치를 살필 필요도 없다. 그저 글을 쓸 때 신경 쓰고 주의해야 할 여러 포인트 중 하나라고 보는 편이 건강하다. 첫 문장에 전부를 걸지 않는 것이 좋다.

첫 문장을 잘 쓰는 법에는 여러 가지가 있을 것이다. 예를 들어 읽는 이의 시선을 처음부터 낚아채려면 어떻게 해야 하는지 지금부터 열 페이지를 할애해 설명할 수도 있다. 하지만 어쩐지 그런 것은 내가 할 일이 아니라고 느껴진다. 다른 말로 바꿔 이야기하면, 나는 지금 거짓말을 할 수 없다. 그런 유의 첫 문장은 내가 글을 쓸 때 실제로 사용하는 첫 문장이 아니기 때문이다.

이 챕터를 쓰기 전에 내가 그동안 쓴 글을 다시 살펴봤다. 특히 산문집에 실은 글을 집중적으로 다시 봤다. 첫 문장에 관한 나의 태도가 자연스레 모아졌다. 나는 첫 문장으로 읽는 이의 시선을 낚아채고 싶어 하는 사람이 아니었다. 또 파격적인 첫 문장을 추구하지도 않았고 첫 문장에 명운을 거는 사람과도 거리가 멀었다. 대신에 나에게 첫 문장이란 글의 도입을 부드럽게 만드는 도구였다. 읽는 이가 글의 외부에서 내부로 진입할 때 최대한 편안함을 느낄 수 있게 도와주는 도구 말이다.

즉, 나에게 첫 문장이란 그것으로 족하다. 나의 글 속으로 읽는 이를 무리 없이 진입시켜 주기만 한다면 나는 첫 문장에게 더 바라는 것이 없다. 다음 예문을 보자. 내가 쓴 어느 글의 첫 문단이다.

「12월 31일」

12월 31일이다. 아무도 만나지 않은 채로 이 글을 쓴다. 누구라도 만날 순 있었겠지만 그러지 않았다. 그러고 싶지 않았다. 대신에 나와 진심으로 맺어진 사람들의 이름을 적어 보는 밤이다. 많지 않다. 그래도 이 정도면 다행이라는 생각이 든다. 잘못 살진 않았다. 물론 일로만 엮인 관계나, 외로움을 일시적으로 잊기 위한 관계도 오래갈 수는 있다고 생각한다. 하지만 이럴 때 그 이름들은 신기하게도 생각나지 않는다. 잠깐 스쳐 가거나, 혹은 지속은 되지만 별 의미는 없는 관계도 마찬가지다.

예문을 하나 더 보자.

「이별노래 이야기」

발라드를 좋아한다. 난 래퍼는 아니지만 진실만을 말하니 믿어라. 물론 내가 도무지 그렇게 보이지 않는다는 사실은 잘 알고 있다. 나의 패션과 외모 그 어디에서 발라드를 연상할 수 있겠나. 할 말이 없다. 죄송하다. 이주일은 못생겨서 죄송했지만 난 발라드를 연상할 수 없는 외모라서 죄송하다. 하지만 그것이 바로 내가 파놓은 함정이다.

미안하지만 하나만 더 보자.

「여행 따위」

<u>여행을 좋아하지 않는다.</u> 1년에 한 번 갈까 말까다. 만약 가더라도 행선지는 뻔하고 날짜는 짧다. 부산 1박 2일, 부산 2박 3일, 양양 2박 3일, 이런 식이다. 게다가 한국을 벗어난 기억은 14년이 넘었다. 월드컵이 막 끝난 2002년 7월의 일본 이후로 다른 나라에 간 기억이 없다. 생각해 보니 평생의 99.5%를 서울 안에서 보낸 것 같다. 내가 바로 서울 촌놈이다.

공통점이 느껴진다. 느끼려고 하지 않아도 머릿속에 들어온다. 글은 다르지만 첫 문장은 같다. 다시 말해 글의 도입을 부드럽게 만드는 도구로서의 첫 문장을 쓰기 위해 나는 다음

두 가지를 지켜 온 것 같다.

첫째. 주제의 큰 그릇에 해당하는 내용을 첫 문장에 담는다. 큰 그릇이라고 해도 좋고 밑바탕이라고 해도 좋다. 주제와 직접 맞닿아 있으면서도 원론적인 내용을 첫 문장에 담는다. 위에 있는 세 가지 예문으로 설명해 보자. 이별노래에 관한 글은 '발라드를 좋아한다'라는 첫 문장으로 시작했다. 이별노래는 대부분 발라드이기 때문이다.

물론 첫 문장부터 특정 노래를 구체적으로 거론하며 글을 시작할 수도 있다. 그것도 틀린 방법이 아니다. 하지만 내 방식과는 조금 다르다. 성격 탓일까, 가장 큰 범위에서 시작해 조금씩 범위를 좁혀 가는 것이 내 스타일이다. 발라드를 제시한 후, 이별노래를 이야기하고, 그다음에 특정한 이별노래와 그 가사에 관해 말하는 것이 내 스타일이다. 그리고 그것이 읽는 이를 무리 없이 글 속으로 진입시키는 방법이라고 믿는다.

「여행 따위」라는 글은 '여행을 좋아하지 않는다'라는 첫 문장으로 시작했다. 언뜻 평범한 문장 같지만 나로서는 첫 문장으로 글의 큰 그릇을 제시하려 했던 결과다. 여행을 좋아하지 않는 나의 성향은 이 글을 떠받치는 거대한 그릇과도 같다. 그 위에서 왜 여행을 좋아하지 않는지, 여행을 많이 다니는 사람에 관한 생각은 어떤지, 여행을 좋아하지 않는 성향 때문에 그동안 어떤 일을 겪었는지에 관해 말할 때 자연스럽고 안정적이라고 믿는다. 첫 문장으로 글의 큰 그릇을 제시한 후 그 안에 담긴 작은 부분을 하나씩 꺼내는 것이 읽는 이에게도 편안하지 않을까.

둘째. 첫 문장은 되도록 짧게 쓴다. 글자 수를 따로 제한해두진 않지만 되도록 간단하게 쓰려고 노력한다. 사실 첫째와 둘째는 서로 엮여 있다. 글의 큰 그릇이란 곧 추상적이거나 원론적인 내용일 수밖에 없고, 이런 내용은 대체로 간단한 모양새를 띠고 있기 때문이다. 가독성 면에서도 글의 첫 문장은 길지 않은 편이 좋다. 간단한 형태로 글의 큰 그릇을 첫 문장을 통해 제시하는 것이야말로 최선이다.

노파심에 말하지만 나의 방식만이 정답이라는 말이 아니다. 첫 문장을 쓰는 여러 좋은 방식이 존재하지만 나의 방식만을 이야기했을 뿐이다. 나의 방식도 좋은 방식이라고 믿으면서. 오히려 첫 문장 쓰기에 관해서는 정답을 거머쥐는 것보다 오답을 피하는 것이 더 중요하다. 그런 의미에서 나의 틀린 답안지부터 공개한다. 다음은 산문집에 실었지만 다시 보니 첫 문장에 관한 한 오답이라고 생각하는 나의 글이다.
이 얼마나 솔직하고 정직한가.

「이 글은 쉬운 글이다」

인터넷을 돌아다니다 보면 어떤 글 아래에 '글이 너무 어렵다'고 토로하거나, 때로는 비아냥거리는 댓글을 종종 발견한다. 그럴 때마다 나는 어느 쪽이 진실일까 가늠해 본다. 정말로 글이 어려운 걸까, 아니면 읽는 이가 이해를 못 하는 걸까.

문장이 길다. 문장이 길고 리듬이 좋지 않다. 이때 나는 누군가의 최면에 걸려 조종을 받고 있었던 것 같다. 혹시라도 앞부분을 부연하고 설명하기 위해 길이가 길어진 문장이라면 또 모르겠다. 하지만 이 문장 앞에는 아무것도 없다는 점이 문제다. 다시 쓸 수 있다면 이렇게 쓸 것 같다.

인터넷을 켠다. 관심 가는 글을 찾아 읽는다. 댓글란을 클릭하니 오늘도 똑같은 광경이 펼쳐지고 있다. "글이 너무 어렵네요. 쉽게 좀 써주세요." "글에 잘난 척이 가득하네."

다른 글도 보자.

「에티오피아를 띄우며」

미국 유학시절, 에티오피아 친구에게 원두를 선물받은 적이 있다. 그 친구는 누구보다 커피를 사랑했다. 그 친구가 커피를 마시는 이유는 정말 단순했다. 커피를 마시면 기분이 좋아진다고 했다. 그 친구가 커피를 마실 때면 웃는 횟수가 늘어났고, 덩달아 나도 기분이 좋아졌다. 내가 커피를 매일 마시게 된 건 그때쯤이었다.

사실 이 글의 첫 문장을 가리켜 틀렸다고 말하긴 어렵다. 문장이 지나치게 긴 것도 아니고 딱히 비문도 아니다. 하지만 첫 문장을 쓰는 나의 방식에 의거할 때 이 글의 첫 문장은 수정할 필요가 있다. 한 문장에 담긴 정보가 너무(?) 많기 때문이다. 다시 말하면 글의 첫 문장으로서 읽는 이에게 처음부터 너무 많은 정보를 한꺼번에 제공하고 있기 때문이다.

읽는 이는 이 글의 첫 문장을 읽은 순간 최소한 세 가지를 신경 써야 한다. 미국 유학, 에티오피아 친구, 그리고 선물받은 원두. 물론 위에서 이미 말했듯 이 문장이 글의 첫 문장이 아니라면 이야기는 달라진다. 하지만 이 문장 앞에는 아무것도 없다는 점이 이번에도 문제다. 이렇게 수정한다면 한층 더 좋은 첫 문장이 되지 않을까.

원두를 선물받은 적이 있다. 미국 유학시절에 만난 에티오피아 친구로부터였다.

크게 바꾼 것도 없지만 수정 후가 조금 더 좋다고 생각한다. 정보가 더 단계적으로 제시되는 느낌이랄까. 쉼표를 동원한 한 문장으로 시작하는 것보다 나누어진 두 문장으로 시작하는 편이 읽는 사람에게 더 편안할 것이다. 백지 상태에서 글과 마주한 이에게 정보는 차근차근 제시할수록 좋다고 본다.

그리고 이 말은 내가 첫 문장을 쓰기 위해 지켜 온 두 가지와 다시 만난다. 형식적으로는 간단한 형태를 취하며 정보를 차근차근 제시하고, 내용적으로는 글의 큰 그릇부터 시작해 작은 부분들로 들어갈 것. 이것이 유일한 정답이라 말할 생각은 없다. 하지만 틀릴 수 없는 길이라는 점 역시 분명하다.

문장의 배합을 좋은 유기체처럼

직업이 직업이니만큼 다른 사람의 글에 종종 피드백을 한다. 그럴 때 내가 가장 많이 쓰는 말이 있다. 바로 '문단의 완결성'이라는 표현이다. "이 문단은 문장 간의 리듬이 좋네요. 마지막 문장도 적절하고요. 완결성 있게 잘 쓰셨습니다."

그런데 문득 의문이 든다. 문단의 완결성이란 대체 무엇일까. 물론 나는 오랜 세월 쌓인 경험을 통해 이 개념의 정체를 알고 있다. 작정하고 알려고 든 적은 없지만 어느샌가 습득해 체화해 버렸다. 그렇다면 나는 이 개념에 대해 다른 사람에게 설명할 수 있을까. 이제부터 나오는 내용은 내가 문단의 완결성을 설명하는 방식이다.

일단 몇 가지 예문을 준비했다. 내가 쓴 글도 있고 남이 쓴 글도 있다. 누가 쓴 글이든 문단의 완결성 면에서 좋은 예시가 될 것으로 생각한다. 읽어 보자.

예문 #1.

메밀 면을 즐기는 방법은 다양하다. 막국수로 매콤새콤하게 먹을 수도 있고 소바로 달짝지근하게 먹을 수도 있다. 하지만 나는 평양냉면으로 먹을 때가 가장 맛있다. 메밀 향도 잘 느낄 수 있을 만큼 심심한 국물이 좋다. 날이 뜨거워질수록 시원한 국물에 쫄깃한 메밀 면이 생각난다. 평양냉면의 계절이 오고 있다.

예문 #2.

너는 나에게 둘 다 주었다. 네 덕분에 나는 함께일 때의 안정감과 혼자일 때의 자유로움을 둘 다 가질 수 있었다. 혼자 지냈던 세월이 떠오른다. 오랜 시간 동안 나는 노력했었다. 조바심 내지 않고 나를 가꾸며 새로운 사람을 기다렸었다. 그리고 내 앞에 네가 나타났다. 좋은 기다림이었다고 생각했다. 과분한 사람이 왔다.

예문 #3.

나는 사람을 직업으로만 판단하는 것을 경계한다. 내면과 직업의 상관관계에 대한 의문을 갖고 있기 때문이다. 나는 매주 쿵쾅쿵쾅 드럼 소리를 내는 와일드한 발산형 인간이지만 회사에서는 정반대다. 차분하고, 이성적이고, 합리적인 인간으로 철저히 코스프레 중이다. 일은 즐겁지 않다. 하지만 죽을 만큼 괴롭지도 않다. 재미없을 것을 알면서도 선택한 직업이다. 원하는 일을 할 수 있는 회사는 열정페이를 주면서 불안정했다. 그래서 적당한 급여와 안정적인 삶을 보장해 주는 대기업을 선택했다. 취향과 흥미는 뒷전으로 미뤄 두었다. 직업은 자발적이면서도 자발적이지 않다.

세 가지 예문을 읽고 무언가 공통점을 느꼈다면 당신은 이미 감을 잡았다. 그것만으로도 절반의 성공이다. 하지만 순간은 누리되 들뜨진 말 것. 나머지 절반을 채우는 것이 중요하다. 문단이 완결성을 지니기 위해 갖추어야 할 조건은 무엇일까. 다음은 내가 추려 본 몇 가지다.

1. 한 가지 주제만 담아야 한다

완결성 있는 문단을 쓰기 위해서는 한 문단에 한 가지 주제만 담아야 한다. 뉘앙스가 폭력적이라면 이렇게 다시 말할 수도 있다. 한 문단에는 한 가지 주제만 담는 것이 좋다. 특정

주제에 대해 이야기하다가 다른 주제에 대해 말하고 싶어졌다면 당신에게는 '문단 나눔'이라는 좋은 방법이 있다.

한 문단에는 한 가지 주제만 담는 것이 좋고 그 문단의 모든 문장은 그 주제와 관련이 있어야 한다. 예문1은 평양냉면의 계절이 왔다는 말을 하고 있다. 예문2는 헤어진 여자친구가 과분한 사람이었다는 말을 하고 있다. 한편 예문3은 직업의 양가적 속성에 대해 말하고 있다. 모두 한 가지 주제에 관해 이야기하고 있다. 너무 당연한 내용이라 딱히 덧붙일 말도 없다.

2. 구조와 흐름이 있어야 한다

완결성 있는 문단을 쓰기 위해서는 구조와 흐름을 갖춰야 한다. 예문1을 보자. 이 문단의 주제는 평양냉면의 계절이 오고 있으니 평양냉면이 먹고 싶다는 것이다. 하지만 평양냉면이 먹고 싶다는 말만 계속 늘어놓으면 문단이 완성될 수 있을까. 당연히 불가능하다.

평양냉면이 먹고 싶다는 말을 반복하는 대신 당신이 할 일은 이 주제와 관련한 구조와 흐름을 짜는 일이다. 추측하건대 예문1의 글쓴이는 이런 생각의 과정을 거쳤을 것이다.

메밀 면을 넣은 평양냉면이 먹고 싶다. → 그런데 평양냉면은 메밀 면을 즐기는 다양한 방법 중 하나다. → 그렇다면 문단의 처음에 메밀 면을 즐기는 방법이 다양함을 먼저 제시해야 할 것 같다. → 그후 메밀 면을 즐기는 방법에는 실제로 무엇이 있는지 몇 가지 예시를 들어야겠다. → 그다음 그 방법 중에서 내가 즐기는 방법은 무엇인지 말해야겠다. → 그 방법을 내가 왜 즐기는지에 대해 설명해야겠다. → 내가 지금 이 이야기를 늘어놓는 이유를 밝혀야겠다.

글쓴이는 평양냉면이 먹고 싶다는 감정을 토대로 구조와 흐름을 가미해 예문1을 완성했다. 평양냉면이 쏘아 올린 작은 공이다. 사람들은 예문1을 통해 많은 것을 알 수 있다. 일단 메밀 면을 즐기는 방법이 다양하다는 사실과 메밀 면을 즐기는 구체적인 몇 가지 방법에 대해 알 수 있다. 또 글쓴이가 그중 어떤 방법을 선호하는지, 또 그 방법을 선호하는 이유에 대해서도 알 수 있다. 더불어 마지막에 이르러서는 글쓴이가 왜 이런 이야기를 하는지에 대해서도 알 수 있다.

예문1을 읽고 나면 더 이상 궁금한 것이 없다. 글쓴이가 주제와 관련한 모든 것을 이미 말해 놓았기 때문이다. 예문1은 평양냉면이 먹고 싶다는 감정으로부터 시작해 쌓아 올린 하나의 작은 건축물이다. 얼핏 평범해 보이는 문장으로 가득하지만 실은 내용적 완결성이 좋은 문단이라고 할 수 있다. 화려하진 않지만 기본기가 단단한.

3. 문장들의 배합이 좋은 유기체와 같아야 한다

완결성 있는 문단을 쓰기 위해서는 그 문단을 구성하는 문장들의 배합이 좋은 유기체와 같아야 한다. 쉽고 간단하게 말하면 짧은 문장, 긴 문장, 중간 길이의 문장이 조화롭고 균형 있게 배치되어 서로 좋은 합을 이루어야 한다는 뜻이다.

한 문단이 모두 짧은 문장으로만 이루어져 있다고 생각해 보자. 반대로 한 문단이 모두 긴 문장으로만 이루어져 있다고 생각해 보자. 어느 쪽이든 왠지 상상하기 싫다. 읽기가 어색하고 불편할 것이 뻔하기 때문이다. 조화와 균형은 사회생활을 논할 때만 꺼낼 수 있는 단어가 아니다. 완결성 있는 문단을 위해서도 조화와 균형은 필요하다.

그러나 문장들의 배합에 절대적인 공식이 있는 것은 아니다. 한 문단에 긴 문장은 몇 개 이상 들어가면 안 된다거나 짧은 문장 뒤에는 꼭 긴 문장이 위치해야 한다는 규칙 같은 것은 없다는 말이다. 문단의 길이에 따라, 문단의 내용에 따라 그 배합은 자잘하게 달라질 수 있다. 각각의 경우마다 문단의 처음부터 끝까지 직접 읽어 보며 가장 좋은 리듬을 생성하는 배합을 찾아낼 수밖에 없다. 그리고 좋은 배합을 알아보는 눈은 다행히 반복되는 경험을 통해 얻을 수 있다.

여기서 중요한 점이 있다. 매우 중요한 점이다. 바로 문장들의 좋은 배합은 문장의 형식(길이)만으로 규정되는 것이 아니라는 사실이다. 대신에 문장들의 좋은 배합은 문장의 형식과 내용이 동시에 복합적으로 작용하면서 완성된다. 예문1의 첫 두 문장과 예문2의 첫 두 문장을 함께 살펴보자.

예문 #1.

메밀 면을 즐기는 방법은 다양하다. 막국수로 매콤새콤하게 먹을 수도 있고 소바로 달짝지근하게 먹을 수도 있다.

예문 #2.

너는 나에게 둘 다 주었다. 네 덕분에 나는 함께일 때의 안정감과 혼자일 때의 자유로움을 둘 다 가질 수 있었다.

예문1은 다른 사람의 글이고 예문2는 나의 글이다. 그런데 두 글의 첫 두 문장이 거의 똑같다는 사실은 매우 흥미롭다. 일단 형식부터가 그렇다. 두 글 모두 '짧은 문장-긴 문장' 조합으로 글을 시작했다. 내용 역시 마찬가지다. 두 글 모두 '원론-구체적 내용'으로 이루어져 있다. 서로 짠 적도 없는데 어떻게 이리 똑같을 수 있을까.

사실 답은 간단하다. 이것이 좋은 배합의 형태임을 각자가 경험으로 체득했기 때문이다. 원론적인 내용을 앞에 짧게 제시한 후 그것의 구체적 내용을 뒤에 긴 문장으로 보완하는 형태가 좋은 배합의 형태임을 이미 숙지하고 있기 때문이다.

완결성 있는 문단을 쓰고 싶다면 일단 어떤 구조와 흐름으로 내용을 채울지 생각한 뒤 각 내용마다 어떤 길이로 쓸지도 고민해 보는 것이 좋다. 그렇게 한 문단을 완성한 후 직접 읽어 보며 리듬이 좋지 않은 부분을 계속 수정해 보는 것도 좋은 방법이다.

물론 숙련된 사람은 이 작업을 동시에 수행한다. 키보드를 치는 동시에 구조와 흐름도 만들어 내면서 문장들의 길이도 조절한다. 만약 당신이 현재 이 정도 수준이라면 당장 이 책을 집어던지길 바란다. 읽을 필요가 없을 테니.

4. 문단의 마지막 문장은 중요하다

완결성 있는 문단을 쓰기 위해서는 문단의 마지막 문장에 신경을 써야 한다. 마지막 문장만이 중요하다는 말은 아니지만 문단을 구성하는 모든 문장 중에서 가장 중요한 것을 꼽으라면 나는 마지막 문장을 꼽겠다. 마지막 문장은 말 그대로 문단의 마지막에 위치한 만큼 문단의 이미지를 좌우한다. 마지막 문장이 어떠하냐에 따라 그 문단이 훌륭한 문단으로 기억될 수도 있고 그 정반대가 될 수도 있다.

앞 문장을 이어받는 것에 그친다면 좋은 마지막 문장이 될 수 없다. 다른 문장들은 그래도 되지만 마지막 문장은 그래선 안 된다. 대신에 마지막 문장은 문단의 내용을 상징적으로 대변하면 좋다. 문단의 내용을 단순히 요약정리하는 것만으로는 부족하다. 동어반복을 피하면서 깔끔한 형태로 문단의 내용을 대변해 낸다면 그것이 베스트다.

이런 맥락에서 예문1의 마지막 문장은 모범적이다. 방금 말한 대로 '동어반복을 피하면서 깔끔한 형태로 문단의 내용을 대변해 낸' 좋은 예다. 예문2의 마지막 문장 역시 괜찮은 편이다. '과분한'이라는 표현이 문단 전체의 내용을 감싸 안는다. 내가 썼지만 맘에 든다.

그러나 가장 훌륭한 마지막 문장을 가진 예문은 아무래도 예문3일 것이다. 예문3의 마지막 문장은 동어반복을 피하면서 깔끔한 형태로 문단의 내용을 대변해 낸 것도 모자라 '통찰'까지 보여 주고 있다. 문단 내내 이어지는 구체적 사실과 글쓴이의 감정은 '직업은 자발적이면서도 자발적이지 않다'는 마지막 문장으로 훌륭하게 수렴됨과 동시에 한 차원 높은 영역으로 상승한다. 통찰이 이렇게 중요하다.

물론 모든 문단의 마지막 문장을 이렇게 쓸 수는 없다. 예를 들어 뒤 문단과 긴밀한 연결고리를 가진 채 전초 같은 역할을 하는 문단이라면 이야기가 달라진다. 하지만 이 챕터가 제시한 내용은 문단 쓰기의 기본이자 핵심이라고 할 수 있다. 아직 숙련된 상태가 아니라면 모든 문단을 이 챕터가 제시한 대로 반복연습만 해도 쏠쏠한 효과를 볼 수 있을 것이다. 누구에게도 배우지 않고 나 스스로 깨우친 내용이다.

내가 매번 거치는 글쓰기의 세세한 과정

첫 문장 쓰는 법에 관한 챕터는 이미 썼다. 문단의 완결성에 관한 챕터도 마찬가지다. 그렇다면 다음은 무엇일까. '문장'을 다룬 후 '문단'도 다루었으니 이번에는 '글' 전체에 대해 이야기하는 편이 자연스럽다. 글을 어떻게 조직하고 완성하느냐에 관해서 말이다.

그래서 그동안 쓴 글을 좀 뒤적거렸다. 그중에서 좋은 예시가 될 만한 것을 골랐다. 이 글을 쓸 때의 모든 나를 다시 떠올려 본다. 아이디어가 반짝한 순간부터 시작해 완성한 원고를 메일로 보내기까지의 과정을 복기하고 공유함으로써 이 책을 읽는 당신에게 도움을 주고 싶다. 글의 처음부터 마지막까지 내가 어떠한 과정을 거쳤는지 생생하게 드러냄으로써 글을 조직하고 완성하는 일에 관해 영감을 주고 싶다.

고른 글은 2018년 12월에 쓴 글이다. 시티팝에 대해 써서 『에스콰이어 코리아』에 실었다. 그때 나는 시티팝에 심취해 있었다. 1980년대 일본에서 성행했던 이 음악에 너무 빠져든 나머지 나는 더 일찍 태어나지 못한 처지를 비관하며 부모님을 원망했다. 엄마에게 미안한 건 사실이지만 그 에너지로 이 글을 썼으니 불행 중 다행이다. 일단 전문을 읽어 주길 바란다.

(1) 시티팝에 대해 말하기에는 이제 늦어 버렸는지도 모르겠다. 시티팝의 정체를 설명하는 기사들은 이미 나온 지 오래고, 시티팝 앨범의 가격도 이미 오른 지 오래다. 또 우리는 윤종신의 「Summer Man」이 시티팝을 지향했다는 사실을 알고 있으며, 유빈의 「도시애」에 얽힌 사건도 이미 목격했다. 시티팝이란 단어가 한국에서 아직 낯설었던 시절을 찾아내려면 최소한 1년 정도는 세월을 거슬러 올라가야 한다. 그러니 분하지만(?) 이 글이 선도적 역할을 하기란 불가능함을 인정할 수밖에 없다. 하지만 그렇다고 이 글이 무용하다는 뜻은 아니다. 오히려 나는 이 글

을 시의적절한 모양새로 다듬어 볼 예정이다. 지금이기에 더 의미 있는 글을 써보겠다는 이야기다. 시티팝의 끝을 잡고 있기에 더 의미 있는 글을.

(2) 「당신은 뭐하러 일본에?」(YOUは何しに日本へ?)라는 일본의 예능 프로그램이 있다. 말 그대로 일본에 온 외국인과 동행하며 그들이 일본에서 무엇을 하는지 카메라에 담는 프로그램이다. 이 프로그램의 2017년 12월 11일 방영분을 보면 스코틀랜드에서 온 한 남성이 등장한다. 그는 자신이 일본에 온 목적을 이렇게 설명한다. "레코드숍을 방문하기 위해 왔습니다. 사고 싶은 시티팝 앨범 40장을 노트에 적어 왔어요. 야마시타 타츠로, 옐로우 매직 오케스트라 같은 뮤지션의 앨범 말이에요." 이 남성의 인터뷰를 보고 있자면 당연히 의문이 생긴다. 스코틀랜드 사람이 일본음악을, 그것도 지금으로부터 40여 년 전의 음악 때문에 바다를 건너왔다고? 도대체 시티팝에는 어떠한 힘이 존재하는 걸까.

(3) 시티팝이란 어림잡아 1970년대 후반부터 1980년대

후반까지 일본에 존재하던 특정 경향의 음악을 총칭하는 말이다. 공인된 장르는 아니지만 당시 일본에 분명히 실존하던 음악 사조 정도로 이해하면 된다. 시티팝은 이름에 걸맞게 도시적인 음악이었다. 구수하기보다는 세련되고 일본의 전통보다는 서양의 새로움을 추구하는 음악이었다. 실제로 우가야 히로미치의 책 『J팝이란 무엇인가』(J ポップとは何か)는 시티팝의 대부 격인 야마시타 타츠로의 음악을 '서양음악과 어깨를 나란히 할 수 있는 일본음악' '어떤 서양음악에 영향을 받았는지 확실히 알 수 있는 일본음악'으로 분류한다.

(4) 그런가 하면 수지 스즈키는 자신의 책 『1984년의 가요곡』(1984年の歌謡曲)에서 시티팝을 보다 직접적으로 정의해 놓았다. "시티팝이란 단어는 1984년 전후로 유행하던 단어였다. 하지만 당시에 그 정의는 조금 모호했다. 이제와 다시 정의하자면 도쿄 사람의, 도쿄를 무대로 한, 도쿄를 위한 음악. 도시적이고 어른스러운 음악." 한편 『재팬타임스』는 시티팝을 이렇게 정의했다. "소울과 퓨전, AOR을 섞은 사운드에 버블경제시절 겪은 도시의 삶을 가사로

없은 음악."

(5) 『재팬 타임스』의 정의에서 보듯 시티팝을 말할 때 빠뜨릴 수 없는 키워드는 '버블경제'다. 시티팝의 흥행은 일본이 (미국을 제치고) 세계에서 가장 잘살았던 시절과 겹친다. 때문에 시티팝에는 호시절의 여유로움, 낭만, 낙천적 사고가 기본적으로 깃들어 있다. 또한 카오디오의 등장과 보급이 시티팝의 인기에 기여했다는 분석은 이미 유명하다. 모든 것이 풍족한 시대의 한복판에서 애인을 옆자리에 태운 후 시티팝을 틀어 놓고 드라이브를 떠나는 것이다. 여름낮에 바다로 떠나든 겨울밤에 도시를 배회하든.

(6) 시티팝을 말할 때 또 하나 정확히 해두어야 할 것이 있다. 시티팝이 서양음악의 여러 장르로부터 영향받은 것은 사실이지만 어디까지나 일본인이, 일본에서 추구한, 일본음악이라는 점이다. 예를 들어 야마시타 타츠로는 일본 전통가요를 탈피한 세련된 팝을 갈구했던 당시 젊은이들에게 대망의 존재였다. 하지만 그렇다고 해서 야마시타 타츠로의 음악을 당시 서양음악의 훌륭한 모방에 불과하

다고 말할 수는 없다. 지역화에 성공했기 때문이다. 야마시타 타츠로의 보컬 자체가 상징적이다. 일본 전통 가요와는 다르고 서양음악의 장점을 흡수하면서도 자기만의 창법을 만들어 냈다. 카도마츠 토시키의 음악도 마찬가지다. 카도마츠 토시키의 음악은 펑크, 디스코, 모던 소울 등의 영향을 받았지만 아무리 반복해서 들어도 '서양음악을 동양인이 흉내 낸 걸 듣느니 오리지널을 듣겠어' 따위의 생각은 들지 않는다. 대신에 카도마츠 토시키의, 그리고 일본의 독자적이고도 매력적인 음악으로 인식된다. 문득 일본 커리가 떠오르는 건 왜일까.

(7) 시티팝이 일본의 독자적이고도 매력적인 음악으로 인식되는 이유에는 또 하나가 있다. 앞서 언급한 버블경제하고도 연관 있다. 바로 완성도다. 시티팝의 무기는 정서만이 아니다. 완성도도 있다. 시티팝 앨범 콜렉터이기도한 DJ 제씨 유는 이렇게 말한다. "당시 일본의 시티팝은 당시 미국의 음악과 비교해도 절대로 뒤떨어지지 않는다. 당시 일본은 지금의 미국과 같았다. 세계에서 가장 잘사는 나라였다는 뜻이다. 때문에 음악에도 많은 투자가 이

루어졌다. 또 시티팝 앨범의 크레딧을 보면 서양인 세션들이 많다. 그들의 수준 높은 연주와 엔지니어링 노하우가 시티팝에 그대로 담겨 있다. 게다가 나는 당시 일본의 재즈도 미국의 재즈보다 더 수준이 높았다고 생각한다."

(8) 그렇다면 한국에는 시티팝이 없었을까. 있었다. 시티팝이라고 불린 적은 없지만 도시적이고 어른스러운 한국 음악이 있었다. 당장 김현철의 『김현철 Vol.1』(1989), 장필순의 『어느 새』(1989)가 떠오르고 빛과 소금의 많은 노래와 토이의 초기작도 생각난다. 손무현의 「처음부터 사랑한 나」와 장혜진의 「사랑이라는 그 이름 하나만으로」도 잊을 수 없다. 그리고 이런 음악들이 주로 1980년대 후반부터 1990년대 중후반 사이에 존재한다는 사실은 꽤 흥미롭다. 1997년 외환위기 사태가 터지기 전의 호시절이기도 하고, 일본보다 10년 정도 늦다는 점에서 양국의 경제 격차를 방증하는 것 같기도 하기 때문이다.

(9) 중요한 것은 시티팝이라는 명칭이 아니다. 도시의 삶을 사운드와 정서로 승화한 음악이라는 사실이 중요하다.

'90년대 웰메이드 싱어송라이터'로 프레임 짓던 음악가들을 이제 우리는 도시의 관점으로 바라본다. 잠깐 유행했던 댄스음악 정도로 생각하던 모노의 「넌 언제나」역시 이제 우리는 도시와 청춘이라는 키워드로 새롭게 즐길 수 있다. 전자음악 팬이 김현철을 좋아하는 모습이나 재즈 팬이 윤상을 좋아하는 모습은 어색하다. 그러나 도시음악을 좋아하는 사람이라면 김현철과 윤상을 모두 좋아할 수 있다. 둘은 '도시'에서 만나니까. 시티팝을 겪은 후 우리는 한국의 도시음악을 찾아내기 시작했다. 무엇보다 도시에 대해 다시 생각해 보게 됐다. 우리가 살아가는 곳에 대해.

(10) 이쯤에서 다시 스코틀랜드의 한 남성 이야기로 돌아가자. 그는 어쩌다가 40년 전의 음악을 찾아 바다를 건너게 된 걸까. 물론 구체적인 경로를 댈 수도 있다. 이 남성의 말처럼 네덜란드와 러시아의 특정 매체가 실은 시티팝에 관한 기사 덕분이라거나, 퓨처 펑크 디제이들이 시티팝을 자주 샘플링하면서 알려졌다거나, 다케우치 마리야의 「Plastic Love」가 유튜브에서 시도 때도 없이 추천영상으로 등록되었기 때문이라는 말들 말이다. 그러나 무엇보

다 강하게 작용한 힘이 있다면 바로 시티팝 자체의 분명한 자기 색과 탄탄한 완성도였을 것이다. 그런 의미에서 최근 몇 년간 진행된 시티팝의 '발견'은 곧 훌륭한 음악 라이브러리가 새롭게 추가된 것과 같다. 시티팝은 기본적으로 잘 만든, 좋은 음악이기 때문이다. 특히 시티팝에 관한 데이터베이스가 전무한 한국에서 살아가던 한국인에게는 근사한 '삶의 사운드트랙'이 하나 더 생겼다고 보아도 될 것이다.

(11) 삶의 사운드트랙이라. 맞다. 시티팝은 현재 내 삶의 중요한 사운드트랙이다. 그런데 왜 나는 내가 경험해 보지도 못한 시공간에서 탄생한 이 음악을 내 삶과 밀착시키고 있는 걸까. 어떠한 추억도 없는데 말이다. 그리고 이것은 비단 나뿐 아니라 '현재의 20대'지만 시티팝을 추구하는 밴드 '서교동의 밤'을 비롯해 시티팝에 매료된 수많은 젊은이의 상황이기도 하다. 글쎄, 생각해 본다. 시티팝 속의 세계는 일단 나에게 시간적으로는 '과거'다. 1980년대니까 당연하다. 하지만 내 삶 속에서 시티팝 속의 세계는 '미래'다. 미래로 느껴진다. 더 정확히 말하면 '이미 잃

어버린 미래'라고 할까. 갈망하지만 아마도 겪지 못할 것 같은 호시절, 나의 미래로 삼고 싶지만 아마도 오지 않을 것 같은 이미 잃어버린 미래. 어쩌면 시티팝 열풍이란 복고나 향수와는 무관한 것은 아닐까.

다음은 이 글을 쓰기 위해 내가 거쳐 온 단계다.

1. 무엇에 대해 쓸까

『에스콰이어 코리아』에 몇 년째 칼럼을 연재하고 있는 나. 이번 달에도 마감일이 돌아왔다. 무엇에 대해 쓸까. 일단 당연히 음악과 관련한 소재여야 한다. 그리고 글을 통해 나의 견해와 통찰을 드러낼 수 있는 소재여야 한다. 요즘 나는 무엇에 가장 꽂혀 있었지? 맞다. 시티팝인 것 같다. 시티팝 앨범을 한창 즐겨 들었다. 또 시티팝이 인기를 얻는 현상에 대해 흥미로워했던 것 같다. 사실 인터넷에서 시티팝에 관한 글을 찾아보기 위해 노력했었다. 하지만 나의 지적 갈증을 채워주는 글은 불행히도 딱히 없었다. 그렇다면 내가 쓰지 뭐. 시티팝의 이모저모에 대해 한 방에 알 수 있는 글을 내가 직접 쓰는 거다.

2. 내가 가진 재료에는 무엇이 있나

시티팝에 대해 쓰기로 했다. 그런데 나는 시티팝에 대해 무엇을 알고 있지? 다음은 내가 알고 있는 것들이다.

- 시티팝은 일본에서 과거에 유행했던 음악이다.

- 시티팝은 최근 1~2년 사이 다시 인기를 얻고 있다.

- 유빈이 시티팝 스타일의 신곡을 발표했다.

- 월간 윤종신의 최근 두어 곡이 시티팝 스타일이다.

- 나는 최근에 시티팝 앨범들을 엘피로 꽤 많이 수집했다. 그중에서도 카도마츠 토시키의 음악에는 특별한 애착이 있다.

- 시티팝의 음악 스타일과 메시지가 당시 일본의 버블경제와 관련 있다는 이야기가 흥미로웠다.

- 당시 일본의 카오디오 보급이 시티팝과 상관있다고 한다. 교외로 드라이브를 떠날 때 어울리는 음악이었으니까.

- 시티팝에는 묘하게 흑인음악적인 느낌이 있다.

- 시티팝은 완성도가 높은 음악이다. 훌륭한 연주, 지금 들어도 조악하지 않은 사운드 퀄리티.

- 옛 한국음악이 시티팝이라는 명목으로 재조명되고 있다. 김현철, 빛과 소금, 장필순 등의 노래들.

―퓨처 펑크 디제이들이 시티팝을 자주 샘플링한다.

―시티팝의 대표곡인 다케우치 마리야의 「Plastic Love」는 유튜브에서 시도 때도 없이 추천영상으로 등록되기로 유명하다.

―서교동의 밤은 한국의 20대 밴드인데 마치 시티팝 같은 스타일을 추구한다.

이 정도가 글을 쓰기 전 내가 가진 것들이었다.

3. 펼쳐 놓은 재료 중에서 더 심화/확장할 것을 찾아보자

시티팝에 대해 내가 가진 것을 대략 펼쳐 놓았다. 어떤 것은 사실이고 어떤 것은 현상이다. 또 어떤 것은 나의 느낌이고 주관이다. 한 편의 글은 사실, 정보, 느낌, 견해, 통찰 등으로 이루어진다. 내가 펼쳐 놓은 재료 중에서 더 논의를 심화/확장해 볼 만한 것이 있을까. 다행히 몇 가지를 찾았다.

#1. 시티팝은 일본에서 과거에 유행했던 음악이다.

→ 시티팝이 일본에서 주로 1980년대에 성행했던 음악임은 사실이다. 그렇다면 당시 일본 매체에서는 이 음악을 실제로 어떻게 규정했을까. 자료조사 시간이다. 소장하고 있는 시티팝 원서를 뒤적거리

기도 하고 구글링도 해본다. 또 일본 야후에 들어가 일본어로 검색
도 해본다. 몇 가지 자료를 발견했다. 우가야 히로미치의 책 『J팝이
란 무엇인가』, 수지 스즈키의 책 『1984년의 가요곡』, 그리고 『재팬
타임스』에서 규정한 시티팝의 개념을 발견했다. 이 자료들은 글에
많은 도움이 될 것이다. 글의 신빙성을 높여 줄 것이며 글쓴이의 성
의도 느껴지게 해줄 것이 확실하다.

#2. 시티팝의 음악 스타일과 메시지가 당시 일본의 버블경제와 관련 있다는 이야기가 흥미로웠다.

→ 버블경제는 최대의 호황기였다. 자료를 조사해 보니 당시의 일
본은 미국을 제치고 세계에서 가장 잘살았다. 대호황기라. 당연히
사람들은 행복하고 여유로웠을 것이다. 뭐든지 낙천적으로 생각
했을 테고 여행도 많이 떠났겠지. 음악의 모든 것이 정치는 아니지
만 음악은 당대의 사회상과 무관할 수가 없다. 시티팝은 대호황기
를 반영한 음악이었다. 그래서 시티팝을 들으면 왠지 모르게 기분
이 좋아졌구나. 어쩌면 이것이야말로 최근에 다시 시티팝이 인기를
얻는 중요한 이유가 아닐까. 음악을 듣는 순간만이라도 걱정 없이
행복해지고 싶다는 사람들의 마음이 반영된 것은 아닐까. 합리적인
추측이라는 생각이 든다.

#3. 옛 한국음악이 시티팝이라는 명목으로 재조명되고 있다. 김현철, 빛과 소금, 장필순 등의 노래들.

→ 일단 의문이 든다. 김현철의 데뷔 앨범은 시티팝인가. 다시 말해 당시에 한국에서 통용되지 않았던 명칭을 이제 와서 다시 붙이는 것은 온당한가. 만약 온당하지 않다면 우리는 김현철의 음악과 시티팝이라는 명칭을 그저 따로 떼어 놓아야 할 뿐인가. 보다 근본적으로 생각해 보자. 왜 김현철, 빛과 소금, 장필순 등의 노래를 우리는 이제 와서 시티팝으로 다시 부르려고 하는가. 아마 시티팝을 들었을 때 받은 느낌을 이 노래들을 듣고도 받았기 때문일 것이다. 즉 비슷한 유의 음악이라고 느꼈기 때문일 것이다. 그렇다면 그 느낌의 공통분모는 무엇일까. 그것은 바로 '도시'일 것이다. 도시의 정서 말이다. 그렇구나. 한국에도 도시음악이 있었구나. 시티팝을 겪은 후 우리는 한국의 도시음악을 찾아내기 시작했다. 그리고 그것들을 다시 조명하고 알릴 필요가 있다. 도시는 우리가 살아가고 있는 곳이고, 우리가 살아가고 있는 곳을 노래한 음악은 중요하니까.

#4. 서교동의 밤은 한국의 20대 밴드인데 마치 시티팝 같은 스타일을 추구한다.

→ 서교동의 밤은 시티팝에 영향을 받아 이런 음악을 추구한다고

들었다. 그런데 왜 한국의 현재를 사는 20대가 일본에서 1980년 대에 성행했던 음악에 매료된 걸까. 왜 나를 포함한 한국의 젊은이 들은 시티팝에 빠진 걸까. 그것은 추억인가? 아니다. 나는 1980년 대에 태어났지만 워낙 어린 시절이라 그때에 관한 기억은 거의 없 다. 더군다나 당시의 일본에 관한 기억은 아예 없다고 봐도 좋다. 1990년대에 출생한 20대라면 더욱 해당사항이 없다. 그렇다면 그 것은 향수인가? 이것도 아니다. 그 시절을 겪어 보지 못했는데 향수 가 있을 리가. 이도 저도 아니면 대체 무엇이란 말인가. 이것은 우리 의 거짓말인가? 이것은 우리의 가짜 감정인가? 아니다. 적어도 내 감정은 진짜다. 조금 더 고민해 보자. 시티팝은 대호황기를 반영한 음악이고 특유의 여유로움과 낭만, 낙천적 태도를 특징으로 한다. 그리고 지금 우리는 힘든 현실 속에서 살고 있다. 그렇다면 시티팝 속의 세계는 어쩌면 우리에게 일종의 이상향이 아닐까. 갈망하지만 아마도 겪지 못할 것 같은 호시절쯤으로 표현하면 되려나. 이렇게 보면 '과거'라는 시간적 맥락은 의미가 없어진다. 아니, 시간적 맥락 으로 보면 오히려 시티팝 속의 세계는 우리에게 과거가 아니라 '미 래'가 된다. 나의 미래로 삼고 싶지만 아마도 오지 않을 것 같은 이 미 잃어버린 미래 말이다. 그리고 이와 함께 추억이나 향수 같은 개 념은 더 이상 필요 없게 된다.

4. 글의 가장 중요한 부분을 선택하자

시티팝에 대해 이야기할 내용이 이렇게나 많다. 그렇다면 나는 이 내용들을 어떻게 대우할 것인가. 모든 부분에 동등한 지위를 부여할 것인가, 아니면 강약과 경중을 조절할 것인가. 무엇보다 내가 이 글에서 궁극적으로 말하고자 하는 내용, 즉 이 글의 가장 중요한 부분은 무엇인가.

내가 선택한 이 글의 가장 중요한 부분은 바로 11번 문단이었다. 물론 시티팝의 정의도 중요하고 시티팝의 발생 맥락도 중요하다. 하지만 내가 이 글을 쓰게 된 이유는 당시 우리가 시티팝에 빠져 있었기 때문이다. 내가 가장 궁금했던 것은 '시티팝이 현재의 우리에게 어떠한 의미를 지니는가'였다. 다른 부분들이 훌륭한 조연일 수는 있지만 이 부분만이 주연의 자격이 있었다. 따라서 나는 이 부분을 글의 마지막에 배치하기로 했다. 글의 주제의식을 드러내는 위치로.

(11) 삶의 사운드트랙이라. 맞다. 시티팝은 현재 내 삶의 중요한 사운드트랙이다. 그런데 왜 나는 내가 경험해 보지도 못한 시공간에서 탄생한 이 음악을 내 삶과 밀착시키고 있는 걸까. 어떠한 추억도 없는데 말이다. 그리고 이

것은 비단 나뿐 아니라 '현재의 20대'지만 시티팝을 추구하는 밴드 '서교동의 밤'을 비롯해 시티팝에 매료된 수많은 젊은이의 상황이기도 하다. 글쎄, 생각해 본다. 시티팝 속의 세계는 일단 나에게 시간적으로는 '과거'다. 1980년대니까 당연하다. 하지만 내 삶 속에서 시티팝 속의 세계는 '미래'다. 미래로 느껴진다. 더 정확히 말하면 '이미 잃어버린 미래'라고 할까. 갈망하지만 아마도 겪지 못할 것 같은 호시절, 나의 미래로 삼고 싶지만 아마도 오지 않을 것 같은 이미 잃어버린 미래. 어쩌면 시티팝 열풍이란 복고나 향수와는 무관한 것은 아닐까.

5. 글의 뼈대를 만들자

글의 가장 중요한 부분을 선택했으니 이제 글의 뼈대를 만들어야 한다. 앞서 말한 대로 '시티팝이 현재의 우리에게 어떠한 의미를 지니는가' 부분을 글의 마지막에 놓기로 하고, 나머지 부분들을 설득력 있게 구성해야 한다.

앞서 밝혔듯 이 글은 '시티팝의 이모저모에 대해 한 방에 알 수 있는 글'을 추구하므로 일단 글의 도입부에서는 '환기'를 하기로 했다. 시티팝에 대해 잘 모를 수도 있는 사람들을 위해 그들에게 친근할 만한 요소부터 제시하는 것이다. 레이더에 걸린 것은 윤종신과 유빈의 노래다. 이들의 신곡을 언급하며 '실은 이런 음악 스타일은 시티팝으로부터 나왔다'고 이야기를 풀어 가면 순조로울 것 같았다. 더불어 이 글이 세상에 나올 시기를 의식한 당부(?)도 잊지 않았다. 일찌감치 선도적으로 시티팝에 대해 알려 주는 글이 되진 못했지만 지금 이 시기에 효용한 글을 쓰겠다는 일종의 선언을 먼저 드러낸 것이다. 그리고 이 내용은 읽는 이에게 글의 전체적인 성격을 먼저 알려 주는 기능을 수행하기도 한다.

윤종신과 유빈을 통해 시티팝이라는 개념을 끌어냈다면 이제 시티팝에 대해 말해야 한다. 시티팝의 정의, 유래, 특징 등 말 그대로 시티팝의 복합적인 면모에 대해 차근차근 설명해야 한다. 그 후 시티팝으로 조명 가능한 한국음악에 대해 이야기한 뒤 (일본이 아닌) 한국으로 자연스럽게 돌아와 지금 한국에 사는 우리에게 시티팝이 어떠한 의미를 지니는지에 관해 통찰을 제공하면 이 글은 끝난다. 이 정도면 나쁘지 않은 글이 될 것 같은 확신이 든다. 아마 간단하게 표기한다면 이 정도의 구성이 될 것이다.

– 지속되고 있는 시티팝의 인기를 환기 + 글의 전체적인 성격 제시.

– 시티팝의 이모저모: 정의, 유래, 특징 등.

– 한국의 시티팝? '도시'가 중요하다.

– 지금 한국에 사는 우리에게 시티팝은 어떠한 의미를 지니는가.

6. 쓰면서 디테일을 보완하자

글의 뼈대를 정했다면 글을 쓰기 시작하자. 하지만 글의 뼈대를 미리 정해 놓았다고 해서 글이 꼭 그대로 완성되는 것은 아니다. 대부분 최종본은 뼈대와 많은 부분에서 비슷하면서도 곳곳의 작은 디테일에서는 다소 차이가 있는 모양새로 완성된다. 쓰면서 자잘하게 보완하거나 방향성을 미세하게 트는 부분이 발생하기 때문이다.

2번 문단은 글을 쓰면서 새롭게 추가한 부분이었다. 시티팝의 인기, 다시 말해 현재 세계 곳곳에서 시티팝을 주목하고 있다는 내용을 강조하기 위해 실제 사례가 필요했다. 때문에 나는 열심히 인터넷을 돌아다녔고 결국 일본 웹에서 한 예능 프로그램 영상을 발견했다.

(2) 「당신은 뭐하러 일본에?」(YOUは何しに日本へ？)라는

일본의 예능 프로그램이 있다. 말 그대로 일본에 온 외국인과 동행하며 그들이 일본에서 무엇을 하는지 카메라에 담는 프로그램이다. 이 프로그램의 2017년 12월 11일 방영분을 보면 스코틀랜드에서 온 한 남성이 등장한다. 그는 자신이 일본에 온 목적을 이렇게 설명한다. "레코드숍을 방문하기 위해 왔습니다. 사고 싶은 시티팝 앨범 40장을 노트에 적어 왔어요. 야마시타 타츠로, 옐로우 매직 오케스트라 같은 뮤지션의 앨범 말이에요." 이 남성의 인터뷰를 보고 있자면 당연히 의문이 생긴다. 스코틀랜드 사람이 일본음악을, 그것도 지금으로부터 40여 년 전의 음악 때문에 바다를 건너왔다고? 도대체 시티팝에는 어떠한 힘이 존재하는 걸까.

시티팝의 정의에 대해 말하는 부분도 글을 쓰면서 바뀌었다. 정확히 말하면 바뀌었다기보다는 '순서'를 조정했다. 3번과 4번 문단을 보자.

(3) 시티팝이란 어림잡아 1970년대 후반부터 1980년대 후반까지 일본에 존재하던 특정 경향의 음악을 총칭하는

말이다. 공인된 장르는 아니지만 당시 일본에 분명히 실존하던 음악 사조 정도로 이해하면 된다. 시티팝은 이름에 걸맞게 도시적인 음악이었다. 구수하기보다는 세련되고 일본의 전통보다는 서양의 새로움을 추구하는 음악이었다. 실제로 우가야 히로미치의 책『J팝이란 무엇인가』(Jポップとは何か)는 시티팝의 대부 격인 야마시타 타츠로의 음악을 '서양음악과 어깨를 나란히 할 수 있는 일본음악' '어떤 서양음악에 영향을 받았는지 확실히 알 수 있는 일본음악'으로 분류한다.

(4) 그런가 하면 수지 스즈키는 자신의 책『1984년의 가요곡』(1984年の歌謡曲)에서 시티팝을 보다 직접적으로 정의해 놓았다. "시티팝이란 단어는 1984년 전후로 유행하던 단어였다. 하지만 당시에 그 정의는 조금 모호했다. 이제와 다시 정의하자면 도쿄 사람의, 도쿄를 무대로 한, 도쿄를 위한 음악. 도시적이고 어른스러운 음악." 한편『재팬타임스』는 시티팝을 이렇게 정의했다. "소울과 퓨전, AOR을 섞은 사운드에 버블경제시절 겪은 도시의 삶을 가사로 얹은 음악."

나는 시티팝의 정의를 설명하기 위해 세 가지 자료를 인용했다. 우가야 히로미치의 책『J팝이란 무엇인가』, 수지 스즈키의 책『1984년의 가요곡』, 그리고『재팬 타임스』의 기사. 이 세 가지 자료를 언급하는 순서는 제비뽑기로 정한 것도 아니고 우연도 아니다. 의도를 담아 이렇게 배치했다.

일단 우가야 히로미치의 정의와 수지 스즈키의 정의를 나란히 놓고 생각했다. 우가야 히로미치의 정의는 크고 넓었고 수지 스즈키의 정의는 보다 자세하고 직접적이었다. 안정된 구조를 좋아하는 나는 더 크고 넓은 것으로부터 더 자세하고 직접적인 것으로 글이 흘러가기를 바랐다. 큰 개념을 먼저 제시한 후 그 위에서 보다 작은 개념을 드러내는 편이 읽는 이의 수월한 이해를 위해 좋다고 생각했다.

우가야 히로미치와 수지 스즈키의 순서는 정했지만 아직『재팬 타임스』가 남아 있었다.『재팬 타임스』를 맨 앞에 놓아도 되고 맨 뒤에 놓아도 되며 생각하기에 따라 우가야 히로미치와 수지 스즈키의 사이에 놓는 방법도 있다. 결국『재팬 타임스』를 맨 뒤에 배치한 이유는 그다음에 이어질 내용 때문이었다. 시티팝의 정의에 대해 이야기한 후에는 시티팝의 몇 가지 특성에 대해 말할 생각이었다. 버블경제의 영향을

받은 음악이다, 흑인음악 성향이 곳곳에 짙다, 취향과 별개
로 완성도가 매우 높다 따위의 말들 말이다.

그때 시티팝에 대한 『재팬 타임스』의 정의 중 한 단어가
눈에 들어왔다. '버블경제.' 그렇다면 『재팬 타임스』의 정의
를 맨 마지막에 배치한 후 그다음에 곧바로 시티팝의 특성
중 버블경제에 관한 내용을 붙이면 글의 흐름이 자연스러울
것 같았다. 이러한 과정 끝에 5번 문단이 탄생했다.

(5) 『재팬 타임스』의 정의에서 보듯 시티팝을 말할 때 빠
뜨릴 수 없는 키워드는 '버블경제'다. 시티팝의 흥행은 일
본이 (미국을 제치고) 세계에서 가장 잘살았던 시절과 겹친
다. 때문에 시티팝에는 호시절의 여유로움, 낭만, 낙천적
사고가 기본적으로 깃들어 있다. 또한 카오디오의 등장과
보급이 시티팝의 인기에 기여했다는 분석은 이미 유명하
다. 모든 것이 풍족한 시대의 한복판에서 애인을 옆자리
에 태운 후 시티팝을 틀어 놓고 드라이브를 떠나는 것이
다. 여름낮에 바다로 떠나든 겨울밤에 도시를 배회하든.

누군가는 중요하지 않은 기교라고 할지 모르겠다. 지엽적

인 부분에 불과하다고 말할 수도 있다. 하지만 나는 이 칼럼의 3번, 4번, 5번 문단의 흐름이 매우 만족스럽다. 작은 부분이지만 바꿔 말하면 작은 부분에까지 세심하게 신경 썼다는 뜻도 된다. 알아볼 사람은 알아볼 것이다. 글의 수준이 상향 평준화될수록 승부는 가장 작은 부분에서 갈린다. 나는 여전히 그 진실을 믿으며 오늘도 가장 작은 부분에 주의를 기울인다.

7. 글을 다 썼다면 각 문단의 첫 문장(첫 부분) 및 마지막 문장(마지막 부분)만 남긴 후 읽어 보자

글을 다 쓴 후 실제로 내가 자주 쓰는 방법이다. 위에서 언급한 '6. 쓰면서 디테일을 보완하자'의 상호보완적인 행동이라고 할 수 있다. 이제까지 디테일에 집중했다면 다시 돌아가 글의 큰 구조를 점검하는 것이다. 글을 쓰는 과정에서 자칫 글의 큰 구조가 흐트러졌을 수도 있기 때문이다. 균형 잡기는 늘 중요하다.

각 문단의 첫 문장(첫 부분)만 이어서 읽어 보면 글의 대략적인 큰 구조가 보인다. 그런가 하면 문단의 첫 문장(첫 부분)과 마지막 문장(마지막 부분) — 다음 문단의 첫 문장(첫 부분)

과 마지막 문장(마지막 부분) — 그다음 문단의 첫 문장(첫 부분)과 마지막 문장(마지막 부분), 이런 식으로 이어서 읽어 보면 더 자세히 글의 구조와 흐름을 파악할 수 있다. 한편 '앞 문단의 마지막 문장(마지막 부분)과 뒷 문단의 첫 문장(첫 부분)'을 한 세트로 읽어 내려간다면 서로 인접해 있는 두 문단 간의 연결고리가 제대로 되어 있는지 확인할 수 있다. 이렇듯 다방면으로 글의 구조를 점검하는 일은 중요하다. 나는 보통 이 작업을 마지막으로 원고를 마무리한다. 하나의 글은 이렇게 완성된다.

고쳐쓰기가 새로 쓰기보다 쉽다는 착각

1. 고쳐쓰기에 따로 한 챕터를 할애한 이유

고쳐쓰기는 중요하다. 고쳐쓰기의 중요함은 아무리 강조해도 지나치지 않는다. 사람은 고쳐 쓸 수 없지만 글은 고쳐 쓸수 있고 고쳐 써야 한다. 결론부터 말해 보자. 글을 잘 쓰고 싶다면 고쳐쓰기에 무조건 능숙해지는 게 좋다.

고쳐쓰기를 부록처럼 취급하는 사람들이 있다. 미안하지만 고쳐쓰기는 부록이 아니다. 고쳐쓰기는 글을 다 쓴 후 여유가 있으면 하고 시간이 없으면 안 해도 되는 부록 따위가아니다. 오히려 고쳐쓰기는 필수 과목에 가깝다. 글을 잘 쓰고 싶다면 당신은 무조건 이 과목을 수강해야 한다.

왜 나는 똑같은 말을 반복하며 고쳐쓰기의 중요성을 강조하고 있는 걸까. 글을 다 쓴 후 꼼꼼히 다시 살펴보며 고쳐 쓰면 글이 더 좋아지기 때문에? 물론 맞는 말이다. 평소에 맞춤법을 최대한 많이 외워 놓은 후 틀린 맞춤법을 찾아내어 고친다면 그 글은 분명 고쳐쓰기 전보다 더 좋은 글이 된다.

하지만 이러한 이유만으로 고쳐쓰기의 중요성을 강조하는 것은 아니다. 맞춤법을 하나 덜 틀리고 비문을 하나 더 고치는 것보다 더 근본적인 이유가 존재한다. 그것은 바로, 고쳐쓰기야말로 글을 정밀하고도 총체적으로 이해하는 방식 그 자체이기 때문이다.

바깥에서 들여다보면 고쳐쓰기란 작은 기술의 물리적 총합처럼 보인다. 틀린 맞춤법 바로잡기, 띄어쓰기 수정하기, 다른 단어로 바꿔 쓰기, 문단 다시 나누기 등등. 바깥에서 보는 고쳐쓰기는 언뜻 기술이 지배하는 세계이자 기술이 전부인 세계다.

그러나 이것은 착각이다. 당신이 잘못했다는 말은 아니지만 이것은 착각이 맞다. 고쳐쓰기는 사실 글을 보는 관점에 관한 것이자 글을 이해하는 방식에 관한 것이다. 이를 다른 말로 하면 당신이 고쳐쓰기에 능숙해질수록 글을 보는 관점과 글을 이해하는 방식을 터득할 수 있다는 뜻이 된다. 고쳐

쓰기에 따로 한 챕터를 할애한 이유다.

2. 고쳐 쓰는 것이 새로 쓰는 것보다 쉽다는 착각

내가 운영하는 합평모임에서는 매월 마지막 주마다 고쳐쓰기를 한다. 합평모임에 이미 선보인 자기 글 중 고쳐 쓰고 싶은 글을 골라 고쳐 써오는 것이다. 흥미로운 점은 합평멤버 열이면 열 모두가 처음에는 이 주를 가장 손쉽게 여긴다는 사실이다. 그들은 새로 글을 쓰는 것보다 이미 존재하는 글을 고쳐 쓰는 것이 더 손쉬운 일이라고 생각한다. 해보기 전에는.

물론 손쉬울 수도 있다. 고쳐 쓴 후의 글이 어떤 평가를 받게 될지 고려하지 않는다면 손쉬울 수도 있다. 자기가 쓴 글을 다시 읽으며 눈에 띄는 몇 부분만 대충 수정하면 될 일 아닌가. 새로 글을 쓰는 것에 비하면 정말로 적은 노동을 하게 될 것이 확실하다. 하지만 당신도 이 상황이 말이 안 된다는 것쯤은 이미 알고 있을 것이다. 글이 더 나아지지 않았다면, 글이 더 나아지는지에 대해 신경 쓰지 않는다면, 대체 고쳐 쓰기가 무슨 소용이란 말인가.

그렇다면 이번에는 성의를 다해 고쳐 썼다고 가정해 보자.

당신은 자기가 쓴 글을 꼼꼼하게 다시 읽었고 열 군데가 넘는 곳을 고쳤다. 이 정도면 정성을 다했다고 자부할 수 있다. 동시에 이 정도면 글이 더 좋아졌다고도 확신한다. 고쳐쓰기 끝. 임무 완수.

물론 당신의 말이 맞을 수도 있다. 당신이 고쳐 써서 글이 더 좋아졌을 수도 있다. 하지만 들뜬 마음을 가라앉히고 내가 제시하는 다음 몇 가지를 확인해 주길 바란다.

3. 고쳐 쓰는 건 한 부분일지 몰라도 영향받는 건 글 전체다

열 군데를 고쳤다고 해보자. 그리고 열 군데 모두 적절하게 고쳤다고 해보자. 그러나 어떤 부분을 고칠 때 그 부분에만 집중해서 고치는 것으로 과연 충분할까. 열 군데를 각각의 부분에만 집중해 완벽하게 고친 후 그것을 합치면 이제 완벽한 글이 되는 걸까.

당연히 아니다. 아닐 가능성이 높다. 이유는 간단하다. 글이란 유기체이기 때문이다. 글이란 결국 전체를 통해 평가받고 판단되는 것이기 때문이다. 유기체를 구글에서 검색하면 이렇게 뜻이 나온다. '각 부분이 일정한 목적하에 통일·조직되어 있으며, 부분과 전체가 필연적인 관계를 가지고 있는

조직체.'

  그렇다. 이것이 글이다. 예를 들어 보자. 방금 당신은 첫 문단에 있는 A라는 단어가 맘에 들지 않아 B라는 단어로 바꾸었다. 물론 이 문장 안에서만 보면 좋은 수정일 수 있다. 하지만 글 전체로 시야를 넓히면 이야기가 달라질 수도 있다. 만약 글의 나머지 문단에 B라는 단어가 이미 여러 군데에 포진하고 있다면? 그렇기 때문에 오히려 동어반복 느낌이 든다면? 조금 과장하자면 당신은 한 문장을 얻고 글 하나를 잃은 것이다.

  단어뿐이 아니다. 문장을 끝내는 방식도 마찬가지다. 다음 두 문단을 보자. 이것은 실재하는 어떤 글의 첫 두 문단이다.

2019년이 벌써 3월에 다다랐다. 차곡차곡 하루가 쌓이더니 지난날들을 꽤 돌아볼 수 있을 정도가 되었다. 새해부터 오늘까지 나는 어떻게 지내 왔을까. 나쁜 날도 있었지만 좋은 날도 꽤 많았다. 그런데 이상하다. 되돌아보니 하루하루를 힘겹게 살아 낸 기분이다. 즐거움보다는 살아 내야 한다는 차디찬 이성으로 버텨 낸 것 같다. 좋아하는 일도 많이 하는데 왜 그럴까. 왜 이렇게 힘겨울까. 도저히 나도 나를 모르겠다.

즐거움이 삶에서 줄어드니 그나마 쉴 수 있는 주말만을 늘 손꼽아 기다렸다. 주말엔 하고 싶은 일들로 꽉 채웠다. 수영, 독서, 공부, 데이트 등등. 재미는 있었지만 여전히 힘겨웠다. 힘겨움 앞에서 두 손 두 발을 들었다. 힘없이 침대에 누워 노래 한 곡을 틀었다. 조금이나마 내 마음에 즐거움과 안정을 채워 주길 바라며 안토니오 카를로스 조빔의 앨범 『Wave』를 틀었다.

글쓴이는 이 두 문단을 아래와 같이 고친 후 나에게 제출했다. 그는 이 글이 인쇄된 A4 용지를 내 얼굴에 집어던진 후 이렇게 외쳤다. "난 이제 완벽해! 난 널 뛰어넘었어."

2019년이 벌써 3월에 다다랐다. 지난날들을 꽤 돌아볼 수 있을 만큼 많은 하루가 쌓였다. 새해부터 오늘까지 나는 어떻게 지내 왔을까. 나쁜 날도 있었지만 좋은 날도 꽤 많았다. 그런데 이상하게도 하루하루를 힘겹게 살아 낸 기분이다. 즐거움은 잃어버리고 살아 내야 한다는 차가운 이성만으로 힘겹게 버티고 있는 느낌이다. 좋아하는 일도 많이 했는데 왜 그럴까. 왜 이렇게 힘겨울까. 도저히 나도 나를 모르겠다.

즐거움이 삶에서 줄어드니 그나마 쉴 수 있는 주말만을 늘 손꼽아 기다렸다. 주말엔 하고 싶은 일들로 꽉 채웠다. 수영, 독서, 공부, 데이트 등등. 재미는 있었지만 여전히 힘겨웠다. 과연 재미를 바란 일들이었을까. 그런데 왜 힘겨웠을까. 힘겨움 앞에서 끝내 두 손 두 발을 들었다. 힘없이 침대에 누워 노래 한 곡을 틀었다. 안토니오 카를로스 조빔의 「Wave」가 흘러나왔다.

관건은 두 번째 문단에 새로 삽입된 다음 두 문장이다. '과연 재미를 바란 일들이었을까. 그런데 왜 힘겨웠을까.' 글쓴이는 이 부분이 새롭게 필요하다고 생각했을 수 있다. 또 내용적으로만 보면 적절할 수도 있다. 하지만 시야를 넓히면 이야기가 달라진다.

문제는 간단하다. 첫 번째 문단에 이미 '~까' 형태로 종결지은 문장이 여럿 있다는 점이 문제다. 그렇기 때문에 두 번째 문단만 읽고 말 것이라면 몰라도 첫 번째 문단을 읽은 후 두 번째 문단을 읽다 보면 왠지 모를 찜찜함이 몰려온다. 적

재적소에 레어템 정도의 용도로 나와 줘야 할 '~까' 형태의 문장이 과도하게 많이 나온다는 느낌이 드는 것이다.

그래서 틀렸다는 말까진 아니다. 내 말도 진리는 아니니까. 하지만 이것이 누군가에겐 분명한 문제가 된다는 점을 말하고 싶다. 무엇보다, 한 부분을 고칠 때는 그 부분만을 고치는 것이 아니라 '글 전체 안에서 역할을 하는 한 부분'을 고치는 것임을 말하고 싶다. 그렇기 때문에 특정한 부분을 고칠 때에도 다른 부분을 의식해야 한다고 말하고 싶다.

이뿐이겠는가. 어떤 문단의 내용이 부족하게 느껴져 보완했을 때는 그 문단의 길이가 다른 문단들에 비해 과도하게 길어지진 않았는지 점검해야 한다. 또 어떤 문장 앞에 접속사를 새로 넣고 싶을 때에는 그 앞뒤 문장뿐 아니라 작게는 그 문단 전체의 리듬을, 크게는 앞 문단과 뒤 문단의 문장 흐름까지도 염두에 두어야 한다. 고치는 것은 부분이지만 의식해야 하는 것은 전체다. 고쳐 쓰는 것은 새로 쓰는 것보다 쉽지 않다.

4. 유지보수를 할 것인가, 재건축을 할 것인가

유지보수를 할 것인가, 재건축을 할 것인가. 글을 고쳐 써야 하는 상황에 놓였을 때 어쩌면 가장 먼저 판단해야 할 사안이다. 그리고 이럴 때 사람들은 흔히 유지보수를 선택한다. 그 편이 더 쉽고 편하기 때문이다. 하지만 경우에 따라 문제가 발생하곤 한다. 재건축을 해야 하는 상황인데 유지보수를 선택한 경우가 그렇다.

이것은 유지보수의 완성도 문제가 아니다. 이럴 때는 잘 고쳤어도 문제가 된다. 글의 뼈대를 해체하고 새롭게 다시 짜야 하는 상황에서 곁가지를 아무리 잘 수정 보완해 봤자 한계가 있다는 이야기다. 하지만 이런 상황일수록 사람들은 더 많은 곁가지를 최대한으로 고침으로써 문제를 해결하려고 든다. 그러나 그럴수록 글은 더 엉망이 되기 십상이다. 여기저기 들추고 다니며 오히려 글을 누더기로 만들 확률이 높다는 뜻이다.

어제 쓴 글이 오늘 보니 엉망일 때, 혹은 어제와는 다른 글쓰기 방식이 떠올랐을 때, 우리는 본능적으로 큰(?) 작업을 해야 함을 느낀다. 그럴 때 필요한 것은 유지보수가 아니라 재건축이다. 글을 고쳐 써야 할 때 가장 먼저 판단해야 할 사안이다.

5. 그때의 감정이 지금은 남아 있지 않은 걸?

글을 고쳐 쓸 때는 해당 글의 특성에도 주의를 기울여야 한다. 이를테면 당시의 감정을 듬뿍 실어 놓은 글을 고쳐야 한다면, 그렇지 않은 글을 고칠 때와는 조금 다른 접근이 필요하다. 다음 예문을 보자. 이것은 원문이다.

오늘, 할머니가 죽었다. 아니 어쩌면 5년 전에. 아침 버스 길에 아빠로부터 한 통의 전화를 받았다. 할머니가 돌아가셨다고. 오랫동안 치매를 앓던 당신이 떠났다. 문득 찾아온 헤어짐은 잠시, 아주 잠시 어색했다. 아빠의 목소리는 저녁 식사 메뉴를 말하듯 툭 튀어나왔고 나는 2초 정도 침묵했다. 아. 그녀는 오늘 갔지만 이별은 오래된 것이다. 나와 어떤 기억도 남기지 않고 할머니는 나를 잊어버렸다. 그것 때문인지 나 역시 그녀를 보내기 쉬웠다. 마치 처음부터 만나지 못한 사람이 사라진 것처럼. 그렇게 쉽게 이별한 나는 슬프지 않았다. 어린 나는 할머니와 어떤 추억이 있던 것 같은데. 그럴 것만 같은데. 지금 나는 그것이 없다. 그녀가 본인의 기억을 지울 때 내 추억까지 함께 지운 것처럼 말이다.

몇 년 전 그녀가 기억을 지우기 시작할 즘, 느닷없이 당신이 사라진 날의 기억만은 생생하다. 이른 새벽을 뚫고 집을 나가 버린 할머니, 가물한 정신을 머리에 이고 당신은 당신의 터로 돌아갔다. 어찌 그 몽롱한 것을 이고 물어물어 전라북도 정읍으로 향했는지 알 길이 없다. 그 먼 길이 당신에게 겁을 주진 않았는지. 새벽처럼 검은 길이 소리마저 적막하진 않았는지. 이제는 물어볼 수도 없다. 아니 그때로 돌아간다 해도 당신은 대답해 줄 수가 없다.

나는 오늘, 다가올 삶의 마지막 순간을 떠올려 본다. 생의 모서리에서 아찔하게 또렷한 정신으로 가족과 이별하는 것과 기억마저 사라져 죽음의 두려움을 미처 깨닫지 못한 채 작별하는 것. 선택할 수만 있다면. 아. 끔찍하여라.

검은 강물을 건너기 전, 그녀의 영혼에게 온 힘을 다해 이름 석 자 기억해 내라고 아들이 간다. 어느 햇빛 맑은 날 당신이 온전한 모습으로 부르던 그 이름을 불러 달라 쉰다섯 먹은 아들이 간다. 친아들도 아닌 것이 서러운 발목 휘저으며 당신에게로 갔다. 마침내 만났지만 작별의 순간엔 향만 몇 개비 피워 놓고 간다.

나는 이 글을 좋아했다. 글쓴이에게도 그렇게 말했다. 무조건 슬프다고 울부짖으며 감정의 과잉에 빠지는 대신 솔직한 자신의 심정을 세심하게 잘 드러낸 글이었다. 할머니가 돌아가셨지만 크게 슬프진 않은 것 같은 글쓴이의 태도는 쾌씸하기보다는 오히려 '진짜 감정'으로 와닿았다. 설득력이 있었다.

몇몇 좋은 문장도 있었다. 특히 '아. 그녀는 오늘 갔지만 이별은 오래된 것이다'와 '그 먼 길이 당신에게 겁을 주진 않았는지' 같은 문장은 확실히 인상적이었다. 하지만 비극(?)은 이제부터 시작이다. 글쓴이는 저지르고 말았다. 기어코 이 글을 고치고야 만 것이다. 글쓴이가 고친 글을 보자.

아침 버스길에 아빠로부터 한 통의 전화를 받았다. 할머니가 돌아가셨다고. 오랫동안 치매를 앓던 당신이 떠났다고. 아빠의 목소리는 저녁 식사 메뉴를 말하듯 단어를 툭 내던졌고 나는 2초 정도 침묵하였다. 죽음은 당사자에게도 듣는 이에게도 이렇게나 갑작스럽다. 잠시 생각했다. 완벽하게 갑작스러운 건 아닌 것 같다. 당신은 5년 넘도록 치매를 앓았으니까. 조금씩 조금씩 치밀하고도 완벽하게 기억과 기력을 지워갔다, 당신의 의지와는 상관없다 할지라도.

결국 당신은 어떤 기억도 남기지 않고 사라졌다. 그 때문인지 나 역시 그녀를 보내기 쉬웠다. 마치 처음부터 만나지 못한 사람이 사라진 것처럼. 그렇게 쉽게 이별한 나는 슬프지 않았다. 어린 나에게는 어떤 추억이 있던 것 같은데. 그럴 것만 같았는데. 지금은 그것이 없었다. 그녀가 본인의 기억을 지울 때 내 추억까지 함께 가져간 것 같았다. 가져간 기억들은 그녀의 노구와 함께 화장터에서 활활 타버렸다. 나는 그것들이 조금은 아까웠다.

하지만 내 추억을 모두 가져가기 전, 그녀가 느닷없이 사라진 사건만은 남아 있다. 그녀는 인천의 이른 새벽을 뚫고 집을 나가 버렸다. 가물하고 몽롱한 정신을 머리에 이고 그녀는 생의 터로 돌아갔다. 어찌 그 낡은 것을 머리에 이고 물어물어 전라북도 정읍으로 향했는지 알 길이 없다. 그 먼 길이 당신에게 겁을 주진 않았는지. 새벽의 검은 길이 적막하진 않았는지. 이제는 물어볼 수도 없다. 아니 그때로 돌아간다 해도 당신은 대답해 줄 수가 없다.

나는 오늘 당신이 없는 자리에서 다가올 삶의 마지막 순간을 생각해보았다. 생의 모서리에서 아찔하게 또렷한 정신으로 사랑하는 이들과 이별하는 것 혹은 기억마저 사라져 죽음의 두려움을 깨닫지 못한 채 작별하는 것. 선택할 수만 있다면, 끔찍하다. 누구는 당신이 '잘' 죽었다고 했는데. 잘의 의미를 아직 잘 모르겠다. 당신이 죽었기에 잘 되었다는 건지 고통스러워하며 죽지 않았다는 건지. 당신은 그냥 죽은 게 아닐까. '잘'이라는 부사어를 생략한 채.

물론 고친 후의 글에도 미덕은 있다. 아니, 어쩌면 고친 후의 글이 더 완성도 있는 글일 수도 있다. '정제된 문장' 따위의 기준을 들이대면 말이다. 그러나 이 글에서 중요한 것은 따로 있었다. 한마디로 이 글의 매력은 감정선이었다. 문장이 조금 투박하더라도 감정은 잘 살아 있었고 그것이야말로 이 글의 최대 무기였다. 그래서 나도 이 글을 좋아했었다.

그러나 글쓴이는 글을 고치는 과정에서 스스로 일궈 놓은 감정선을 상당 부분 스스로 없애 버렸다. 일단 도입 부분부터가 그렇다. '오늘, 할머니가 죽었다. 아니 어쩌면 5년 전에'와 '아침 버스길에 아빠로부터 한 통의 전화를 받았다. 할머니가 돌아가셨다고' 중 어느 쪽이 글의 시작으로서 더 인상적인가. 후자라는 대답을 나는 상상할 수 없다.

　마지막 부분도 마찬가지다. 아버지의 심정을 그럴듯하게 비극적으로 표현해 놓은 원문을 글쓴이는 재미도 감동도 없는 내용으로 바꿔 버렸다. '당신은 그냥 죽은 게 아닐까. '잘'이라는 부사어를 생략한 채'가 대체 무엇이란 말인가. '잘 죽었다'는 표현이 거슬렸다면 자신의 시점에서 그에 대한 감정을 드러냈어야 맞다. 그러나 글쓴이는 '부사어'와 '생략'처럼 이 글의 온도에 전혀 어울리지 않는 딱딱한 단어들로 글을 마무리해 버렸다. 망한 수준이다.

　고친 글을 읽은 후 가슴이 답답해진 나는 글쓴이에게 왜 이런 행동을 했는지 물어봤다. 그러자 인상 깊은 답이 돌아왔다. "그때의 감정이 지금은 남아 있지 않아서⋯ 고치는 게 너무 어렵더라고요." 그 순간 나는 나도 모르게 어떤 글 하나를 떠올렸다. 나의 산문집 『오늘도 나에게 리스펙트』(한겨레출판, 2019)에 수록한 글이었다.

　침대에 누워 넥스트의 「인형의 기사」를 듣고 있었다. '그 말은 하지 못했지 / 오래전부터 사랑해 왔다고' 부분을 따라 부르던 중이었다. 뜬금없이 첫사랑에게서 연락이 왔다.

내가 책에서나 어디에서나 사용하는 내 프로필에는 「건축학개론」을 극장에서 두 번 봤고 두 번 다 울었'는 문장이 있다. 우는 내 모습이 흉측하기는 하지만 그래도 개의치 않고 울어 버린 까닭은 전부 이 친구와의 기억 때문이다. 나는 그녀가 천사라고 한 번도 생각해 본 적은 없지만 누군가를 좋아할 때 그 사람이 천사이기 때문에 좋아하는 사람은 없다.

한 아이의 엄마가 갓 된 그녀는 신해철의 갑작스러운 죽음 때문에 마음이 안 좋다고 했고, 나는 거의 십 년 만에 말 섞는 주제에 어제 대화하고 오늘 또 대화하는 것처럼 나 역시 그렇다고 대답했다. 그리고 대학 시절, 대학로에서 신해철이 노무현 후보를 지지하는 연설을 함께 보았던 기억을 떠올렸다.

그녀는 가끔 내 홈페이지에 들어와 글을 읽는다며, 예상대로 멋지게 살고 있는 것 같지만 이상한 드립은 여전한 것 같다고 나에게 말했다. 그 말을 들은 나는 부리나케 홈페이지에 들어가 스팸 댓글을 오랜만에 지웠다. 그런데 난 그때의 내가 지금의 내가 구사하는 일급유머를 구사했었는지는 솔직히 잘 기억이 나지 않는다. 하지만 그녀가 말했으니까 맞을 것이다.

난 그녀에게, 그녀가 물어보지 않았지만, 네가 나의 첫사랑이라고 말해 주었다. 그러자 그녀도 똑같은 말을 나에게 주었다. 그렇게 「인형의 기사」처럼 친구의 악수를 나누었다. 문득 십 년 전의 우리가 떠올랐지만 이제 나는 그런 열병도 어른의 미소로 넘길 수 있는 사람이 되었다. 나는 더 훌륭한 사람이 된 걸까.

오로지 잊히기 위해 남아 있던 기억이 잠깐 반짝인 그 순간, 나는 스무 살의 한복판으로 돌아가 다른 선택을 하는 상상을 잠시 한다. 그러나 낭비할 시간이 없다는 세상의 나무람이 이내 귓가에 들려온다. 서른을 넘긴 나로 다시 돌아온 나는 그제야 조금 안도한다.

아직까지 남은 마음이 있을 리는 없다. 하지만 아직도 난 가끔 그 기억으로 무언가를 버텨 낸다. 살다 보면 만나지도, 만나지지도 않는 사람들이 있다. 그녀도 그중 한 명이다. 그런데 때때로 그들이 내 삶을 구원한다는 건 여전히 신기한 일이다.

이 글이 책으로 인쇄되어 나온 후에도 나는 늘 아쉬웠다.

아쉬움이 남았다. 마지막 문단도 조금 찝찝하지만 특히 마지막에서 두 번째 문단이 마음에 걸렸다. 이 부분은 끝까지 붙잡고 씨름하며 수정한 부분이었지만 이상하게도 끝끝내 마음에 들지 않았다. 하지만 더 훌륭하게 쓸 수 있는 묘책이 떠오르지 않아 그냥 이 상태로 출판사에 글을 보냈던 기억이 난다.

그리고 많은 시간이 흘러 이제야 나는 비로소 그 이유를 알게 됐다. 당시의 감정이 남아 있지 않은 상태에서 글을 고치려 들었기 때문이었다. 지금 봐도 이 글의 마지막에서 두 번째 문단은 무언가 다른 부분에 비해 설명적이고 인위적이다. 물론 문단 자체의 완결성은 좋다고 본다. 그러나 중요한 것은 그게 아니라 감정이었다.

감정이 더 이상 남아 있지 않았던 나는 그 결핍을 극복하기 위해 설명을 하려 들었다. 감정이 더 이상 남아 있지 않았던 나는 그 결핍을 극복하기 위해 문장 간의 연결과 문단 자체의 완결성에 집착했다. 그 결과 이 문단은 실패했다. 실패했다고 보는 편이 맞을 것이다.

어떤 글은 자료를 보강하면 더 훌륭해진다. 어떤 글은 문장을 다듬으면 더 좋은 글이 된다. 하지만 어떤 글은 글을 쓸 당시의 감정을 잃어버리면 고치기가 어려워진다. 손을 댈 수는 있지만 글이 더 좋아질 확률이 오히려 현저히 낮아진다. 감정의 저주 같은 걸까. 유념하자.

6. 고쳐쓰기의 노하우

(1) 도입부가 급박하진 않은가?

글을 다 쓴 후 첫 문단을 다시 읽어 보는 것은 중요하다. 더 정확히 말하면 글의 첫 문장과 그 뒤의 몇 문장을 다시 읽어 보는 것이 중요하다. 이때에는 글쓴이가 아니라 읽는 이의 마음가짐을 가져야 한다. 내가 쓴 글도 아니고, 글쓴이와 아는 사이도 아닌데, 그럼에도 글의 도입부가 자연스럽게 이해되는지 가늠해야 한다. 처음부터 많은 정보를 한꺼번에 안기고 있진 않은지, 처음부터 깊숙한 내용으로 바로 들어가는 바람에 혼란스럽진 않은지 점검해야 할 필요가 있다.

물론 의도하고 첫 문장에 힘을 주는 경우는 예외다. 강한 인상을 주기 위해 선언적으로 말한다거나 글의 주제를 글의 시작과 함께 일부러 공개하는 경우는 여기서 예외다. 그러나 많은 사람이 이런 의도를 가지고 있지 않음에도 글의 도입부를 급박하게 시작하곤 한다. 다음 문장을 보자.

출근길에는 일부러 신나는 음악을 들으며 일터로 향하는
　　고된 발걸음을 달랜다.

　누군가는 이 문장이 글의 첫 문장으로서 왜 급박한 것이냐
고 되물을 수 있다. 이 정도도 급박한 것이면 대체 어떤 문장
이 살아남을 수 있느냐고 반문할 수 있다. 일리 있는 문제제
기다. 누가 봐도 고쳐야 하는 문장은 일부러 제외하고 '경계'
에 있는 문장을 예시로 가져왔기 때문이다.

　다시 말하면 나는 이 정도의 문장도 글의 첫 문장으로서
다시 고민해 볼 필요가 있다고 생각한다. 한 문장에 여러 개
의 정보가 동시에 존재하기 때문에 글을 처음 읽자마자 부담
스럽기 때문이다. 이 정도로 고치는 편이 적절하다.

　　출근길에는 일부러 신나는 음악을 듣는다. 일터로 향하는
　　고된 발걸음을 달래기 위해서다.

　누군가는 두 문장에 차이가 없다고 말할 수도 있다. 하지
만 이런 작은 디테일이 모여 더 좋은 리듬과 호흡을 만든다.
그것이 글의 첫 부분이라면 더욱 중요하다.

(2) 접속사가 과도하진 않은가?

대학생 때였나, 강준만 씨의 책을 한창 읽곤 했다. 그중 책 제목은 기억나지 않지만 아직도 생생히 떠오르는 한 부분이 있다. 강준만 씨는 학생들이 제출하는 글의 특징에 대해 대략 이렇게 말했다. 표현은 다를 수 있지만 내용의 본질은 같을 것이다.

학생들의 글이 아쉬운 이유는 글이 부실하거나 빈틈이 많아서가 아니다. 오히려 그 반대다. 학생들은 글을 너무 빡빡하게 쓰는 경향이 있다. 많은 학생이 문장과 문장 사이를 모두 접속사로 연결해 놓는다. 그래야 안심이 되는 것 같다. 하지만 문장과 문장 사이의 연결고리가 과도해도 문제가 된다. 그러면 오히려 글이 잘 안 읽히게 된다. 물론 정확한 글을 쓰려고 노력하는 태도는 좋다. 하지만 균형을 갖춰야 한다. 문장과 문장 사이를 잘 연결하는 것도 중요하지만 결국 가장 중요한 것은 글 전체가 좋은 리듬과 호흡을 가지고 있느냐 여부다. 틈틈이 숨 쉴 수 있는 공간도 만들어 줘야 한다.

쓰다 보니 나도 모르게 내 생각도 섞어서 썼다. 강봉현 씨의 말이었다. 아무튼 말 그대로다. 많은 이가 문장과 문장 사이가 제대로 이어지지 않는 것을 두려워한다. 그래서 적절한 접속사를 찾아 그 사이에 집어넣는 일을 중요하게 여긴다.

당연히 좋은 태도다. 하지만 앞서 말했듯 문장과 문장 사이를 잘 연결하는 것이 작은 차원의 미션이라면, 글 전체의 리듬과 호흡을 훌륭하게 만드는 것은 궁극적인 목표다. 그렇기 때문에 글을 다 쓴 후 글 곳곳에 산재해 있는 접속사를 눈여겨봐야 한다. 접속사가 제대로 쓰이고 있는지도 점검해야 하지만 접속사의 수가 너무 많진 않은지, 그리고 접속사의 연이은 등장이 읽는 이의 이해를 오히려 방해하고 있진 않은지 점검해 봐야 한다.

접속사를 점검할 때 고쳐쓰기는 덧셈이 아니라 뺄셈이다. 장담하지만 모든 사람의 처음 완성한 글에는 필요 이상의 접속사가 담겨 있다. 그것들을 하나씩 점검하며 뺄 것은 빼내야 한다. 정확함이 도를 넘을 땐 답답함이 된다. 답답한 글이 되어서는 안 된다.

(3) 쓸데없는 쉼표는 없는가?

쉼표도 접속사와 마찬가지다. 쉼표를 점검할 때 고쳐쓰기는 덧셈이 아니라 뺄셈이다. 장담하지만 모든 사람의 처음 완성한 글에는 필요 이상의 쉼표가 담겨 있다. 그것들을 하나씩 점검하며 뺄넣 것은 빼내야 한다.

필요 이상의 쉼표가 담길 수밖에 없는 이유가 있다. 글을 쓸 때의 호흡과 읽을 때의 호흡이 서로 다르기 때문이다. 일단 예문을 보자.

얼굴의 중심은 코라는 말이 있다. 성형외과 광고에 나올 법한 문장이지만, 영화 「관상」을 보고 나서 코가 중요하다는 것을 알게 됐다. 재물을 담당하니까. 코가 얼굴의 축소판이 될 수 있다는 생각도 해봤다. 자본주의가 나의 주의는 아니지만, 세상이 그 주의를 축소해 놓았다고 느꼈기 때문인 것 같다.

결론적으로 위에서 밑줄 친 두 부분은 모두 쉼표가 필요 없는 부분이다. 아니, 오히려 쉼표가 글의 리듬을 방해하고 있다고 보는 편이 맞다. 그렇다면 글쓴이는 왜 저 부분들에 쉼표를 넣은 걸까. 답은 간단하다. 글을 쓸 때는 그 호흡이 맞다고 생각했기 때문이다.

사람은 글을 쓸 때 자신이 쓰는 문장의 호흡을 무의식적으로 따라간다. 예를 들어 다음 문장을 보자. '성형외과 광고에 나올 법한 문장이지만, 영화 「관상」을 보고 나서 코가 중요하다는 것을 알게 됐다.' 이 문장의 호흡은 크게 두 부분으로 나뉜다. 쉼표 이전과 쉼표 이후. 즉 글쓴이는 쉼표 이전까지의 내용을 쓴 후 쉼표 이후의 내용을 생각하며 문장을 완성했을 것이다. 그리고 호흡이 끊어지는 부분에 자기도 모르게 쉼표를 넣었을 것이다. 그것에 아무런 문제도 못 느끼면서.

물론 맞다. 글을 쓸 때의 호흡은 그게 맞다. 그러나 다 쓴 글을 읽을 때는 이야기가 달라진다. 저 문장을 쉼표가 있는 상태 그대로 한 번 읽어 보자. 호흡이 끊긴다. 부자연스럽다. 오히려 저 문장을 처음부터 끝까지 한 번에 다 읽는 편이 더 자연스럽다. 더 좋은 호흡이라는 생각이 든다.

무엇보다 쉼표는 글쓴이가 의도했든 그렇지 않든 쉼표 전 부분에 더 무게가 실리게 만든다. 만약 쉼표 없이 저 문장을 한 번에 읽는다면 무게는 문장의 후반부에 실린다. 전반부는 자연스럽게 스쳐 지나면서 후반부에 무게가 실리게 된다. 하지만 쉼표는 문장의 전반부를 더 중요하게 보이도록 하거나 최소한 후반부와 동등한 무게로 포장한다. 그런데 정작 쉼표 전의 내용은 없어도 되는 내용이다. '성형외과 광고에 나올 법한 문장'이라는 내용이 대체 뭐가 중요한가. 좋은 양념으로 기능할 수는 있지만 없어도 아무 상관없는 내용 아닌가.

군이 정리하자면 다음과 같은 부분에 사람들은 특히 쉼표를 많이 넣는다. '~때' '~때문에' '왜냐하면' '그 이유는' '~지만' '일단' '우선'. 글을 다 쓰고 나서 바로 읽어 보면 주로 이런 부분에 쉼표가 많이 찍혀 있음을 발견한다. 그리고 이 부분들을 직접 말로 해보면 이유를 알 수 있다. 말로 할 때 우리가 한 템포 쉬는 부분들이기 때문이다. 더 정확히 말하면 한 템포 쉰 후 다음 내용을 말하게 될 가능성이 높은 부분들이기 때문이다.

사람들은 문장을 쓰면서도 이 '말의 호흡'을 글에 그대로 적용한다. 그러나 글의 호흡은 말의 호흡과 다르다. 글과 말은 여러 면에서 같거나 비슷하지만 동시에 세세한 부분에서 서로 많이 다르기도 하다. 말의 호흡으로 찍어 놓은 많은 쉼표를 글을 다시 읽어 보며 최대한 줄여야 한다. 뭐라고? 걱정된다고? 쉼표가 없으면 불안하다고? 그렇지 않다. 글에 쉼표는 없을수록 좋다는 나의 지론을 믿기 바란다.

다음 예문을 보자. 어느 영화 리뷰의 일부분이다.

히로카즈는 제목의 방점을 어느 '가족'이 아니라 '어느' 가족에 찍은 듯하다. ① 우리가 살고 있는 세계 어딘가에 존재할 것 같은 이들은, 나와 멀지 않은 곳에 있다는 생각이 들게 한다. 그렇기에 그의 영화에는 인물이 아닌 인간이 있다. 영화는 시종일관 한 가족을 답답할 정도로 클로즈업하여 담는다. 이 익스트림 클로즈업이 만들어 내는 불편함은 보는 이로 하여금 영화의 자연스러운 수용을 방해한다. 인물들의 상황과 환경에 연민과 공감으로써 다가가지 말라는 감독이 만들어 낸 경고인 것이다. 때문에 지금까지 고레에다의 이미지 '따스함'은 이 영화에서 기대할 수 없게 되었다. 그가 이번 작품으로 전달하고자 하는 것은 따스함이 아닌 아이러니이기 때문이다. 감독은 여섯 명의 등장인물에 일본 사회 밑바닥의 풍경 한 가지씩을 부여하였다. ② 언뜻 작위적으로 보일 수 있는 설정에 입체적인 각본을 끼워 넣어, 관객이 마주한 결말에서 스스로 선택하도록 하였다.

이 영화의 장점이자 단점은 아이러니에 있다. 도둑질과 노가다를 업으로 삼는 아버지, 아버지에게 도둑질을 배우는 초등학생 아들, 아동 학대 가정에서 데려온 다섯 살 딸, 매춘부 출신의 어머니, 가족들이 살 집을 소유한 할머니와 매춘부 손녀. 이들은 모두 혈육관계가 아니다. 그들 각자가 살기 위해, 세상에서 버티기 위해 인공적으로 만들어 낸 틀이 가족이다. ③ 영화 초반에서 집착에 가까울 정도로 등장하는 가족의 면모와 소소한 웃음은, 이런 가정도 존재할 수 있겠다는 착각을 하게 한다.

하지만 이 영화의 진면목은 후반에 있다. 그전까지 보여준 모든 인간적 모습이, 거짓일지 모른다고 차갑게 말한다. 가족에게 배신당했을지 모른다는 생각에 누구는 거짓을 말한다. 누구는 진실을 실토한다. ④ 내가 지금까지 가족이라고 믿고 있던 사람들이, 나를 가족이라 생각하지 않았을 때 찾아오는 불안을 감독은 오싹하게 보여 준다.

물론 이 글 역시 밑줄 친 네 부분은 모두 쉼표가 필요 없는 부분이다. 저 쉼표들만 없애 줘도 글의 리듬이 더 좋아진다고 나는 생각한다. 하지만 이 글은 윗글과 조금 다른 이야기를 할 필요가 있다. 즉 이 글에 관해서는 호흡의 문제보다는 고민과 성의를 거론해야 한다.

관심법이나 독심술을 쓰려는 것은 아니다. 글쓴이가 이 글을 쓸 때 어떤 마음가짐으로 썼는지 나는 단정할 수 없다. 하지만 의도가 어찌 됐든 글의 여기저기에 찍혀 있는 저 쉼표들은 나로 하여금 글쓴이가 고민을 덜했다고, 또 성의가 부족하다고 생각하게 만든다.

자세히 말해 보자. 저 네 부분의 공통점은 무엇일까. 저 네 부분은 모두 각각 한 문장으로 이루어져 있는데, 내가 보기에 이것은 올바른 형태가 아니다. 최소 두 문장 이상으로 구성해야 맞는 문장을 한 문장으로 썼다는 뜻이다. 그렇다면 저 네 부분을 각각 두 문장 이상으로 바꿔 보자.

1) 우리가 살고 있는 세계 어딘가에 존재할 것 같은 이들은, 나와 멀지 않은 곳에 있다는 생각이 들게 한다.

→ 이들은 우리가 사는 세계 어딘가에 존재할 것 같다. 나와 멀지 않은 곳에 있을 것이라는 생각이 든다.

2) 언뜻 작위적으로 보일 수 있는 설정에 입체적인 각본을 끼워 넣

어, 관객이 마주한 결말에서 스스로 선택하도록 하였다.

→ 언뜻 작위적으로 보일 수 있는 설정에 입체적인 각본을 끼워 넣었다. 그 후 결말에 다다르면 관객이 스스로 선택하도록 하였다.

3) 영화 초반에서 집착에 가까울 정도로 등장하는 가족의 면모와 소소한 웃음은, 이런 가정도 존재할 수 있겠다는 착각을 하게 한다.

→ 가족의 면모와 소소한 웃음은 영화 초반에 집착에 가까울 정도로 등장한다. 관객은 자연스레 이런 가정도 존재할 수 있겠다는 착각을 하게 된다.

4) 내가 지금까지 가족이라고 믿고 있던 사람들이, 나를 가족이라 생각하지 않았을 때 찾아오는 불안을 감독은 오싹하게 보여 준다.

→ 내가 가족이라고 믿어 온 사람들이 나를 가족으로 여기지 않을 때 느끼는 불안. 감독은 이것을 오싹하게 보여 준다.

이 정도가 되지 않을까. 원문과 내가 고친 버전을 비교해 보자. 어느 쪽이 더 자연스럽게 읽히는지, 또 어느 쪽이 더 좋은 리듬을 가지고 있는지는 분명하다. 그리고 내가 고친 버전처럼 쓰는 것이 그리 어려운 일도 아니다.

하지만 글쓴이는 별다른 고민을 하기 싫었던 것 같다. 그냥 생각나는 대로 길게 썼다. 그냥 생각나는 대로 길게 쓰면서 적당한 위치에 쉼표 하나만 찍어 두었다. 3번 문장의 주어가 이렇게나 길어서 문장이 가분수가 되었음에도 그냥 쉼표 하나로 해결했다. 게다가 2번 문장의 쉼표는 보기에 따라 읽는 호흡을 오히려 해치는 것처럼도 보인다. 이 글에서 쉼표는 만능에 가깝다.

쉼표는 편의를 위해 함부로 동원해도 되는 것이 아니다. 가급적 아끼다가 정말 필요한 순간에만 찍어야 한다. 그러나 글쓴이는 생각나는 대로, 혹은 말하는 대로 받아 적은 뒤 적당한 위치에 쉼표를 찍어 글을 완성했다. 의도했든 그렇지 않든 말과 다른 글의 특성과 호흡을 무시했다고 볼 수밖에 없다. 쉼표는 만능이 아니다. 쓸데없이 찍지 말자.

4) 조사류의 쓰임이 정확한가?

글을 고쳐 쓸 땐 조사도 눈여겨봐야 한다. 이/가, 을/를, 은/는 등이 제대로 쓰였나 확인해야 한다는 뜻이다. 긴 설명 대신 다음 예문을 보자.

맥파이 리테일은 경리단 브루샵으로 시작했다. 맛나식당 자리에 외국인 4명이 둥지를 튼 브루샵은 러프하면서도 깔끔한 인테리어로 5년이 지난 지금 봐도 아직까지 세련된 느낌을 받는 공간이다. 한 켠에는 맥주박스에 나무판자 놓아 만든 의자와 주방용 테이블이 자리하고 있다. 내가 일할 때만 해도 브루샵에는 따로 안주가 없어서 외부음식이 허용되었다. 그러면서 경리단에 온갖 음식들이 맥파이로 모이곤 했다. 바에 서서 나를 중심으로 둘러앉은 손님들과 함께 맥주 이야기, 사는 이야기를 나누다 보면 혼자 와도 어색하지 아니한 동아리방 같은 느낌이다. 2013년부터 2016년까지 스텝으로 일을 했던 나는 맥파이 리테일은 친정과도 같은 존재이다. 리테일 공간에서 일하면서 수많은 사람들을 만났고 여러 사건사고들과 함께 직원들과의 추억이 가득하다. 휴일이어도 항상 바에 앉아 친구를 만나거나 작업을 하던 이곳의 이야기를 여러분에게 전달하려 한다.

자잘하게 문제가 많은 글이지만 다른 부분은 논외로 하자. 밑줄 친 부분은 사람들이 흔히 범하는 실수의 전형이라면 전형이다. 조사를 잘못 쓰는 바람에 문맥이 어색해지거나 어떨 땐 무슨 말인지 이해가 불가능한 경우 말이다. 이 부분은 이렇게 고칠 수 있다. '2013년부터 2016년까지 스텝으로 일했던 나에게 맥파이 리테일은 친정 같은 존재다.'

예문을 하나만 더 보자.

재가 된 후에도 타인의 느낌을 감각하는 기적과 같은 이 소망이 헛되지 않길. 우리라는 이름의 작고 유한한 두 존재가 공동체였던 순간이 있었기를. <u>이 공동체가 느낌을 공유하는 기적을 단 한 번이라도 존재했었기를 바랍니다.</u> 느낌의 공동체라는 이름으로 존재했던 순간에 잠시 머무른 적이 있었다면 그것으로 충분합니다. 저는 지금 당신을 상상합니다. 사랑보다 어려운.

절절한 감정선을 유지하던 글이 밑줄 친 부분에서 갑자기 힘을 잃는다. 조사가 삐끗했기 때문이다. 한 글자, 단 한 글자가 잘못되었을 뿐인데 갑자기 맥이 풀린다. 밑줄 친 부분은 이렇게 고쳐야 한다. 조사뿐 아니라 다른 부분도 조금 손봤다. '이 공동체가 느낌을 공유했던 기적이 단 한 번이라도 존

재했기를 바랍니다.'

숙련되지 않은 사람일수록 이런 실수를 하는 경우가 잦다. 또 충분한 시간을 들여 글을 쓸 때에는 그러지 않는 사람도 급하게 글을 쓸 때에는 조사를 잘못 사용하는 경우가 적지 않다. 자칫 잘못하면 한 글자로 뜻이 뒤바뀌거나 문장 자체가 엉망이 될 수도 있다. 이 사실을 늘 유념하자.

5) 관련 있어 보이지만 알고 보면 관련 없는 내용을 적당히 뭉개서 연결하진 않았는가?

어제는 누군가에게 이런 질문을 받았다. 합평 시간이었다. "작가님의 피드백을 들으면 맞는 말 같고 설득되긴 하는데요, 일반인에게도 작가님이 지적하신 부분이 문제가 될까요?" 악의는 없었겠지만 그의 말은 나에게 이렇게 들렸다. "네가 지나치게 꼬투리를 잡는 것은 아닐까? 그냥 넘어가도 되는데 말이야."

물론 그에게 나는 어떠한 감정도 없다. 오히려 흥미로웠다. 나의 피드백 중 어떤 것은 누군가에게 '필요 이상'의 것으로 들린다는 사실을 알았기 때문이다. 하지만 나의 입장은 예나 지금이나 변함없다. 글을 '잘 쓰기' 위해 모였다면 지금 우리의 기준을 하향조정해서는 안 된다는 입장 말이다.

아무튼 그에게 문제가 된 것은 이런 유의 피드백이었다.
예문을 보자.

미국 유학시절, 에티오피아 친구에게 원두를 선물받은 적
이 있다. 그 친구는 누구보다 커피를 사랑했다. 그 친구가
커피를 마시는 이유는 정말 단순했다. 커피를 마시면 기
분이 좋아진다고 했다. 그 친구가 커피를 마실 때면 웃는
횟수가 늘어났고, 덩달아 나도 기분이 좋아졌다. 내가 커
피를 매일 마시게 된 건 그때쯤이었다.

나는 카페인 중독이 맞다. 아침에 일어나면 커피 마실 궁
리부터 한다. 대개 내 하루의 시작은 비슷하다. 눈뜨자마
자 아침밥을 먹고 커피 기구가 즐비한 주방으로 향한다.
우선, 볶아진 원두를 스푼에 담아 그라인더에 넣는다. 그
라인더는 꼭 수동이어야 한다. 맷돌에 콩을 가는 것처럼
직접 손잡이를 잡고 돌리며 원두의 부숴짐을 느낀다. 이
때부터 희끗하게 원두의 향이 올라온다. 물에 닿기 전 부
숴진 원두향은 또 다른 매력이 있다. 그 매력을 느끼며 커
피 필터에 부서진 원두를 쏟는다. 그러곤 아까 올려 뒀던

뜨거운 물을 그 위에 천천히 붓는다. 먼저 가운데에 3초. 그리고 10초를 기다리면 원두가 부풀었다가 내려간다. 그리고 다시 가운데에 3초. 또다시 10초를 기다린다. 이런 과정을 세 번 정도 반복하면 오늘의 커피가 완성된다.

이 과정을 반복하다 보면 자연스레 주방에 커피 향이 퍼진다. 그 커피 향이 내 코로 스며들면 오늘 하루도 시작이구나 하는 것을 느낀다. 그래서 커피는 입으로 마시는 것이 아닌 코로 마시는 것이다. 커피 원두에는 브라질, 에티오피아, 콜롬비아, 베트남의 향취가 묻어있다. 우리는 그 향긋함을 잠시나마 품으려고 4천 원을 기꺼이 지불한다. 그 향긋함의 시간을 갖기 위해 카페에 가면 나도 기꺼이 4천 원을 지불한다. 사실 향긋함 때문만은 아니다. 책을 들고 커피를 마시면 왠지 있어 보이는 그 순간이 나는 좋다. 커피를 마시는 건 나에게 Flex다. 때로는 들고 다니는 커피 브랜드가 나의 가치를 매긴다.

성수동 블루보틀 매장에 며칠째 긴 줄이 서 있다는 뉴스를 봤다. 그깟 커피 한잔에 뭐 그리 난리냐고들 한다. 그깟 커피 한잔에 우리 인생이 담겨 있다. 커피 한잔에 비치는 친구의 웃는 얼굴. 소개팅의 설렘. 창작의 고뇌. 보고서 업무 실적의 압박. 그깟 커피 한잔에 이렇게나 많은 것들이 담겨 있다. 모든 커피는 좋다. 친구와 함께, 책과 함께. 때로는 홀로 온전히 마시는 커피도. 지금 나는 에티오피아 산 원두로 갈은 핸드드립 커피를 마신다. 나를 커피의 세계로 인도한 친구가 생각났다. 그 친구와 다시 만나 커피 한잔을 두고 웃는 얼굴을 띄울 상상을 해본다.

밑줄 친 부분을 읽은 순간 찜찜함이 감돌았다. 문제가 있음을 본능적으로 깨달았다. 찜찜함의 이유를 생각하기 시작했다. 이내 확실해졌다. 문장 간의 연결이 제대로 되고 있지 않았다. 내용이 온전히 이어지지 않음을 느껴 버린 것이다.

하지만 언뜻 보면 자연스러워 보이는 것은 함정이다. 다시 생각해 보자. 성수동 블루보틀 매장에 며칠째 긴 줄이 서 있는 이유는? 커피를 마시기 위해서겠지. 그렇다면 커피 한잔에 뭐 그리 난리냐는 반문이 가능하겠지? 그리고 그 반문에 글쓴이는 이렇게 대답한 것이다. "커피 한잔에 인생이 담겨 있기 때문이야."

그러나 이 연결에는 함정이 있다. 물론 성수동 블루보틀 매장에 사람들이 며칠째 긴 줄을 서는 이유는 커피를 마시기 위함이 맞다. 블루보틀은 커피숍이고 그곳에서는 커피를 파니까. 사람들은 최소한 삼겹살을 먹으러 간 것은 아니다. 하지만 이 지점에서 더 정확히 말할 필요가 있다. 다시 말해, 그냥 커피가 아니다. 사람들은 '블루보틀의 커피'를 마시러 간 것이다.

여기서 방점은 커피가 아니라 블루보틀에 있다. 커피는 어디에서나 마실 수 있다. 하지만 이 사람들에게 스타벅스나 이디야 커피는 안 된다. 꼭 블루보틀이어야 한다. 사실 사람들은 커피를 마시기 위해 줄을 선 것이 아니다. 그들은 블루보틀을 경험하기 위해 줄을 섰다. 그들에게 중요한 것은 커피가 아니라 블루보틀이다. 사람들이 난리를 떨었다면 커피가 아니라 블루보틀의 커피 때문이다.

글쓴이는 이 사실을 몰랐거나 혹은 외면했다. 그러곤 블루보틀 현상을 자신의 주장에 편의적으로 활용했다. 성수동 블루보틀 매장에 며칠째 긴 줄이 서 있는 것도 맞고 커피 한잔에 우리 인생이 담겨 있는 것도 맞다. 하지만 애석하게도 둘은 관련이 없다. 그러나 글쓴이는 내용을 적당히 뭉갠 다음 둘 사이의 연결고리를 임의로 만들었다.

의외로 많은 사람이 이런 식으로 논리를 구성한다. 따지고 보면 또 전혀 관련 없지는 않기 때문이다. 커피 이야기를 하면서 블루보틀 매장에 대해 말하는 것은 언뜻 보면 얼마나 자연스러운가. 그러나 이 수위에서 판단을 끝내지 말고 더 깊숙이 들어갈 필요가 있다. 관련이 있을 것 같은 '이미지'인지 아니면 진짜로 정합성을 갖추고 있는지에 대해 판단할 필요가 있다는 뜻이다.

내 생각에 이 부분, 즉 '관련 있어 보이지만 알고 보면 관련 없는 내용을 적당히 뭉개서 연결하진 않았는가?'라는 물음은 사람의 글솜씨를 가늠하는 중요한 경계다. 비슷한 글솜씨의 두 사람이 있을 때 둘 사이의 한 끗 차이를 변별해 내기 위해 동원할 만한 기준이랄까. 이 물음을 통과하는 글을 쓰고, 다른 사람의 글에 이 물음을 제기할 수 있는 사람이라면 일단 난 신뢰할 생각이다. 쉽지 않은 일임을 알기 때문이다.

6) 그 인용문은 정말로 글과 어울리는가?

글을 쓸 때 우리는 인용을 한다. 아마도 글 한 편당 꼭 한 번씩은 인용을 하는 것 같다. 인용하는 대상은 다양하다. 책에서 읽은 글귀, 인터넷에서 본 문장, 친구에게 들은 말, 옛 성인의 말씀 등 우리에게 인용할 소스는 항상 넘쳐 난다.

그러나 인용도 제대로 해야 빛을 발한다. 앞뒤 내용과 따로 노는 인용문구는 오히려 글에 피해만 줄 뿐이다. 너무 당연한 말인 것은 안다. 하지만 이 당연한 것을 사람들은 종종 지키지 못한다. 글과 어울리지 않는 인용을 한 후 김봉현에게 지적받는 일을 반복하는 것이다.

이유는 여러 가지다. 먼저 인용문의 의미를 정확히 알지 못했기 때문에 인용을 정확히 하지 못한 경우가 있다. 사실 이 경우에 대해서는 딱히 할 말이 없다. 다음부턴 인용문의 의미를 제대로 파악해야 한다는 말밖에는 해줄 말이 없다. 뉴스에 나온 어떤 연예인의 몰락을 보고 배운 것이 많다며 '타산지석'이라는 사자성어를 인용했다면, 다음부터는 같은 문맥에서 '반면교사'를 인용해야 한다.

인용문과 관련해 정말 문제가 되는 경우는 따로 있다. 믿기지 않겠지만 인용문이 '아까워서' 기필코 '써먹으려고' 할 때 가장 큰 문제가 생긴다. 다음 글을 보자.

랩을 배우고 싶었던 이유는 많이 듣다 보니 직접 해보고 싶어졌기 때문이다. 들을 음악이 많다 보니 출퇴근길, 책 읽을 때, 여행 갈 때 등 항상 힙합은 내 귀에 꽂혀 있었다.

그렇게 많이 들었음에도 랩을 직접 했을 때 그것을 완벽히 따라할 수 없었다. 그건 내가 음악을 '배경'음악으로만 들었기 때문이었다. 그러다 보니 내게 남은 것은 멜로디 뿐이었다. 가수의 숨, 리듬, 가사를 어떻게 발음하는지 그 곡을 맛깔나게 살리는 다른 요소들은 귀에 남아 있지 않았다. 평소에 종종 발생하던 노래방 참사는 이 때문이었다. 평소 듣던 플레이리스트를 뒤져 노래를 예약하면 벌스에서 버벅대고 목소리가 기어가다가 후렴구 익숙한 멜로디에 당당하게 커진 뒤 다시 벌스에서 버벅대다 '에이 잘 모르겠네'하고 조용히 정지버튼을 누르는 그런 참사 말이다.

누군가가 정성으로 만들고 노래했을 음악을 배경음악으로만, 멜로디로만 소비한 나를 반성했다. 들을 음악이 많다 보니 음악 하나 하나에 집중할 생각을 못했던 것 같다. 음악이 공연장을 벗어나서 녹음되기 시작한 지 백여 년, 그 이후로 엄청나게 많은 음악가와 음악이 쏟아졌다. 그리고 음악은 우리 삶의 일부분이 됐다. 아침에 눈을 떠서 잠이 들 때까지 어디에서 무엇을 해도 음악을 피하기 어렵다. 카페, 서점, 식당에 가도 쉽게 음악을 들을 수 있다.

음악 없는 헬스장은 민망할 정도다. 그렇게 여기저기 음악이 널려 있다 보니 음악 자체를 즐기거나 만든 사람의 의도나 노력, 그만의 감성 등을 생각하는 것은 점점 드문 일이 되어가고 있다.

밑줄 친 부분이 주인공이다. 술술 잘 읽어 내려가다 이 부분에서 본능적으로 찝찝함을 느꼈다. 무언가가 석연치 않다고 생각했다. 그래서 다시 읽어 보며 그 이유를 찾았다. 찝찝함의 이유는 이질감이었다. 밑줄 친 부분만 따로 노는 것 같았다. 정확히 말하면 밑줄 친 부분에서 갑자기 글의 층위가 확 달라지는 느낌이랄까. 밑줄 친 부분만 다른 차원에 존재하는 것 같았다는 뜻이다.

글쓴이는 들을 음악이 너무 많다는 이야기를 하고 있었다. 그 맥락 위에서 밑줄 친 부분을 삽입했다. 그러나 문제가 발생한다. 들을 음악이 많은 현재는 엄밀히 말해 '음악이 공연장을 벗어나서 녹음되기 시작한 백여 년 전부터 지금까지 엄청나게 많은 음악이 쏟아진' 사실과 직접적으로 관련이 없다. 현재 들을 음악이 너무 많은 이유는 현재를 사는 사람들이 음악을 많이 발표하기 때문이지 백여 년 전이나 구십여 년 전의 어떤 사건 때문이 아니다. 물론 둘 사이가 완전히 무관하다고는 말할 수 없다. 하지만 그 연결고리 역시 나비효과 정도로만 가능할 것이다.

이 관점으로 보면 글쓴이가 밑줄 친 부분을 삽입한 이유를 추측할 수 있다. 글쓴이는 들을 음악이 많은 현실을 자각한 후 문득 음악의 역사(?)가 궁금해졌을 것이다. 역사라는 단어가 거창하다면 음악이 언제부터 녹음되기 시작했는지에 관한 호기심이라고 해도 좋다. 글쓴이는 곧바로 인터넷에서 검색을 했고 그 기원에 대해 대략적으로 알게 됐다.

하지만 그 후 난감한 상황에 처한다. 글 속에서 음악 녹음의 기원과 역사에 대해 상세하게 늘어놓자니 글의 주제는 그게 아니고, 그렇다고 시간을 들여 조사한 내용을 버리자니 왠지 아깝다. 그래서 글쓴이는 글의 흐름을 해치지 않으면서 인용도 최소한으로나마 하는 방식으로 글을 완성했다. 그것이 바로 이 글이다.

그러나 결과물은 어떤가. 뜬금없고 어중간하다. 차라리 밑줄 친 부분이 없었다면 더 좋은 글이 됐을 것이다. 아쉬운 맘을 누른 후 나의 이런 추측을 글쓴이에게 전달했다. 곧 대답이 돌아왔다. 어떤 대답이었냐고? 틀렸다면 이 글을 쓰고 있지도 않겠지. "아까워서 썼는데…"

조사한 내용을 모두 글에 활용할 수는 없다. 조사할 때는 글에 꼭 필요한 조각처럼 보이다가도 글을 구성하고 쓰는 과정에서 핵심에서 밀려나게 되는 내용도 많다. 실제로 나는 늘 글을 두 가지 버전으로 저장한다. 하나는 매체에 보내는 용도의 완성된 원고가 담긴 파일이고, 다른 하나는 글 외에도 글에 쓰이지 못한 생각과 정보와 표현 역시 함께 담긴 파일이다. 글에 실제로 활용하지 못한 수많은 조각이 마음에 걸리지만 이내 털어 버린다. 활용하지 않은 데에는 다 이유가 있기 때문이다. 그 편이 글의 완성도를 지키는 일임을 경험을 통해 깨달았기 때문이다.

만약 글을 쓰기 전에 멋진 격언과 희귀한 정보를 많이 쌓아 뒀다면 마냥 기뻐할 일만은 아니다. 그만큼 위험에 빠질 가능성이 높다는 뜻이기도 하기 때문이다. 아무리 멋진 말이라도 완성된 글과 잘 섞이지 못한다면 오히려 없느니만 못함을 명심하자. 글에 어울리지 않는 인용문은 필요 없다. 아까워하지 말고 버릴 것.

3부 .

**디스 아닙니다,
피드백입니다**

3부에는 실제 사례를 모았다. 글쓰기 합평모임 멤버들이 쓴 글에 내가 실제로 피드백했던 내용을 되살려 정리했다. 피드백 포인트가 겹치지 않는 글을 엄선해 독자들이 다양한 사례를 접할 수 있도록 했고, 현실에서 어떠한 피드백이 이루어지는지 생생하게 드러나도록 애썼다. 글과 피드백을 꼼꼼히 대조하며 읽는다면 많은 것을 얻어갈 수 있다고 자신한다. 아, 챕터 제목에서 보듯 디스 아니다. 피드백이다.

* 합평모임 멤버들의 글은 맞춤법과 띄어쓰기를 교정하되, 저자의 코멘트 내용을 고려하여 문장, 구조, 내용, 조사의 사용 등은 원문을 그대로 실었습니다. —편집자

1. 글 좀 쓰는 사람이 쓴 글

📖 시발비용의 경제학 – 토마스 스캇

여자친구와 헤어진 후, 평소 사고 싶던 걸 이백만 원 어치나 산 사나이를 나는 안다. 그는 이런 말을 남겼다. 술을 먹어 아픔을 달래면 몸만 망가지지만 쇼핑을 하면 적어도 물건은 남지 않냐? 그렇다. 돈이 이렇게 좋은 것이다. 마음을 위로하는 우울증 약과 사랑의 크기를 재는 스카우터 역할을 동시에 해 주다니. 황금은 만능이 아니라 10만능이다.

　아무튼 이렇게 쓰는 돈을 일명 시발비용이라고 부르는 모양이다. 스트레스를 받지 않았으면 발생하지 않았을 비용. 직장에서 치인 후 홧김에 버스 대신 타버린 택시비 같은 걸 말한다. 지극히 사적이고 유동적인 문제도 해결해 버리는 자본의 편의성에 감탄하면서, 문득 열이 받는다. 시발비용을 요구하는 사회에 대한 분노가 아니다. 그냥 우리가 생겨 먹은 거 자체가 열 받는다. 사람의 마음이란 건 왜 이 모양인지.

부정적인 감정은 항상 대가를 필요로 한다. 내 의지대로 오지 않았더라도 우리에게 책임을 묻는다. 그 애랑 헤어진 걸 머리론 알겠어. 하지만 마음으론 모르겠어. 날 납득시켜 봐. 더 많은 돈을 채워 넣어. 돈이 없어? 그럼 술을 먹어. 노래를 들어. 책을 읽어. 그것도 싫어? 그럼 몸으로 때워. 고통으로 채워. 끊임없이 잘못한 걸 떠올리며 자학해. 폭식하고 토해. 돈이건 시간이건 경험이건 뭔가를 지불하라고.

대가를 지불하지 않으면 감정은 사라지지 않는다. 과거에 충분히 납득되지 않은 감정은 계속해서 남는다. 이게 많아지면 마음이 조폭으로 변해 시도 때도 없이 비합리적인 뭔가를 요구하게 된다. 게슈탈트 심리치료에서는 이걸 미해결 과제(unfinished business)라고 한다. 난 부모로부터 충분히 인정받지 못했어. 그래서 모든 사람에게 칭찬을 원해. 날 백만 번 칭찬해 줘. 내 모든 것을 인정해 줘. 모두 날 사랑해 줘.

우리는 몸 안에 마음이 들어 있는 것처럼 흔히 생각하지만, 나는 자꾸 몸이 마음에 갇힌 세입자처럼 보인다. 뭔가를 감추고 싶어 하는 사람, 뭔가를 과시하고 싶은 사람, 뭔가를 두려워하는 사람, 이상할 정도로 뭔가에 집착하는 사람을 보며 종종 미해결 과제를 떠올린다. 모두 저마다의 시발비용을 지불하고 있을 것이다. 그것도 불공정 계약으로.

미해결 과제는 새로 산 신발 안에서 자꾸 닿는 발가락 상처 같은 것이다. 우리가 신발을 의식하지 않는 건 신발이 편할 때뿐이다. 발가락이 아프면 우리는 발가락과 함께 걷는다. 함께 먹고 함께 잔다. 상처가 이따금 말을 걸어오기 때문에 잊고 살 수가 없다. 신발도 마음도 꼭 맞을 때만 잊고 살 수 있다.

시발비용에 대해 생각하면 화가 난다. 날 포함해 인간 전체가 바보 같아 보인다. 그러나 아까워도 어떻게 하겠는가. 차라리 돈으로 해결할 수 있다면 다행이라 여기며 묵묵히 카드를 꺼내 긁자. 집주인의 비위를 잘 맞춰 주면서. 정해진 날짜에 꼬박꼬박.

comment ✏️ 글쓴이 토마스 스캇은 '스트레스'라는 키워드로 '시발비용'을 떠올렸다. 이 글을 쓸 때 한창 유행하던 단어였다. 그러곤 시발비용에 관해 고찰을 시작한다. 고찰이라고 말한 이유는 이 글이 얕지 않기 때문이다. 시쳇말을 사용하고, 일상에 밀착한 예를 들며, 구어체에 가까운 문체를 구사하고 있지만 이 글은 가벼운 글이 아니다. 읽는 내내 친근하고 쉽게 느껴지지만 내용은 비범하다. 시발비용에 관해 이야기하면서 '부정적인 감정은 항상 대가를 필요로 한다' 같은 원론을 끌어올리거나 '몸이 마음에 갇힌 세입자 같다'는 통찰은 확실히 아무나 할 수 있는 것이 아니다.

균형 잡힌 글이다. 쉬운 말투로 일관하면서도 '미해결 과제 (unfinished business)' 같은 용어를 적절하게 삽입하고, '열 받는다'거나 '화가 난다'고 말하면서도 개인의 차원에 갇히지 않는 결론을 제시한다. 왠지 이 사람은 인터넷 줄임말을 하루 종일 구사하면서도 북미정상회담의 의미에 대해 외교부 기자와 토론할 수 있는 사람일 것 같다. '10만능'과 '게슈탈트 심리치료'가 공존하는 글을 쓰는 사람이라면.

2. 시작은 좋았으나 후반으로 갈수록 수습 못 하는 글

📄 **스트레스가 일낸다! – 표신원**

이번 주도 마감을 지키느라 스트레스 받았을 여러분에게 빨간 약을 준비했다. 사실 스트레스는 사회를 움직이는 동력이다. 우리가 스트레스에서 벗어나려 할수록 돈이 돈다. 그게 내수든 외수든 상관없다. 스트레스를 푸는 일은 대개 소비와 연결된다. 누군가는 나는 예외라고 할지 모른다. 하지만 지금 카드명세서를, 통장 입출금 내역을, 아니면 가방 속을 뒤져 보라. 혹시나 당신이 빨간 약을 거부했더라도 지금쯤 그 약이 이미 입안에 있단 걸 깨달았을 거다. 아주 쉽게 떠올릴 수 있는 스트레스 해소법인 취미생활부터 그렇다. 방금 구글에 돈 안 드는 취미를 검색했다. '돈 안 드는'까지 쳤을 때 '취미'가 첫 번째 자동완성 키워드로 등장한 걸 보니 빨간 약의 효능을 인정하고 싶지 않은 이들이 적지 않다는 건 알겠다. 누군가를 욕보이고 싶지는 않지만 검색 결과 가운데 무작위로 눌러 본 네이버 블로그 포스팅 '돈 안 드는 취미 7가지'의 내용을 일부 소개한다.

1. 크루저보드 – 비용 5~15만원(크루저보드 가격에 따라).

2를 보기 전에 웃었다. 자, 지금쯤 빨간 약이 식도를 타고 내려갔을 시간이다. 물론 포스팅 하나로 세계를 판단하는 건 비약이란 것쯤은 안다(사실 2번은 '걷기 – 비용 0원'이었다). 요는 현대인은 스트레스 탈피를 위한 소비라는 구조에서 벗어나기가 쉽지 않다는 데 있다. 스트레스라는 말은 1956년 처음 신문에 등장했다. 1980년대부터 보편화했고, 1990년대를 지나서는 우리가 느끼는 그 존재만큼이나 쉽게, 자주 쓰이는 단어가 됐다. 스트레스라는 부정적인 개념을 다루는 방식도 달라졌다. 미디어는 스트레스를 경계 대상으로 여기다가 지금은 벗어나는 방법을 제안한다. 요즘 유행이라며, 누군가는 이렇게 하고 있다며. 얼마 전에는 안전한 장소에서 마음껏 물건을 부술 수 있는 스트레스 해소방이라는 파괴적인 사업까지 등장했다. 스트레스 해소가 하나의 사업 아이템이 된 시대다.

스트레스 해소를 목적으로 돈을 버는 사업, 이걸 1차 안티 스트레스 비즈니스라고 부르고 싶다. 스트레스 해소를 표면에 드러내지 않더라도 안티 스트레스 비즈니스는 우리 삶에 아주 폭넓게 뿌리 깊게 침투해 있다. 지극히 소비 지향적인 한국식 YOLO의 허무함에 대해 굳이 다룰 필요도 없다. 『우리 집엔 아무것도 없어』라는 책은 우리를 둘러싼 불필요한 것들에서 벗어나야 자유로울 수 있다고 외친다. 말하자면 집을 비우는 요령을 다루는 책이다. 시대는 비우는 방법조차 소비하게 만든다. 이렇게 라이프스타일이라 부르는 가이드라인은 살펴보면 하나같이 지불 능력을 요구한다. 이렇게 사는 게 어떠냐며 지갑을 열게 한다.

영화 「매트릭스」의 빨간 약과 달리 이 시대의 빨간 맛은 달다. 나는 지금 넷플릭스로 「스포츠와 종교」라는 다큐를 보며 이 글을 쓴다. 매달 1만 2,000원을 내고 한글 자막과 함께 미국의 라이프스타일을 소비하고 있다. 며칠 전에는 도쿄와 시즈오카에서 4박 4일을 보냈다. 3만 원짜리 양말 두 켤레와 예쁜 쓰레기에 가까운 핀 배지를 샀다. 외화 낭비는 지난해 내가 세운 최악의 성과다. 아베의 성공은 나 같은 사람 덕분이다. 답답할 때 3일 틈만 생겨도 비행기에 오르다 보니 일본에 일곱 번 다녀왔다. 이 글을 다 쓰고 난 뒤에는 다음 여행 일정을 맞춰 볼 생각이다. 예를 들어 여행이라는 한 단어 안에 얼마나 많은 이들의 수익이 걸려 있는지 생각하면 스트레스는 역시 이 세상을 움직이는 동력이라는 확신이 생긴다.

comment ✏️ 일단 뻔하게 쓰지 않으려는 의지가 읽힌다. 표신원 씨는 스트레스는 안 받을수록 좋은 것이라고 말하거나 요 근래 가장 스트레스를 많이 받았던 날을 회상하지 않는다. 대신에 '스트레스는 사회를 움직이는 동력'이라고 이야기한다. 혁명까지는 아니어도 그 나름대로 흥미로운 발언이다. 도입부에서 읽는 이의 이목을 잡아 둘 준수한 장치라고 할 수 있다. 동시에 스트레스를 개인의 차원을 넘어 사회 구조 측면에서 조명하려는 시도이기도 하다.

이 글의 가장 인상적인 부분은 중반부에 나온다. 글쓴이는 스트레스와 소비를 연결지어 논하다가 갑자기 '미니멀리즘' 이야기를 꺼낸다. 언뜻 실축이 아닌가 싶지만 실은 이 부분이야말로 이 글의 하이라이트다. '시대는 비우는 방법조차 소비하게 만든다.' 읽는 이는 이 아이러니에 자연스럽게 공감하며 이 글을 점점 신뢰하게 된다.

그러나 이 글은 기대를 충족하지 못한 채 끝나 버린다. 이 글의 마지막 문장은 과연 마지막 문장다운가. 논지를 정돈하는 것도 아니고 여운이 있는 것도 아니다. 아무리 봐도 그냥 미완성으로 마무리한 모양새다. '1차 안티 스트레스 비즈니스'라는 개념까지 스스로 만들며 패기 있게 써 내려갔지만 글을 마무리 짓지 못했다.

글의 여기저기에서 동원하고 있는 '빨간 약'이라는 개념도 머릿속에 정확하게 들어오지 않는다. 영화 「매트릭스」에서 차용한 개념이라는 것은 알겠지만 영화 속 개념을 그대로 가져와 이 글 속에 적용하기에는 무언가 모호하다. 마지막 문단에 이르러 '영화 「매트릭스」의 빨간 약과 달리 이 시대의 빨간 맛은 달다'라는 문장을 제시하지만 너무 늦었다. 위에 이 단어가 몇 번이나 나왔는데!

더 근본적으로 나는 이 글을 다 읽고서도 '소비'에 대한 글쓴이의 태도를 명확하게 알 수 없었다. 사람들이 스트레스를 소비로 풀고 있다는 사실은 잘 알겠다. 그런데 이에 대한 당신의 태도는 무엇이란 말인가. 이분법이나 흑백논리를 요구하는 게 아니다. 넷플릭스를 유료결제하고 일본에 일곱 번 다녀온 것은 알겠는데, 그래서 스트레스를 소비로 푸는 것에 관한 당신의 정확한 생각은 무엇인가. 그것이 알고 싶다.

3. 꼼꼼하고 단단하지만 마무리가 아쉬운 글

📄 강박에 대하여 – 박상민

월요일마다 글쓰기 모임에 나간다. 매주 하나의 주제를 두고 10명의 구성원들이 각자의 스타일로 글을 쓴다. 그리고 월요일에 한데 모여 서로의 글에 대해 피드백을 주고받는다. 모임을 시작한 지 석 달이 지났지만 글을 평가받는 건 여전히 부끄러운 일이다. 글에 내 과거와 현재를 솔직하게 담는 편이고 여러모로 나와 닮은 구석이 많은 글을 쓰다 보니 그런 것 같다. 내 글을 두고 자주 언급되는 피드백 중 하나는 짜임새다. 실제로 쓰기 전부터 글의 구조를 오래 고민하는 편이고 문장 간의 유기적인 연결에 많은 신경을 쓴다. 하지만 너무 갖춰진 문장을 쓰려는 버릇 때문에 약간의 답답함이 있다는 이야기도 듣는다. 앞서 글이 나와 닮아 있단 말을 다시 가져오면 그건 나의 문제이기도 하다. 정확히 말하자면 나의 강박에 대한 이야기다.

어릴 때부터 내가 조금 다르다는 건 알고 있었다. 영재였다거나 남들보다 특출나서 우월함을 느꼈다는 게 아니다. 다만 또래 친구들에 비해 생각의 방향이 다소 남달랐다고 할까. 상식이나 여론에 휩쓸리기보단 늘 내가 하고 싶은 이야기를 했고 또 그렇게 행동했다. 그래서인지 인생의 중요한 순간마다 늘 선택의 기로에 놓인다. 끌리지 않더라도 대세에 순응하며 안정된 길을 갈 것인지 아니면 늘 그래 왔듯 내가 하고 싶은 대로 살 것인지. 갈림길 앞에서 매번 고민을 거듭하지만 언제나 후자를 선택했다. 선택의 결과는 명확했다. 또래들 사이에서 특이하다거나 또라이란 말이 꼬리표처럼 따라다녔다. 어른들과의 갈등도 많아졌다. 그나마 나의 반골 기질을 일찍부터 알아본 부모님은 나의 결정을 늘 존중해 주셨지만 지독히도 보수적인 할아버지를 비롯한 친척들과는 늘 미묘한 대립각을 세우곤 했다. 선생님들 사이에선 요주의 인물이었고 나의 의견은 늘 철없음으로 치환되어 무시당하기 일쑤였다.

그래서 잘해야 했다. 잘하지 못하면 현실감 없는 이야기나 떠드는 몽상가나 말만 번지르르한 철부지로 전락한다고 생각했다. 뭐든지 잘해야 한다는 강박은 그렇게 생겨났다. 언더독 기질을 가진 사람이 인정받을 수 있는 유일한 방법은 상대방이 인정할 수밖에 없도록 해내고 증명하는 길뿐이었다. 남들이 다 가는 길에서 한 발자국 벗어난 사람이 느끼는 소외감마저 잘해야 한다는 중압감으로 덮어 버렸다. 안타까운 건 이런 세상 돌아가는 이치를 너무 어릴 때 깨닫고 행동으로 옮겼다는 사실이다. 어린 나이에 짊어져야 했던 강박의 스트레스는 너무 가혹했다. 결국 열 살이란 나이에 스트레스성 위염과 원형탈모가 생겨 통원치료를 했다. 엄마는 지금도 그때의 내 모습을 생각하면 마음이 아프다며 눈물짓는다.

어른이 된 지금도 강박의 스트레스 속에 살고 있다. 여전히 나름의 마이웨이를 걷고 있는 만큼 잘해야 한다는 강박은 계속해서 나를 괴롭힌다. 안타까운 건 해야 해서 하는 것뿐 아니라 좋아서 하는 것의 영역까지 강박의 손아귀가 뻗친다는 점이다. 취미인 달리기를 어느 순간부터 마냥 즐기지 못하고 있다. 대회라도 잡히면 목표 기록을 정하고 그 목표를 달성하기 위해 촘촘히 계획을 짠다. 그리고 조금이라도 그 계획에 어긋나면 스트레스를 받곤 한다. 물론 이런 강박이 기록 단축이나 다양한 경험을 즐기는 데 한몫했다고 생각하지만 취미가 더 이상 취미가 아닌 순간임을 목격하는 순간마다 씁쓸함에 사로잡힌다. 달리기만큼 애정을 쏟고 있는 글쓰는 일 역시 마찬가지다. 월요일 합평 시간을 위한 글에 최소 5시간 이상의 시간을 쏟는다. 글을 쓰는 시간만큼 고민을 하는 편이니 글 하나에 10시간 넘는 노력을 쏟는 셈이다. 지금 쓰고 있는 이 글 역시 마찬가지다.

누군가 이 글을 보면 곧 화병으로 황천행 급행열차를 탈 것 같아 보이겠지만 의외로 스트레스가 많지는 않다. 일반적으로 사람들이 느끼는 스트레스가 직장 생활이나 인간관계 같은 외부환경의 요인이라면 나는 내 안에서 스스로와 벌이는 전쟁이다 보니 어느 정도 컨트롤이 가능하다. 강박의 스위치를 잠깐이나마 껐다 켜는 일을 반복함으로써 적절한 긴장 상태를 유지한달까. 더불어 강박이 마냥 나쁘지만도 않다. 강박을 이겨 내고 내 기준에서 만족스러운 퀄리티로 목표를 달성하면 그것만큼 짜릿한 게 없다. 그리고 이건 그 강박을 뚫고 남기는 글의 마지막 문장이다.

아… 너무 좋다.

이러니 강박을 끊을 수 없지.

comment 🖊 박상민 씨는 스트레스라는 주제를 '강박'으로 좁혀 이야기를 풀어 나갔다. 먼저 눈에 들어오는 것은 글의 '구조'다. 한마디로 글의 구조가 좋다. 자기 글에 대한 타인의 피드백을 언급한 뒤, 글은 내가 쓰는 것이기 때문에 곧 나이기도 하다며 자기의 강박에 대한 내용으로 자연스럽게 진입한다. 그 후 강박을 갖게 된 원인을 어린 시절 이야기를 통해 풀어낸 뒤 취미생활에까지 뻗치는 강박의 괴로움에 관해 말한다. 처음부터 끝까지 막힘없이 술술 읽힌다.

디테일도 이 글의 미덕이다. 강박이 작용해서인지 몰라도 이 글을 읽고 나면 별다른 의문이나 궁금증이 생기지 않는다. 어떤 이야기를 해도 꼼꼼하게 설명해 놓았기 때문이다. 연결되는 맥락에서 이 문장은 중요하다. '물론 이런 강박이 기록 단축이나 다양한 경험을 즐기는 데 한몫했다고 생각하지만' 취미생활에까지 뻗치는 강박의 괴로움에 대해 말하면서도 동시에 이 강박이 다른 측면에서는 어떻게 작용하는지 인지하려고 하는 균형감각이 돋보이기 때문이다. 세상 모든 것은 양가적이거나 복합적이기에 이런 입체적인 접근은 글쓴이의 합리적인 면모를 알 수 있게 한다.

하지만 이 글은 '가분수'나 '용두사미' 같은 단어를 떠올리게 한다. 사실 이 글의 하이라이트는 이 부분부터 시작이 아닐까? '누군가 이 글을 보면 곧 화병으로 황천행 급행열차를 탈 것 같아 보이겠지만 의외로 스트레스가 많지는 않다.' 강박의 괴로움에 대해 내내 늘어놓다가 실은 강박이 스트레스만은 아니며 자기에게 어떻게 작용하고 있는지, 또 자기가 강박을 어떻게 활용하면서 생을 좋은 방향으로 이어 오고 있는지에 대한 내용이 이 글의 핵심이 아니냐는 이야기다. 그러나 이 글은 이 부분에 대해서는 한 문단만을 할애해 급하게 마무리해 버린다. 기승전결이라는 전통적인 개념을 빌려 말하자면, 기−승−전−결이 아니라 '기이이−스으으응−ㅈ'으로 끝나 버린 느낌이라고 할까. 나는 가장 중요한 부분을 더 읽고 싶다.

4. 꼼꼼하고 단단하지만 마지막 문단이 아쉬운 글

📄 **D.O.C Blues — 차은유**

지금은 밤 새벽 세 시 반

벌써 오늘만 이 노래 백 번은 들었지만

가사가 안 나와 하품만 나와

쌓인 스트레스 또다시 입에 문 디스

DJ DOC의 노래 「D.O.C Blues」에서 나오는 가사입니다. '스트레스'라는 단어를 들으면 이 곡이 떠오릅니다. 스트레스라는 단어의 어감이 라임과 함께, 적절한 맥락에서 들려서 강렬하게 기억에 남았던 게 아닐까 싶습니다. 지금 들으면 웃음이 나올 수 있는 가사지만 그때는 2000년이었고 저는

6학년이었습니다.

당시 DJ DOC의 상황은 그야말로 '스트레스'라고 말할 수 있을 겁니다. 당시 DJ DOC는 수많은 논란과 법적 분쟁에 휩싸여 있었습니다. 3년간의 공백 기간 동안 수입도 부족해 물질적으로도 피폐해졌지요. 보컬 김창렬은 모친상과 개인적인 사정으로 음반 작업에 많이 참여하지도 못했습니다.

「D.O.C Blues」는 어두운 당시의 느낌을 솔직하게 고백한 곡입니다. 세상 사는 게 참 힘들다. 하지만 나는 나를 믿어 주는 주변 사람을 위해서라도 다시 열심히 해보겠다는, 어쩌면 참 뻔한 감정을 담은 곡이었습니다. 그럼에도 이 곡이 제게 와닿았던 이유는 '진정성' 때문이 아닐까 싶습니다. 가장 솔직한 기분을 담았기에, 당시 그들 상황을 잘 몰랐던 초등학생에게도 뭔가 다르게 들렸던 건 아닐지요.

이 곡이 수록된 DJ DOC의 5집은 DOC 최고의 명반입니다. 그야말로 '힙합' 앨범이죠. 「포조리」, 「L.I.E」 등은 그들의 눈으로 본 경찰, 언론의 문제를 가감 없이 담았습니다. 「Run To You」나 「Boogie Night」 등 특유의 파티 트랙도 뛰어난 대중성을 받쳐 줬죠. 김창렬의 트랙은 앤썸의 나얼 등의 지원으로 나름의 감성을 전달해 주기까지 합니다.

이후 이들은, 더 좋은 상황임에도 5집보다 더 훌륭한 앨범을 만들지 못합니다. 아마 앞으로도 어려울지 모릅니다. 당시 그들은 정말 배고팠고, 정말 힙합의 삶을 살았습니다. 지금 그들이 그때처럼 과감하게 힙합을 외치기에는 손에 쥐고 있는 게 너무 많습니다. 그렇다고 부드럽고 세련된 감성을 보여 주면 그건 더 이상 DOC가 아니겠죠.

종종 아티스트는 본인이 가장 우울한 시절에 최고의 음악을 만들고는 합니다. 타블로의 음반『열꽃』만 해도 그렇지요. 타진요 사태, 아버지의 죽음 등 가장 본인의 인생에서 어두운 시절에 본인만의 감성과 음악을 순도 높게 정제해서 만든 음악입니다. 가장 우울한 음악이죠. 그리고 에픽하이라는 팀의 일원이자, 파워 인스타 유저, 그리고 충실한 가장인 타블로는 앞으로『열꽃』같은 음악을 만들기는 어려울 겁니다. 그러기에 그는 너무 충실한 직업인이자 생활인입니다.

힙합크루 우탱 클랜도 마찬가지입니다. 따로 또 같이 활동하면서 힙합계를 주름잡았던 힙합 크루지요. 그럼에도 우탱 클랜의 가장 인상적인 음반은 데뷔 앨범일 겁니다. 이후 음반도 훌륭한 작업물이 많지만, 무협지와 같은 화려한 테크닉 대결, 확실한 캐릭터의 모음, 품격 있으면서도 날것의 느낌이 살아 있는 프로덕션이 합쳐진 1집의 충격만큼 대중에게 기억되지는 않습니다. 주머니에 아무것도 없던 시절에 신선하고 둔탁한 프로덕션을 이제 와서 재현하면 가짜가 되겠지요. 1집과 같은 음악을 다시 만들기에 그들은 이미 너무 컸습니다.

불행함이 음악적 창의력의 필수요소라고 말하는 사람도 있습니다. 영화 「위플래쉬」에서 남자 주인공은 개인적 행복과 음악적 성취는 함께할 수 없다고 주장합니다. 그리고 그는 행복을 던져 버리고, 대신 드러머의 길을 선택합니다. 그 주장의 옳고 그름과는 상관없이, 그게 주인공이, 나아가 감독이 세상을 보는 방식일 겁니다.

왜 불행한 예술가의 예술이 훌륭하다는 생각이 있는 걸까요? 예술적 재능은 압박감과 스트레스를 견뎌야만 피어나는 걸 수도 있겠습니다. 별 볼 일 없는 탄소가 수없이 오랜 기간 동안 압박을 받으면 다이아몬드가 되듯, 지난한 스트레스 속에서 실생활의 행복을 조금 포기해야 나오는 게 예술적 성취인 걸지도요.

고난은 축복일 수도 있겠습니다. 그렇다면 저는 고난이란 저주이자 축복을 받는다면 기뻐할 수 있을까요. 솔직히 아직은 그런 준비는 안 되어 있는 듯합니다. 그보다는 불행한 예술가의 고난의 흔적을 듣는 걸로도 아직 저는 충분합니다.

세상 사는 게 왜 이렇게 힘들지
내 인생은 왜 이러지 눈물이 핑돌지
따뜻할 때도 있지 추울 때도 있지
때론 울지 때론 웃지 그렇게 살지

오랜만에 듣는 「D.O.C Blues」. 유자차. 그리고 글쓰기. 사소하지만 확실하게 손에 잡히는 행복이 느껴지는 밤입니다.

comment ✏️ 차은유 씨는 스트레스라는 주제를 받고 가수 DJ DOC를 떠올렸다. 정확히 말하면 그가 어린 시절 즐겨 듣던 노래의 가사가 생각나 이 글을 쓰게 됐다. 만약 이 글이 여기서 그쳤다면 평범하거나 조금 부족한 글이 됐을 것이다. 그냥 노래가 생각나서 노래와 관련 있는 글을 썼을 뿐인, 그런 글 말이다.

그래서 이 문장이 중요하다. '종종 아티스트는 본인이 가장 우울한 시절에 최고의 음악을 만들고는 합니다.' 이 부분부터 글쓴이는 '뮤지션 개인의 사적 비극이 훌륭한 예술을 탄생시키는 경향'에 관해 이야기하기 시작한다. DJ DOC에 대한 글이 예술가 전반에 대한 글로, 노래와 관련한 경험을 털어놓는 글이 흥미로운 음악적 명제를 살피는 글로 변모하기 시작한 순간이다.

글을 마무리하는 과정도 좋다. 여러 뮤지션의 사례를 열거하는 동시에 영화와 다이아몬드 이야기도 담은 뒤 글쓴이는 이렇게 글의 논의를 정돈한다. '지난한 스트레스 속에서 실생활의 행복을 조금 포기해야 나오는 게 예술적 성취인 걸지도요.' 마지막에 자기 이야기를 꺼낸 선택 역시 훌륭하다. '그보다는 불행한 예술가의 고난의 흔적을 듣는 걸로도 아직 저는 충분합니다.' 읽는 이에게 진솔함으로 다가갈 수 있는 문장이기 때문이다.

글솜씨가 좋은 사람이다. 큰 일관성을 놓치지 않으면서도 다채로운 이야기를 조근조근 해내고 있다. 문장도 안정적이고 문장 간의 리듬도 좋다. 다만 굳이 흠을 잡자면 마지막 문단이다. '경어체'로 글을 쓴 것 자체는 글쓴이의 선택이라고도 볼 수 있겠지만 마지막 문단은 확실히 사족 같다. 동시에 낡은 느낌도 들게 한다. 없었다면 더 좋을 뻔했다.

5. 담백하지만 평범한 글

📄 어느 술집에서 – 윤채나

이전 직장 동료와 술을 마실 때면 고민거리로 대화가 끊이지 않는다. 종로의 허름한 포차에서도 강남 어귀의 어느 주점에서도. 주종(酒種)과 장소는 달라져도 이야기 주제는 늘 한곳으로 향한다.

"어떻게 하면 스트레스 안 받고 살 수 있을까."

술을 한입 털어 내고 질문을 던져 보았다. 간신히 데워진 목덜미로 차가운 기운이 스쳐 지나갔다. 날씨가 덥기라도 하면 날씨 탓을 하며 잊어버릴 텐데 고작 사소한 일로 분을 터뜨리는 나를 보자니 어른이 되려면 아직도 먼 것 같다.

작은 것에 예민해지는 순간 스트레스는 시작되었다. 무덤덤하게 받아들일 수 있던 것도 신경을 쓰는 빈도가 잦아지면 날 선 사람이 될 수밖에 없었다. 일이든 사람이든 아니면 스스로에게든 비슷한 패턴이었다.

"생각해 보니까 스트레스는 결국 받을 수밖에 없겠지. 이번에도 비슷한 걸 보면."

그동안 우리의 술자리가 한두 번이었겠는가. 이 친구를 알게 된 지 햇수로 7년이 다 되어 간다. 그만큼 술자리도 잦았는데, 어쩐 즐거운 일로 만난 날보다 스트레스를 풀기 위해 만난 적이 곱절은 되는 것 같다. 지난번엔 소주를 마시며 결혼에 대해서 진지하게 고민을 해보았고 그전엔 치킨과 퇴사였나. 아니 그보다 먼저 앞으로 뭐하고 살지 이야기했다. 그럼에도 여전히 고민거리가 있고 스트레스가 생겨나는 걸 보면 명쾌한 해결은 찾지 못하고 우스갯소리를 하면서 흘려보냈던 모양이다.

"왜 그랬지 정말. 그런 의미에서 나는 아직 멀었어."

스트레스는 안 좋은 방향으로 흘러가는 걸 막을 수 없다. 대부분의 일들은 반복되면서 면역력이 생기지만 스트레스는 좀처럼 익숙해지지 않는다. 감정이 흐트러지면서 내 탓을 하는 순간 이야기는 조금 더 진지해진다. 거기서 머물러 버리면 좀처럼 자기감정에 빠져 헤어 나오기가 쉽지 않다.

"그나마 요새는 위가 좀 덜 아파서 다행이야."

자그마한 신호로 머리든 명치 부근이든 아릿해져 오면 그제야 내가 꽤나 스트레스를 받고 있는 걸 알 수 있다. 살아가면서 스스로 언제 행복한지 아는 것도 중요하지만, 내가 어느 때에 아파하는지도 알아야 한다. 쉽게 낫지 않겠지만 이대로 시간을 보내는 것도 다음을 위해 반드시 거쳐야 하는 과정 중 하나라고 생각한다.

"이만 가자. 집에 가면 12시 넘겠는데. 다음번엔 사당으로 갈게."

올해가 가기 전에 따뜻한 사케를 마시기로 하면서 그때까지만 조금 더 고민해 보기로 했다. 잦아드는 잔 속으로 술과 이야기가 다시 돌아오겠지. 마지막 잔을 비우고 이내 자리에서 일어났다.

comment ✏️ 스트레스라는 주제를 가장 정공법으로 받았다. 회사원인 글쓴이가 회사에 다니면서 받는 스트레스에 관해 글을 썼다. 물론 그 범위가 회사로 국한되지 않았다는 것은 안다. 자기의 삶 전체에 관한 이야기일 것이다. 하지만 그 경우에도 주제를 정공법으로 받았다는 사실은 변하지 않는다.

이 글이 주제를 다루는 방식 자체가 잘못은 아니다. 그러나 주제를 예상 가능한 방식으로 받았다면 남들보다 조금 더 노력해야 한다. 글을 읽기 시작한 순간 '신선하지 않다'는 느낌을 받은 이들을 설득하려면 그 신선하지 않은 느낌까지 모두 커버할 수 있는 훌륭한 글을 써야 한다는 말이다.

하지만 아쉽게도 이 글은 그런 영역에 도달한 글은 아니다. 산만하지도 않고 나쁘지도 않지만 동시에 평범하고 익숙한 글 그 자체다. 누구나 이 글을 읽고 관습적으로 공감할 순 있지만 누구도 이 글에서 통찰이나 깨달음을 얻을 순 없다. '살아가면서 스스로 언제 행복한지 아는 것도 중요하지만, 내가 어느 때에 아파하는지도 알아야 한다' 같은 문장은 나름 인상적이지만 이 글 전체의 수준을 끌어올리지는 못한다. 사람들은 이 글을 읽고 익숙한 감정만을 재확인한 후 이 글을 떠나고 말 것이다. '아, 역시 다른 사람들도 스트레스를 받고 살고 있구나. 이제 밥 먹으러 가야겠다.'

글 곳곳에 대화를 인용해 삽입하고 있는 시도는 좋다. 이것이 없는 글을 상상해 봤을 때, 있는 편이 글을 읽는 리듬도 살고 지루하지도 않을 것 같다. 하지만 글 자체에 구체적인 에피소드나 디테일이 없다 보니 약간은 선문답 느낌도 난다. 형식으로는 기능하고 있지만 내용으로는 별다른 기능을 하지 못하고 있다는 뜻이다. 래퍼의 펀치라인까지는 아니라도 이 시도가 더 훌륭해질 수 있지 않았을까.

밋밋하다기보다는 담백한 글이라고 말하고 싶다. 조용하고 미장센에 신경 쓴 영화의 한 장면을 보는 느낌도 난다. 하지만 동시에 평범함을 벗지 못한 글이라고밖에 말할 수 없을 듯하다.

6. 내용은 좋지만 더 쉽게 쓸 수 있는 글

📄 **시: 어디에도 없는 가해자와 이창동이 창조한 인물 – 박놀자**

이창동의 영화를 볼 때면 마음의 준비가 필요하다. 그는 영화 속 인물에게 운명으로 이름으로 불리는 고통을 부여한다. 영화가 시작되면 관객은 오롯이 주인공의 고초를 지켜보며 함께 견뎌야 한다. 고통스러워하는 사람을 보는 건 힘든 일이지만 관객인 우리를 힘들게 하는 건 주인공의 신음과 눈물 때문이 아니다. 관객을 정말 괴롭게 만드는 건 주인공이 분노할 대상이 없다는 데 있다. 피해자는 엄존한데 소리 지를 상대가 없다.

이창동의 영화에서 주인공과 대립하는 대상은 악인이나 적이 아니다. 설사 악인이 존재한다고 해도 그가 고통의 근원지는 아니다. 잠시 대립하는 도구이며 신기루일 뿐이다. 「초록물고기」, 「박하사탕」, 「오아시스」, 「밀양」, 「시」를 통과해 최근 「버닝」까지 그의 모든 필모그래피에서 주인공은 허공에 손을 뻗는다. 주인공과 마찬가지로 관객은 분노의 실마리를 잡았다고 생각하는 순간, 결말은 아니라고 손사래를 치며 원인을 알 수 없는 공허를 남기고 떠난다.

하지만 이 실체 없는 상황의 대립 혹은 반(反)을 지시하는 두루뭉술한 단어가 존재한다. '이 세상'이라는 크고 추상적인 낱말. 이창동의 영화에서 이를 가장 잘 보여 주는 영화는 「시」 아닐까 싶다. 주인공 미자는 난생처음 시 강좌를 접하고 시를 쓰기 위해 갖은 노력을 한다. 그동안 무심히 지나쳤던 것들을 오랫동안 쳐다보고 바라본다. 하지만 그걸 '세상'은 가만히 두지 않는다. 그녀는 치매 판정을 받는다. 그녀 안에서 단어가 빠져나간다. 시를 쓰는 사람에게 단어는 생명과 같다. 그녀는 자신도 모르게 길 위에 생명을 조금씩 흘리고 다닌다.

시 강좌가 끝나는 한 달이 채 안 되는 시간 동안 '세상'은 그녀에게 무거운 형벌을 내린다. 그녀가 돌보는 중학생 손자는 친구들과 함께 같은 학교 학생을 성폭행한다. 여학생은

댐에서 뛰어내려 자살한다. 손자 친구들의 아버지들은 자식을 지키고자 합의금을 마련한다. 각자 500만 원씩. 그녀는 기초생활수급자이다. 미자의 동의 없이 결정된 합의금은 그녀가 오롯이 떠안게 된 형벌이다. 죄 없는 자가 지는 이상한 형벌은 계속되고 그녀를 둘러싼 외부는 가혹하다.

돈을 구할 방법이 없는 그녀는 자신을 가사도우미로 고용했던 남자를 찾아간다. 미자는 그에게 이전에 억지로 가졌던 성관계를 빌미로 협박한다. 사장은 조용히 500만 원을 넘겨주게 되고 그 돈으로 손주의 합의금 처리를 한다. 그런데 여기서 미자는 돈을 넘겨주고도 스스로 경찰을 부른다. 눈앞에서 손주는 조용히 경찰에게 넘겨지고 그녀는 식탁에서 시를 쓴다. 그녀는 강좌 마지막 날 선생님의 탁자 위에 시와 꽃을 두고 사라진다. 미자의 시 「아네스의 노래」가 내레이션으로 나오며 영화는 끝난다.

영화 속 유일한 주인공 미자는 온종일 시를 생각한다. 이런 그녀에게 세상은 시를 써서는 안 된다는 듯 온갖 부조리로 방해하고 괴롭힌다. 그녀와 대척점에 서 있는 건 그녀를 둘러싼 모든 것이라고 말해도 좋을 듯하다. 그렇다면 왜 세상은 그녀를 가만히 두지 않는 걸까? 그건 그녀가 영화 속 김용탁 시인의 말처럼 '보았기 때문이다'. "지금까지 여러분은 사과를 진짜로 본 게 아니에요. 사과라는 것을 알고 싶어서, 이해하고 싶어서 대화하고 싶어서 본 게 아니에요." 미자는 시를 쓰기 시작한 이후부터 자신의 주변을 보기 시작했고 더불어 자신을 보기 시작했다.

미자는 '진짜 자신'을 보면서 지금까지 몰랐던 상처들까지 함께 보기 시작한다. 할머니, 엄마, 보호자라는 이름으로 살다가 자신을 이름으로 불러 준 곳은 병원이었다. 그곳에서 그녀는 본인이 치매라는 사실을 알려 준다. 또한 시 수업에서 가장 행복한 시간이 3살 때 자신에게 이쁜 옷을 입힌 언니가 이름을 불러 준 순간이라고 했다. 수업에서 다른 사람들은 비교적 현재에 가까운 사건을 말하는 것과 대비된다. 그녀의 행복은 아주 먼 과거의 일일 뿐이다. 그녀의 인생에 '미자'라는 이름으로 살아 본 시간은 없음에 가깝다.

이때 우리는 영화의 시작 장면을 기억할 필요가 있다. 첫 쇼트는 계곡을 위에서 아래로 비추며 시작한다. 어두운 화면은 점차 밝아지지만 카메라가 찍고 있는 검은 물은 결코 밝아지지 않는다. 계곡 한가운데서 물살을 역행하며 카메라는 고개를 든다. 이는 마치 물의 흐름. 그러니까 물과 함께 흔히 비유되는 시간, 거부할 수 없는 운명, 순리 같은 것을 거부하겠다고 시작부터 암시한다. 여기에 계곡의 색을 검게 유지함으로써 이창동은 물을 불길하고 두려운 무엇으로 전제로 깔아 두었다.

앞서 말했다시피 미자는 치매로 인해 단어를 까먹는다. 동시에 그녀는 시를 쓰려 하고 여기서부터 세상을 역행하기 시작한다. 주변의 사물을 관찰하고 떠오른 모든 생각을 기록한다. 마치 자신이 흘린 단어들을 도로 줍는 것으로 보인다. 이는 영화에서 사물을 관찰하기 위해 고개 들지만 우연히 땅에 떨어진 살구를 보고 처음 시다운 발상을 적는 것과 연결된다. 땅을 보기 시작하면서부터 시를 줍기 시작한다.

주운 시는 그녀의 미래를 암시한다. '살구는 스스로 땅에 몸을 던진다. 깨어지고 밟힌다. 다음 생을 위해.' 미자는 스스로 시상을 찾아가며 죽음에 다가간다. 스스로 고통을 찾아가고 죽음과 직면하려 한다. 이렇게까지 말할 수 있을 것이다. 그녀가 시를 배우지 않았다면 500만 원은 고스란히 합의금으로 사용되고 다른 학부모들처럼 피붙이를 보호했을 것이다. 그저 할머니의 역할만을 다하며 살았을 것이다. 여기에서 500만 원을 구걸하지 않고 손자를 경찰에 연행시키면 되는 거 아니냐고 질문할 수 있을 것이다. 하지만 이 문제의 답은 미자만이 알고 있다.

「시」가 대단한 작품인 이유는 여기에 있다. 관객은 온전히 미자를 이해할 수 없다. 감독은 인물에게 완전한 생명력을 불어넣어 캐릭터가 아닌 하나의 인격체이자 타인의 위치까지 올려 두었다. 미자라는 사람이 한 모든 행동과 선택은 그 자체로 존중받을 가치가 있다고 보여 준다. 감독은 자유의지를 세상과의 대립을 통해 더욱 부각시켰다. 동시에 이 모든 부조리를 견뎌 내고 탄생한 그녀의 시는 그렇기에 더욱 숭고해 보인다.

미자가 결국 시를 완성한 순간 죽음에 다다른다. 이창동은 「아네스의 노래」가 본인을 잃고 얻은 것이라 영화 속 시인의 입을 빌려 말한다. "시를 쓴 사람은 양미자 씨밖에 없네요. 시를 쓴다는 것이 어려운 게 아니라, 시를 쓰는 마음을 갖는 게 어려워요." 미자 이외에 사람들은 그 어떤 것도 바뀌지 않았다. 무엇도 '진짜'로 보려 하지 않았다. 이를 극단적으로 말하자면 미자는 시를 쓰려 했기 때문에 죽었다.

그녀는 이창동의 다른 영화와 마찬가지로 세상에서 인정받지 못하고 벽 안에 갇힌 채로 패배한다. 자기 외 그 어떤 것도 바꾸지 못했고 자신을 둘러싼 적의에 분노조차 표출하지 못했다. 다행인 점은 이창동이 회의주의적 운명론자가 아니라는 데 있다. 그는 시를 통해 운명으로 정해진 채 끝날 이야기에 자유의지를 부과한다. 주인공의 주체성에 희망을 제시한다. 죽음과 맞바꿀 만한 것은 시, 시를 넘어 진짜 자신을 보는 것이라 말한다.

죽음은 객관적 패배이다. 하지만 비참한 패배가 아니게 하는 것은 인물의 성취에 있다. 세상이라는 물살을 거스르지 못해 패배하였지만 인물은 물살을 바꾸려 의지를 끌어안고 자신이 끝끝내 가지고자 한 것을 얻어 낸다. 슬픈 외양을 가진 이상한 모순 속에서 주인공은 외로운 기쁨을 누리게 된다. 이창동 감독의 세계에서 실체 없는 적은 그의 특징인 동시에 영화 세계의 일부이다. 그가 창조한 인물이 영화 밖 어딘가에 실제로 사는 것 같은 느낌을 주는 것도 여기에 기인한 것이다.

그의 영화 속 인물들이 모욕당한 시간만큼의 감동은 잔인함과 동시에 아름답다. 타인의 고통을 보면서 아름다움을 느끼는 것이 잔인하다고 생각되지만 어쩔 수 없다. 이창동은 이러한 의도를 명백하게 보여 주며 영화를 만들었다(정성일은 이 지점을 17년 전 비판한 적이 있다). 하지만 우리가 그의 영화를 찾는 이유 또한 여기에 있다. 이들의 고통이 피할 수 없는 운명을 받아들이는 무기력한 자들이 아니라 주어진 것에 의지를 더하는 능동적인 사람들이다. 이걸 숙명이라 말하고 관객은 바로 이 지점에서 감동받는다. 이창동의 영화를 본다는 건 정확히 말하면 이렇다. 타인의 고통을 안전한 자리에서 바라보기 위함이 아니라 영화 속 인격으로부터 배우고 다독임 받는다. 우리의 세상은 괴롭지만 영화는 위안한다.

comment ✏️ 박놀자 씨가 '백만 원'이라는 키워드를 받은 방식은 꽤 흥미롭다. 백만 원이라는 단어를 본 순간 자기가 감명 깊게 본 영화를 떠올린 것이다. 글쓴이는 백만 원에서 영화 「시」에 나오는 오백만 원을 떠올렸고 결국 영화 리뷰를 완성했다. 자기를 키워드에 맞추기보다는 키워드를 자기에게 맞춘 셈이다.

박놀자의 영화 리뷰는 꼼꼼하고 단단한 편이다. 적어도 '얕은 감상'이라는 생각은 들지 않는다. 보도자료나 소개글하고도 다르다. 해석과 견해를 포함한 리뷰 혹은 비평문이다. 이 글을 다 읽고 나면 그가 이창동의 필모그래피와 이창동 영화의 일관된 특성을 이미 알고 있다는 사실을 알 수 있다. 그리고 그는 그것에 기반해 영화 「시」를 읽었다. 덕분에 읽는 이의 신뢰는 상승하고 글은 입체적으로 변했다.

하지만 문장은 조금 아쉽다. 대표적으로 이런 문장이 그렇다. '그의 영화 속 인물들이 모욕당한 시간만큼의 감동은 잔인함과 동시에 아름답다.' '이들의 고통이 피할 수 없는 운명을 받아들이는 무기력한 자들이 아니라 주어진 것에 의지를 더하는 능동적인 사람들이다.' 더 깔끔하고 정제해서 표현할 수 있었거나, 주술 관계가 호응하지 않는 비문이다.

개념어가 글 속에 너무 많은 것도 문제다. 그렇기 때문에 이 글은 다소 딱딱하고 추상적이라는 느낌을 안긴다. 예를 들어 이 문장을 보자. '주인공의 주체성에 희망을 제시한다.' 굳이 이렇게 한 문장에 '주체성'과 '희망'과 '제시'를 동시에 쓸 필요가 있을까. 세 단어를 하나도 쓰지 않고도 얼마든지 의도를 전달하며 더 쉽게 쓸 수 있다. 그리고 그렇게 쓰는 사람이 정말로 글을 잘 쓰는 사람이다.

결정적으로 이 글은 재미가 없다. 재미나 유머가 글 쓰는 이의 필수 덕목이라고 생각하진 않는다. 그러나 이 글은 '의미는 있지만 사람들이 잘 안 읽을 것 같은 글'이 될 것 같은 슬픈 예감을 안긴다. 지금까지 슬픈 예감은 틀린 적이 없었는데.

7. 좋은 구조를 정성 들여 짰지만 좋은 글은 되지 못한 글

📄 잃어버린 백만 원 – BK KIM

"백만 스물하나, 백만 스물둘!"

우렁차게 외치는 목소리가 티비에서 흘러나오던 시절이 있었다. 목소리에 홀린 듯 돌아간 눈앞에는 건장한 건전지가 팔굽혀펴기를 하는 장면이 펼쳐지곤 했다. 힘세고 오래가는 사나이는 매번 여유로운 미소로 자신의 힘과 근육을 자랑했다. 어린아이는 말을 하는 건전지가 신기해 깔깔 웃다가도, 건전지가 할 수 있는 것이면 나도 할 수 있다며 이내 비장한 표정을 내보였다. 하지만 그 의지는 팔굽혀펴기가 열 번에 다다르기도 전에 산산조각이 났다. 그리고 어린아이는 깨달았다. 백만은 생각보다 훨씬 어렵고 큰 숫자라는 것을.

어린 꼬마는 그를 이긴 백만의 크기를 가늠하고 싶어 했다. 그는 그 단서를 즐겨 보던 「포켓몬스터」에서 찾았다. 「포켓몬스터」에 나오는 피카츄는 백만 볼트 하나로 적들을 제압하고 모험을 했다. 이를 본 꼬마는 백만과 함께면 세상의 어떤 어려움도 이겨 낼 수 있겠다고 생각했다. 그리고 사과 한 바구니로 시작한 사업가 이야기. 비슷한 레퍼토리의 성공 기들은 하나같이 모든 것을 얻는 결말로 끝이 났다. 그리고 그런 사람들을 백만장자라고 불렀다. 꼬마는 백만은 세상의 모든 것을 다 합친 것과 같다고 생각했다. 그렇게 어린 꼬마에게 백만은 세상의 전부가 되었다.

그렇기에 어린아이는 꿈을 꾸었다. 백만 원이 생긴다면 세상을 가질 수 있을 거라는 꿈이었다. 백만 원으로 살 수 있었던 막대사탕 오천 개는 상상만으로도 세상을 가진 듯한 행복을 주었다. 그리고 오천 개의 막대사탕이면 행복을 넘어 다른 백만장자처럼 실제로 세상을 가질 수 있겠다는 생각도 했다. 백만 원으로 하는 상상 속에서는 뭐든지 가능했다. 매번 새로운 내용을 그렸지만, 그때마다 다른 방법들로 세상을 가질 수 있었다. 그렇게 매일 세상을 얻는 새로운 꿈을 꾸었다.

그에게 백만 원은 전부를 꿈꾸는 세상이었다.

그렇게 백만 가지의 꿈을 꾸었을 때쯤, 그는 한 달에 50만 원을 소비하는 내가 되어 있었다. 나에게 100만 원은 더 이상 세상의 전부가 아니었다. 단지 두 달의 시간을 살 수 있는 정도에 불과했다. 자취라도 하게 되는 때면 그마저 한 달로 줄어들었다. 나는 그때서야 알았다. 이제는 100만 원짜리 꿈을 꾸지 않는다는 것을. 내가 꾸는 꿈은 1년을 넉넉하게 쓸 수 있는 1000만 원, 그리고 안정적인 삶을 살기 위한 1억짜리가 되어 있다는 것을. 내게 100만 원은 더 이상 꿈이 아닌 한두 달의 현실에 불과했다.

처음에는 새롭게 꾸게 된 1000만 원짜리 꿈이 좋았다. 더욱 늘어난 꿈의 가치만큼 큰 스케일의 상상을 할 수 있었으니까. 늘어난 나이와 넓어진 시야만큼 큰 가치의 꿈을 꾸는 것이 자연스러운 것이라고 생각했다. 하지만 얼마 지나지 않아 나는 더욱 중요한 사실을 깨달았다. 내가 비슷비슷한 몇 가지의 꿈만을 번갈아 가면서 꾸고 있었다는 것을. 그리고 뒤이어 1억짜리 꿈을 꾸게 되었을 때, 꿈의 가치는 그 가짓수와 비례하지 않는다는 사실을 더욱 확실하게 알 수 있었다. 내가 100만 원 세상을 잃어버린 지 4년이 채 안 되는 시점이었다.

규모를 키우는 것은 쉽지만 규모를 줄이는 것은 어렵다는 어떤 사업가의 말이 생각난다. 처음 그 말을 들었을 때는 살이 찌기는 쉽지만 살을 빼기는 어렵다는 정도의 말로 이해하며 웃고 넘겼었다. 하지만 이제 와서 생각해 보니 그 말은 기업이 아닌 내 인생사업에 해당하는 말이었나 보다. 백만 원짜리 꿈을 잃어버리기는 쉬웠지만, 그런 꿈을 되찾기란 너무 어렵다는 것을 느끼고 있는 요즘이다. '만 원의 행복'을 실현하는 모임을 만들고, '소확행'을 실천하기 위해 노력하고 있지만 여전히 내 꿈은 7개의 0으로 시작한다. 나는 다시 백만 원짜리 꿈을 꿀 수 있는 것일까? 아니면 추억이란 이름으로 그 시절을 그리워하고 있는 것은 아닐까? 여전히 답을 찾을 수 없는 오늘이다.

comment 🖉 고민과 정성이 느껴지는 글이다. 키워드를 받은 후 많은 생각을 했음이 엿보인다. 글의 구조를 보아도 그렇고 내용의 디테일을 보아도 그렇고 문장의 상태를 보아도 그렇다. 이 글은 대충 쓴 글이 아니다. 공들여 쓴 글이다.

하지만 바로 그 점이 문제가 될 수도 있다. 모든 것은 양가적이다.

BK KIM은 아마 '백만'과 관련 있는 여러 예시를 고민했던 것 같다. 그리고는 그것들을 순차적으로 제시했다. 건전지, 포켓몬스터, 백만장자, 생활비까지 백만과 관련 있는 여러 예시를 짜임새 있게 엮으려고 노력했다. 덕분에 이 글의 구조는 산만함과는 거리가 멀다. 중구난방과도 완전히 다른 영역에 있다.

그러나 그렇기 때문에 이 글은 인위적인 느낌을 준다. 저마다 동떨어져 있는 존재를 일관된 하나의 흐름, 즉 자신이 살아온 시간을 따라 단일한 대오로 엮으려다 보니 문제가 발생했다. 영화라면 이해할 수 있지만 글쓴이의 진짜 이야기로 보기에는 너무 꽉 짜여 있다. 삶에서 그동안 일어난 일을 이 글에 자연스럽게 담은 것이라기보다는, 마치 오늘날 이 글을 쓰게 될 것을 일찌감치 알고 있었던 것처럼 에피소드가 인위적으로 짜여 있다. 물론 정돈은 되어 있다. 하지만 자연스럽지 않다.

조금 넘치는 듯한 진지함과 비장미(?)도 이 글을 부자연스럽게 느끼게 한다. 자기의 실제 삶을 이야기하는 것이라면 더 담백하면 좋지 않았을까. 노파심에 말하자면 이것은 진지함을 무조건 허세나 오그라듦으로 낙인찍는 행위와는 다르다. 굳이 말하자면 인위적인 진지함이냐 자연스러운 진지함이냐의 문제라고 할 수 있다.

앞서 말했듯 이 글은 성의가 가득한 글이다. 때문에 글쓴이의 태도는 아무리 칭찬해도 모자라다. 하지만 균형을 잡는 습관이 필요할 것 같다. 글의 구조에 신경 써야 하는 이유는 구조를 물 샐 틈 없이 단단하게 만드는 것 그 자체를 위해서가 아니라 결과적으로 좋은 글이 되기 위함이라는 사실을 알아야 한다. 또 글을 쓴 나의 머릿속에서는 완전하게 보일지라도 다 쓴 글을 타인의 시선으로 냉정하게 다시 살펴야 한다. 정성 들여 쓴 글 앞에서 하기에는 왠지 미안한 말이지만.

8. 키워드를 신선하게 활용해 완성한 글

📄 감정가 – 마츠다 사토

작년 가을쯤 한차례 건강 검진을 받았다. '술 조금만 마시고 더 많이 자세요' 따위의 건강하고 진부한 말들을 넘기다 한 페이지에서 스크롤을 멈췄다. 정신 건강 부분이었다. 말 그대로 온통 '적신호'를 칠해 놓은 페이지의 끝 부분엔 '높은 수준의 우울이 의심되니 2차 검진을 받아 보자'는 소견이 적혀 있었다.

몇 주 뒤 하실 말씀을 들으러 간 정신과 센터에서는 내과나 외과나 다름없이 앞으로 좀 더 두고 보자는 말을 했다. 나는 회전문을 통과하며 그날 센터에 가기까지와 센터에서 든 비용을 생각해 보았다. 회사에서 태평로 센터까지 왕복 택시비 2만 원. 회차별 검진비 3만 5천 원. 그리고 가끔씩 잠을 열심히 자라는 약값 5만 원. 도합 10만 5천 원. 앞으로 아홉 번 남은 약속 시간들을 생각하면 꼭 100만 원 정도. 센터 회전문을 돌고 나오며 나의 우울은 그 정도로 값이 책정되었다.

그동안 감정은 추상적으로 책정되는 것인 줄 알았다. 본인이 아니면 그 사람이 느끼는 것을 완벽히 이해할 수 없다는 말처럼. 감정은 얼마짜리 무엇이라고 이야기하기 어려운 것인 줄 알았다. 그런데 가격으로 매겨 보고 나니 마치 들어가는 비용이 높아질수록 더 값어치 있는 감정이 되는 것만 같이 느껴졌다. 마치 나는 백만 원짜리 우울함을 느끼고 있는데 너는 천만 원짜리 우울을 느끼고 있네! 하는 것처럼.

생각해 보면 일상에서도 꽤나 많이 감정에 가격이 책정되는 것 같다. 속된 말로 일컫는 '불행 배틀' 역시 자신의 불행이 더 높은 값어치를 가지고 있다는 것을 보여 주기 위한 싸움이다. 나의 불행에 더 많은 비용이 할애되고 있다는 보여 주기 위한 싸움. 나 어제 야근하느라 새벽에 들어갔어! 하면 바로 옆에서 나는 밤샜어! 하는 사람이 나타나기 마련인 그런 것들. 비단 우울이나 불행 같은 감정뿐 아니라 다른 감정들도 요즘은 책정이 용이해진 것 같다. 좋아요를 많이 받고 반응을 더 많이 얻으면, 그것으로 더 기뻤고 행복한 감정이 되는 모양이다. 예전에는 몰랐는데 감정에도 '감정가(價)'가 있는 것 같다.

그래서 나는 요즘 나의 감정을 감정가로 말하지 않고 다른 방법으로 말하는 방법을 고민하고 있다. 사실 앞서 말한 감정가는 외부의 개입이 없으면 무의미한 가격이다. 나의 불행을 비교할 외부 값이 있기 때문에 더 불행한 일을 찾아내려 노력하는 것이고, SNS로 얻어지는 감정가 역시 외부의 반응으로부터 얻는 값이다. 결국 결론은 생각보다 단순하다. 가격 측정의 기준을 내부로 잡으면 된다. 외부를 기준으로 책정된 가격은 물가가 상승하면 언제든 오르고 싶어 하지만, 내부에서 측정된 가격은 물가가 오르든 말든 별 상관이 없으니까.

값을 제거하고 내부의 소리에 근거한 현재 나의 감정은 이렇다: 지금까지도 그래 왔고 앞으로도 일이 더 많아질 계획에 있는 정도로 불행하다. 최근 4일 연속 불면증을 겪어 몹시 피곤한 정도의 무기력함과 우울함이 있다. 며칠 전 구정이라는 또 한 번의 새해를 맞이해 인생을 새로 시작하는 정도의 기쁨을 느끼고 있다. 덧붙여 나는 오늘 합평모임에 꼭 참석

할 수 있을 것 같은 정도로 기분이 좋은 상태이다!

comment 🖊 백만 원이라는 키워드로 이런 글이 나올 줄은 몰랐다. 나에게 이 글은 '오늘 100만 원짜리 물건을 샀다'거나 '병원비로 100만 원이 나왔다'는 글과는 조금 다르게 보인다. 첫 검진에서 앞으로 남은 검진 횟수를 계산해 가격을 측정한 후 그것을 '감정가'로 연결시키는 발상이 꽤 흥미롭기 때문이다. 누군가에게는 별다를 것 없는 글로 보이겠지만 나에게는 작지만 분명한 차이를 지닌 글이라고 할 수 있다.

문장 이야기를 해보자. 일단 첫 번째 문단은 문장의 배합이 좋다. ①이 글의 전제가 되는 상황, 즉 건강 검진을 받았다는 사실을 첫 번째 문장에서 간단히 말한 다음 ②강조점(스크롤을 멈춘 순간)에서 두 번째 문장을 끊는다. ③그리고 곧바로 앞서 강조한 부분이 무엇인지 세 번째 문장에서 짧게 보완해 준다. ④이어 네 번째 문장에서 정신 건강 부분의 자세한 내용을 기술한다. 문장 간의 리듬이 좋다. 읽으며 자연스럽게 리듬이 형성된다. 단, 마지막 문장이 하나 더 있었다면 더 좋을 뻔했다. 예를 들면 이런 문장 말이다. '예감은 했지만 나도 모르게 가슴이 덜컥 내려앉았다.' 혹은 감정의 내용은 무엇이어도 좋으니 의사의 소견을 본 글쓴이 자신의 진실한 감정을 덧붙이면 더 좋을 뻔했다는 생각이다.

그러나 첫 문단과 반대로 세 번째 문단은 문장의 배합이 좋지 않다. 특히 두 번째 문장을 '처럼'으로 끝낸 것은 문장 간의 리듬을 저해한다. 만약 나였다면 이렇게 썼을 것이다.

지금껏 감정이란 추상적으로 책정되는 줄 알았다. 그렇기에 타인은 타인의 감정을 완전히 이해할 수 없다. 그저 헤아릴 뿐이다. 감정은 수치로 환산하기 어려운 것이라고 당연히 생각했다. 그런데 감정을 가격으로 매겨 보고 나니 마치 들어가는 비용이 높아질수록 더 값어치 있는 감정이 되는 것처럼 느껴졌다. 마치 나는 백만 원짜리 우울함을 느끼고 있는데 너는 천만 원짜리 우울을 느끼고 있네! 하는 것처럼.

글을 마무리하는 방식은 호불호가 갈릴 법하다. 위트 있고 솔직해 보여서 좋아할 수도 있지만 반대로 특별한 고민 없이 관성적으로 마무리했다고 볼 수도 있다. 내 경우를 말하자면 처음엔 후자였는데 지금은 전자 쪽에 가깝다. '가격 측정의 기준을 내부로 잡겠다'는 앞선 내용과 이어지는 것도 마지막 문단을 조금 더 긍정적으로 보게 만든다. 앞서 '선언'한 후 그 '디테일'로 마무리한 모양새로 볼 수도 있다는 이야기다. 미안하다. 처음 읽었을 때 배고픈 상태였다. 내 공식입장은 전자로 해둔다.

9. 재능 있는 사람이 설렁설렁 쓴 글

📄 충성도 사랑도 아닌 – 이우람

"올해는 월급 100만 원 맞춰 보자."

기대도 하지 않은 액수였다. 본래 상의하던 금액은 80만 원. 일곱 자리 월급을 2019년에 기대할 수 있으리라고는 생각해 본 적도 없었다. 밥은 먹을 수 있는 품값, 그게 당연하지 않은 바닥이었으니까. 당장 사무실 하나 잡지 못하는 형편이지만 그럼에도 내 밥값은 인상 1순위였다. 편집장님은 본인도 월급으로 받아 본 적 없는 액수라며, 너 대에 가서는 좀 달라져야 하지 않겠냐고 너털웃음을 지으셨다.

문득 편집장님이 예전에 해주신 말씀이 떠올랐다. 한 분야에서 10년을 일하면 월 400은 버는 게 맞다고. 내가 종합 격투기 기자로 뛴 게 꼬박 5년, 여기에 10달은 더 기다려야 100을 기대할 수 있다라… 분명 내 글을 보여 주고 싶어서 시작한 일이지만 돌이켜 보자면 비져나오는 헛웃음을 감추기가 어렵다. 존경하던 업계 칼럼니스트가 3년 일하고 한 푼도 받지 못해 소송을 걸었더니 200이 떨어졌다는 이야기가 어렴풋이 생각났다.

절대 어설프게 하진 않았다. 업계 2위 매체에서 첫 기사를 냈고 인수합병 때문이긴 해도 격투 미디어 최고 명문 『엠파이트』 이름도 달아 봤다. 다음으로는 기성지 스포츠 부문 계열사에서 글을 썼다. 3년 넘게 족히 수백 편은 내 이름을 달았지만 그렇게 해서 받은 돈이 도합 100이 안 됐다. 그들은 날 언제나 '객원기자'라는 어정쩡한 자리에 뒀고 떨어지는 콩고물은 대회장 들어갈 티켓 정도였다.

딱히 후회한다거나 몸담았던 곳을 원망하지는 않는다. 그런 조건인 줄 모르고 일한 것도 아니고 회사에서도 딱히 숨기진 않았으니까. 그래도 이 정도 했으면 '현자타임'을 느낄 자격 정도는 있다고 생각한다. 난 뭘 위해서 5년을 격투기에 썼을까. 절대 짧은 시간은 아니었던 것 같은데.

글쎄, 언젠가는 사랑이었고 언젠가는 충성이었던 것 같다. 이제는 잘 모르겠다. 뜨거운 느낌은 더 이상 들지 않는다. 정일까? 그것도 아니면 관성일까? 분명 이 세계를 떠나고 싶지는 않다. 아마 이 회의도 격투기가 싫어서 드는 감정은 아니리라. 다만 내년에도 이 일을 하고 있을 수 있을까—라는 생각은 뿌리부터 무기력하게 만드는 구석이 있다.

그래도 괜찮다. 이제는 또 다르니까. 3년 동안 못 받던 백만 원을 2년 만에 월급으로 받게 된다니까. 오십 한도로 한 달을 살지 않아도 될 테니까. 밥은 먹으면서 일할 수 있을 테니까. 아마 그럴 테니까. 한국 종합격투기 유일의 20대 기자가 분발해야지. 암.

comment ✏️ 일단 이 글은 정성 들여 썼다는 느낌은 들지 않는다. 막 휘갈겨 썼다는 말이 아니다. 많은 시간을 투자해 공들여 썼다는 느낌이 들지 않을 뿐이다. 대신에 이 글은 짧은 시간 안에 편하게 썼다는 인상을 준다.

그러나 이것은 글의 완성도와는 크게 상관없는 말이다. 만약 내 추측대로 짧은 시간 안에 편하게 썼어도 아무 상관없다. 이 글은 좋은 글이기 때문이다. 문장도, 구조도 별달리 흠잡을 곳이 없다. 준수한 글이다. 꽤 괜찮은 글이다.

글쓴이는 재능이 있다. 그것이 훈련에 의한 것이든 타고난 것이든 재능 있는 사람이 편하게 쓰윽쓰윽 쓰면 이런 글이 나온다. 재능이 있기 때문에 편하게 써도 글의 구조가 엇나가지 않는다. 재능이 있기 때문에 편하게 써도 비문이 발생하지 않는다. 재능이 있기 때문에 편하게 써도 중간 이상은 간다.

하지만 그래서 조금 밋밋하고 느슨하다는 느낌도 있다. 더 잘 쓸 수 있지만 힘을 아끼고 의무방어 정도만 해놓은 인상이랄까. 글을 쓸 줄 아는 사람이기에 힘을 빼도 별달리 놓치는 것 없이 준수하게 글은 완성해 놓았다. 그러나 깊고 진한 맛까진 없다. 이 글의 주제를 생각하면 더욱 아쉽다. 읽는 이의 마음을 얼마든지 더 일렁이게 만들 수 있는 주제가 아닌가.

상황을 크게 후회하라거나 누군가를 죽도록 원망했어야 한다는 말이 아니다. '딱히 후회한다거나 몸담았던 곳을 원망하지는 않는다'고 써놓은 것처럼 글쓴이의 심정은 정말로 이와 같을 수도 있다. 하지만 그 심정을 지금보다 더 투명하고 세밀하게 풀어놓을 수도 있었을 것이다. 그러나 글쓴이는 의무방어 정도를 한 후 노트북을 닫았다. 누군가가 나서서 이 사람의 일을 줄여 줘야 한다. 글 쓸 시간을 벌 수 있게.

10. 구성과 정돈에 실패해 읽기 힘든 글

📄 100만 원이라는 벽 – 백사월

최근에 노트북이 사고 싶어졌다. 구매 욕구는 있지만 계속해서 망설였다. 100만 원 정도의 비용을 지불해야 하는데 과연 효율적인 소비인가 계속해서 의심했기 때문이다. 첫째로 집엔 데스크톱이 있다. 둘째로 노트북이 있음으로 일의 능률이 얼마나 오를까가 의심이었다. 셋째로 100만 원 쓰기가 아까웠다.

사실은 돈을 쓰기가 싫었다. 나는 사고 싶은 것이 있어도 꼭 필요한 것이 아니면 안 샀다. 혹은 하위 호환 제품을 사용했다. 큰돈을 쓰지 않는 대신 딱 내가 지불한 만큼만 만족하며 살았다. 신용카드도 스물일곱 살이 되어서 처음으로 썼다. 물론 한도는 50만 원. 그동안 나는 합리적인 소비만 한다는 생각을 줄곧 해왔지만 사실은 씀씀이가 크지 못한 것이다. 부족함은 못 느꼈을지언정 약간의 아쉬움은 늘 남았다.

노트북이 없으니 카페에서 글이나 디자인 작업을 해보고 싶어도 포기했다. 디자인 관련 좋은 원데이 클래스들도 포기했다. 퇴근 후 내 방의 데스크톱으로 유튜브 교육방송을 봤지만 수많은 유혹과 싸우느라 힘들었다. 하지만 안 쓴 만큼 이 정도 아쉬움과 어려움은 감수해야 했다. 그런데 이제는 생각이 달라졌다. 조금 더 높은 소비의 벽을 깬다면 어떤 경험을 마주하고 만족을 느낄 수 있을지 궁금해졌다. 어쩌면 쓴 만큼 좋은 결과물을 얻을 수도 있지 않을까.

그런 나에게 처음으로 깨봐야 할 소비의 벽이 눈앞에 다다랐다. 100만 원이라는 소비의 벽. 이번엔 소비의 벽 앞에서 주저하지 않고 정통으로 맞서고 싶다. 노트북이 없는 대신 포기해야 했던 몇 가지들을 떠올려 본다. 절망적인 포기는 아니지만 이제는 누려 보고 싶다. 그리고 그 경험이 내 삶에 어떤 영감을 가져다줄지 궁금하기도 하다. 물론 누군가는 이렇게 말할 수 있다. "노트북 들고 카페 가면 일이 더 잘 되는 줄 아냐. 장비 탓하지 마라." 그래. 나도 안다. 그러나 내가 다녀간 몇몇 좋은 카페에서 책을 읽고 다이어리를 쓰며 좋은 영감을 많이 얻었다. 그런 공간에서 작업을 해본다면 어떤 기분 좋은 에너지가 나올까 궁금하다. 막연한 기대감이지만 분명 좋은 에너지가 나올 것이다.

지금 내가 노트북을 사기 위해서 합리화하는 것처럼 보일 수도 있다. 맞다. 노트북을 사기 위해 이유를 대고 있는 것이다. 그러나 일종의 정신승리 같은 합리화는 아니다. 또한 큰 지출에 대한 단순한 도전만은 아니다. 이례 없는 큰 지출에 대한 책임과 생산적인 삶으로 소비를 증명해야 할 도전이다. 이번에 100만 원을 지출하고 노트북을 얻는다면 편리성과 좋은 영감을 얻은 대신 반드시 좋은 결과물로 소비에 대한 책임을 질 것이다. 앞으로 더 큰 소비의 벽이 또 기다리고 있을 것이다. 그때의 나는 지금처럼 또 주저하고 있을지도 모른다. 그 주저를 막기 위해서라도 이번 소비의 벽을 정면 돌파로 깨서 성공을 내보일 것이다.

comment 🖉 이 글은 읽기가 힘든 글이다. 맞춤법이 틀린 것도, 문장에 군더더기가 많은 것도 아니지만 읽기가 힘들다. 이상하게 힘들다. 다 읽고 나니 힘들어서 선두를 먹었다.

이 글이 읽기 힘든 이유는 구성과 정돈에 실패했기 때문이다. 이 글 안에는 주제와 관련해 여러 가지 쓸 만한 조각이 담겨 있지만 그뿐이다. 조각이 서 말이라도 꿰어야 보배다. 물론 꿰긴 했다. 그런데 누더기처럼 꿰어 놨다. 이래서는 좋은 글이 될 수 없다. 잘 꿰어야 한다.

예를 들어 첫 번째 문단을 보자. 노트북 구매를 그동안 망설인 이유에 대해 말하고 있다. 그런데 이상하게 산만하게 느껴진다. 머릿속에 잘 들어오지 않는다. 정돈이 되어 있지 않기 때문이다. 글쓴이는 두 번째 문단 첫 문장에서 이렇게 말한다. '사실은 돈을 쓰기가 싫었다.' 그런데 바로 앞 문장, 그러니까 첫 번째 문단 마지막 문장에 이미 그 내용이 있다. '셋째로 100만 원 쓰기가 아까웠다.'

'사실은 돈을 쓰기가 싫었다'라는 문장이 힘을 받으려면 앞에는 이와 상관없는 다른 핑계거리만 제시돼야 맞다. 'A도 문제가 되고 B도 문제가 되고… 아니, 미안해. 사실 진짜 이유는 C야.' 그런데 진짜 이유인 C를 공개하기 전에 이미 바로 앞 문장에서 C에 대해 스포일러를 해놓았다. 당연히 김이 빠질 수밖에 없다. 만약 지금 이 상태를 유지할 셈이라면 둘째 문단의 첫 문장만이라도 이렇게 써야 한다. '사실 첫 번째 이유와 두 번째 이유는 핑계다. 그냥 돈을 쓰기 싫었다. 아까웠다.'

문제는 여기서 끝나지 않는다. 알고 보니 글의 첫 문단에 이미 이런 내용이 있다. '100만 원 정도의 비용을 지불해야 하는데 (…).' 돈을 쓰기 싫었다는 '진짜 이유'를 살리기 위해 앞에서는 최대한 감춰도 모자랄 판에 글의 첫 줄부터 스포일러를 흘리고 있다. 내용 정돈이 안 돼 있다는 증거다. 만약 나라면 글의 도입부를 이렇게 썼을 것이다.

> 노트북이 사고 싶어졌다. 하지만 계속 망설이고 있다. 몇 가지가 걸렸다. 일단 나는 이미 데스크톱을 가지고 있다. 노트북으로 할 수 있는 것은 데스크톱으로도 할 수 있다. 노트북을 얼마나 잘 활용할 수 있을지도 고민이었다. 나는 과연 노트북을 사서 일의 능률을 올릴 수 있을까.
>
> 미안하다. 사실 다 핑계다. 그냥 돈을 쓰기 싫었다. 돈이 아까웠다. 그래서 망설였다. (…)

비슷한 맥락에서 세 번째 문단의 마지막 부분도 문제적이다. '조금 더 높은 소비의 벽을 깬다면 어떤 경험을 마주하고 만족을 느낄 수 있을지 궁금해졌다. 어쩌면 쓴 만큼 좋은 결과물을 얻을 수도 있지 않을까.' 이 부분은 마치 글의 결론을 미리 읽는 듯한 느낌을 준다. 아무리 봐도 이 부분은 긍정적인 기능을 하지 못한다. 의식의 흐름대로 막 쓰는 수준까지는 아니라도, 글쓴이가 내용 정돈에 실패했다는 또 다른 증거다.

네 번째 문단과 다섯 번째 문단도 난국인 것은 마찬가지다. 좋은 조각은 있다. 이를테면 지금까지와는 달리 큰 소비를 하게 된다면 그에 걸맞은 책임도 지겠다는 부분이 그렇다. 하지만 이 결론에 이르기까지의 과정이 정돈돼 있지 않고 그냥 뒤섞여 있다. 또한 이 문장은 꼬여 있어서 처음 읽었을 땐 잘 이해도 되지 않는다. '이례 없는 큰 지출에 대한 책임과 생산적인 삶으로 소비를 증명해야 할 도전이다.'

이 글에 큰 흐름은 있다. 큰 흐름은 이해가 된다. 하지만 이 글은 마치 모자이크 작업으로 만든 미술작품 같다. 문장들이 두서없이 덕지덕지 붙어 있는 것 같다는 뜻이다. 마치 이 글을 위해 준비한 모든 문장을 통 속에 집어넣고 흔들어 섞어 놓은 느낌이랄까. 가장 읽기 힘든 글이었다.

11. 시도는 좋지만 시도에 그친 글

📄 절대로 웃지 않을 맹세 – 우희진

사이좋은 부부가 있었다. 심성도 착하고 모범적인 부부였다. 이웃을 도울 줄 알았고 회사에서 야근도 마다하지 않으며 어른 말씀도 잘 듣기로 유명했다. 완벽한 이들에게 딱 한 가지 없는 것은 자식이었다. 부부는 아이를 원했지만 마음처럼 쉽지 않았다. 아이를 달라고 매일같이 신에게 기도했다. 간절한 마음이 신에게도 전해졌는지 그는 부부의 꿈에 나타났다. "내가 너희에게 아이를 주겠다. 다만 조건이 있다. 아이를 절대 웃게 해서는 안 된다고 맹세해야 한다."

신이 약속이라도 지킨 것일까. 부부에게는 아기가 생겼다. '까꿍'에도 까르르 웃는 다른 아기들과 달리 그들의 아기는 정색을 잘했다. 부부는 태몽이 못내 마음에 걸렸다. 신의 말이 사실이라면 그것은 저주였다. 웃지 못하는 아이라니. 부부는 딸이 쉽게 웃지 않고 진지하게 자라기를 바라며 이름을 진지희로 지었다.

집에서 웃기는 일은 절대 금지였다. TV를 볼 때에도 다큐멘터리만 볼 수 있었고 예능은 절대 허락되지 않았다. 유세윤, 김구라, 양세형 등 개그맨이 나오는 프로그램은 시사/교양 프로그램이어도 차단됐다. 아재개그조차 금지였기 때문에 집안에 아재들은 출입금지였다. 엄마와 아빠의 철통수비로 지희는 대학까지 무사히 졸업할 수 있었다. 진지한 모범생이었던 지희는 졸업과 동시에 회사에 취직을 하게 됐다. 지희의 부모님은 그제야 안심할 수 있었다. 회사에서는 웃을 일이 없기 때문이다.

회사에는 강자와 약자가 있었다. 약자인 지희는 회사에서 적응하기가 힘들었다. 지희는 웃는 훈련이 돼 있지 않았기 때문이었다. 회사에서 살아남는 방법 중 하나는 웃는 것이었다. 약자는 자주 미소 지었다. 서열이 낮을수록 '당신에게 나는 위험한 존재가 아닙니다'라는 신호를 보내야 했다. 팀장의 시답잖은 농담에도 무척이나 재미있다는 듯 웃어 줘야 했다. 인간이란 종은 '귀여움'에 약하기에, 약자는 아기처럼 순하게, 강자보다 더 많은 시간을 빗질하듯 자신의 태도를 손질해야만 했다.

'살고 싶어서 웃었다'는 문장은 이상하게 읽힌다. 그러나 종종 그랬다. 사회생활 할 때 지희는 정색하거나 화내지 못하고 오히려 웃었다. 당하는 사람의 표정은 웃는 경우가 많았다. 사람들은 그것을 잘 알지 못했다. 지희와 부모님은 그제야 신의 뜻을 알아차릴 수 있었다. 신은 아이가 웃고 싶지 않을 때 웃지 않을 자유를 주고 싶었던 것이다. 지희는 자신의 부모처럼 맹세했다. 언젠가 자식이 생긴다면 억지로 웃지 않게 해주겠다고.

comment ✏️ '맹세'는 누가 봐도 무거운 단어다. 왠지 진지해야 할 것 같고 뜨거워야 할 것 같다. 아마 농담과는 가장 거리가 먼 단어가 아닐까. 글쓴이는 이 점을 의식했던 것 같다. 그래서 전형성을 탈피한 글을 쓰고 싶었던 것 같다. 누구나 예상 가능한 글이 아니라 누구도 예상 못 했을 글을 말이다.

다큐 냄새 솔솔 풍기는 키워드를 글쓴이는 개그로 받았다. A4 1장짜리 픽션을 썼다. '절대로 웃지 않을 맹세'라니. 제목에서부터 이미 호기심이 간다. 이 사람은 대체 무슨 일을 저지른 걸까. 하지만 결론부터 말하면 이 글은 꽤 아쉽다. 아이디어만 신선할 뿐 완성도는 미진한 영화를 본 기분이라고 할까. '시도만 좋았다'는 말이 어울리는 글이다.

글쓴이는 황당하고, 재미있으면서도, 뼈가 있는 글을 쓰고 싶었던 모양이다. 실제로 나는 세 번째 문단의 마지막 문장을 인상 깊게 읽었다. '회사에서는 웃을 일이 없기 때문이다.' 이 문장을 연결고리로 삼아 잘만 쓴다면 앞서 말한 대로 이 글은 황당하고, 재미있으면서도, 뼈가 있는 글이 될 수 있었다.

그러나 네 번째 문단부터 글의 마지막까지는 그 앞부분에 비해 상당히 이질적인 느낌을 준다. 「개그콘서트」를 보고 있었는데 갑자기 「그것이 알고 싶다」를 강제로 보게 된 기분이랄까. '뼈가 있는' 부분으로 진입하더라도 글이 머금은 전체적인 톤은 잃지 말아야 했다. 하지만 이 글은 마치 두 종류의 글을 그냥 물리적으로 합쳐 놓은 것 같다. 첫 번째 문단부터 세 번째 문단까지 하나, 네 번째 문단부터 다섯 번째 문단까지 하나.

스토리텔링의 장치가 글의 처음부터 이미 석연치 않았던 점 역시 몰입을 방해하는 요인이다. 이 글에 따르면 신은 부모에게 '아이를 절대 웃게 해서는 안 된다'고 말했다. 하지만 이를 어길 경우 받게 될 '형벌'에 대해서는 아무런 언급이 없다. 때문에 이 글은 어떠한 긴장도 발생하지 않는다. 또한 네 번째 문단을 읽으면서 내내 드는 생각은 이 것이다. '지희가 그만 웃고 말았는데 이제 어떤 일이 발생하는 거지? 어… 어…? 아무 일도 없잖아. 뭐야…?'

키워드를 색다르게 받으려고 노력한 것 자체는 좋았다. 하지만 픽션을 쓸 것이었다면 글의 기본이 되는 여러 장치를 더 정밀하게 심어놓아야 했다. 게다가 뼈 있는 픽션을 쓸 것이었다면 더 큰 고민이 수반되어야 했음은 분명하다. 거듭 아이디어가 아쉬워지는 글이다.

12. 자신의 시각은 드러냈지만 설득에는 실패한 글

📄 **기차역에서 − 토마스 트레인**

가끔 기차역에 갈 때면 쓰레기통 옆에서 상주하고 있는 노숙자들을 본다. 한번은 내가 마시고 버린 음료수 캔을 바로 주위 남은 한 모금을 마시는 사람을 본 적이 있다. 그 이후로 쓰레기통 옆에 누가 있으면 함부로 쓰레기를 버리지 못한다. 먹이를 주는 기분이 들어서.

수원역에서 기차를 기다리고 있었다. 조금 남은 탄산수를 그냥 버리려다 옆에 한 남자가 서 있어 손을 거두고 황급히 가방에 넣었다. 그 남자는 이미 찌그러진 사이다 캔을 하나 들고 있었다. 요리조리 둘러보며 캔에 쓰여진 함유 성분 따위를 읽는 것처럼 보였다. 그가 그 사이다를 마신 건 아니었던 것 같다. 이미 마시고 난 후였을지도 모르지만 왠지 그건 아닌 것 같았다. 한참을 기둥 옆 쓰레기통 앞에 서 있는 그 남자를 지켜보았다. 기차 시간이 다 되어 그를 뒤로하고 갈 길을 나섰다. 발걸음과 다르게 생각은 자꾸 그곳에 머물렀다.

그 남자는 노숙자의 옷차림을 하고 있었다. 얼굴이 보이지 않을 만큼 푹 눌러쓴 새까만 모자와 봄을 잊은 듯한 두꺼운 솜털 패딩을 입고 있었다. 또한 오묘하게 나는 시큼한 냄새와 유독 깨끗해 보이는 작업화가 불안정한 그의 생활을 말해 주었다. 기차역에서 심심치 않게 볼 수 있는 여느 노숙자와 다르지 않았다. 하지만 왜 이전과는 다른 생각이 들었을까.

이전에 나는 그런 사람들을 보며 이런 생각을 하곤 했다. 절대 그렇게 되지 않으리라는 다짐. 죽기 전까진 기필코 삶을 포기하지 않으리라는 맹세. 나는 어쩌면 타인의 삶을 단편적으로 재단하고 판단해 버렸던 것 같다. 얼마나 거만했던 걸까. 한없이 건방진 나의 생각을 기차역에서 보았던 그 남자를 보며 되돌아보았다.

그 남자는 삶을 포기한 것이 아니었다. 오히려 싸우는 것처럼 느껴졌다. 어려운 현실 속 달콤한 유혹 앞에서 스스로를 포기하지 않으려 싸우고 있었다. 내가 종종 쓰레기통에서 남은 음식을 주워 먹는 사람을 봤다고 해서 그 남자를 그렇게 생각할 수 없는 것이었다. 설령 그 남자가 그 사이다를 마셨다고 해서 그를 비난하거나 그가 나의 맹세에 반하는 삶을 사는 것일까. 그렇게라도 이 더러운 삶을 악착같이 버티려는 것은 아닐까.

계절에 맞게 옷을 입고 새로 만든 음식을 사 먹을 수 있는 자만이 삶에 대한 맹세를 할 수 있는 것은 아니다. 내가 맹세라고 부르는 그 생각도 숨 쉬는 모든 인간에게 귀속되어 주어진 본능 같은 것일지도 모른다. 맹세라는 이름으로 고귀한 인간의 본능을 짓밟은 나를 반성한다. 그렇다고 내가 일부러 쓰레기통에 남은 음료수를 버릴 것은 아니지만 누군가 옆에 있다고 버리지 못할 것도 아니다.

이제 나는 다시 생각한다. 저 사람들처럼 무슨 일이 있어도 삶을 쉽게 포기하지 않겠다는 맹세. 절대 그렇게 살리라는 다짐. 존중을 배우고 또다시 성장하기를 생각한다.

comment 🖋 일단 한 문장에 관해 언급하고 넘어가야겠다. 첫 번째 문단의 마지막 문장이다. '먹이를 주는 기분이 들어서.' 좋은 문장이다. 가슴에 와닿는 문장이다. 표현 자체야 특별할 것은 없지만 이런 문장은 아무나 쓸 수 없다. 이런 감수성은 아무나 가질 수 없다. 글쓴이는 이런 감수성을 타고나게 해준 부모님에게 감사해야 한다.

하지만 이 글의 특출한 점은 이 정도뿐이다. 그보다 더 큰 문제점이 기다리고 있다. 이 글의 가장 큰 문제는 글을 다 읽어도 좀처럼 설득되지 않는다는 점이다. 글쓴이의 주제의식을 헤아려 보면 다음과 같다. '예전에는 노숙자를 보면 생을 포기한 사람처럼 보였다. 때문에 나는 절대 저렇게 되지 말아야겠다고 맹세했다. 하지만 최근 수원역에서 한 노숙자를 본 후 내 생각은 정반대로 바뀌었다. 노숙자들은 오히려 삶을 포기하지 않고 악착같이 사수하고 있는 사람들이었다. 그래서 나는 저 사람들처럼 무슨 일이 있어도 삶을 쉽게 포기하지 않겠다는 새로운 맹세를 한다.'

글쓴이는 생각을 바꿨다. 그냥 바꾼 것도 아니고 180도로 바꿨다. 대상은 변한 것이 없는데 글쓴이의 시각만 '생을 포기한 사람들'에서 '생을 악착같이 사수하는 사람들'로 바뀌었다. 나는 글을 다 읽고 이 같은 생각의 전환이 매우 인위적이라고 느꼈다. 글쓴이가 마치 깨달음 강박이나 교훈 강박이 있는 사람처럼 생각될 정도였다.

실제로 이 글에는 글쓴이의 태도 변화를 뒷받침할 만한 근거도 딱히 없다. 이런 맥락으로 볼 때 다섯 번째 문단은 꽤나 중요했지만 이 문단을 아무리 읽어 봐도 나는 설득될 수 없었다. 이 글에서 글쓴이는 마치 원효대사 같다. 해골물을 마신 후 모든 것은 마음먹기에 달렸다며 선문답을 하는 것 같다. 물론 그것은 잠언으로서는 의미가 있다. 그러나 글은 설득해야 한다.

자기객관화, 혹은 생각의 균형을 잡으려는 시도 자체는 좋다. 다시 말해 노숙자를 폄하하고 동정하던 자기 시선에 의문을 던진 후 생각의 전환을 이루어 내는 시도 자체는 좋다. 그러나 글쓴이는 정교하고 치밀하게 생각을 점검하는 대신 생각의 판 자체를 180도 뒤엎는 선택을 했다. 누군가는 이를 가리켜 파격적이라고 감탄하거나 신선한 깨달음이라고 여길 수도 있다. 하지만 나에겐 쉽고 게으른 선택으로 비치는 까닭은 무엇일까. 게다가 글 안에 그를 뒷받침할 별다른 근거도 발견할 수 없다면? 판을 뒤엎으려면 그에 걸맞은 준비가 필요하다.

13. 길게 썼지만 정작 시작도 하지 않은 글

📄 코코넛의 알레고리 - 대니얼 정

평생 목수를 하며 살아온 노인이 있다. 그는 지병인 심장병이 악화되어 더 이상 일을 할 수 없게 되었다. 당장 수입이 없어진 그는 실업급여를 받기 위해 관공서를 찾아가지만 복잡한 절차에 번번이 좌절한다. 평생 컴퓨터와 인터넷을 써본적이 없는 그에게 도움을 줄 곳은 어디에도 없어 보인다. 다시 관공서를 방문한 그는 그곳에서 두 아이의 싱글맘인 케이티를 만나게 된다. 그는 어려운 형편에 직업도 없는 케이티와 함께 의지하며 서로 도움을 주고받는다. 동시에 그는 반복해서 수당을 받으려 노력해 보지만 번번이 실패하게 되고, 실업급여와 질병수당 모두 받을 수 없게 되자 관공서 벽에

스프레이로 항의한다. "나, 다니엘 블레이크. 굶어 죽기 전에 항고일 배정을 원한다."

다니엘은 영화 내내 약간은 이해하기 힘든 행동을 한다. 관공서 지시로 이력서 특강을 듣지만 자신의 방식으로 이력서 쓰기를 고집한다. 인터넷으로 이력서를 보내고 기록을 남겨야 하지만 그는 자신을 필요로 하는 곳에 가 얼굴을 맞대고 육필 이력서를 내민다. 적극적으로 일자리를 구하려 했지만 증거 부족으로 실업급여는 물론이고 보조금마저 끊기게 되는 신세가 된다. 그는 평생 살아왔던 자신의 방식을 고수하고 싶어 하는 듯 보인다. 하지만 이 세상은 다니엘보다 빨리 변해 버렸고 그를 이해해 주지 않는다. 시간에게 패배해 버린 그가 잘못한 것이라 말해야 할까. 다니엘은 모든 돈을 쓰자 집에 있는 건 모조리 팔아 버린다. 그럼에도 끝까지 남긴 건 일자리를 잃고 만든 나무 모빌과 공구다. 다니엘은 말한다. "자존심을 잃어버리면 모든 걸 잃는 거야."

그 옆에서 케이티는 홀로 아이 두 명을 키우며 안간힘을 쓴다. 학교를 보낼 돈을 얻기 위해 지원금을 신청하고 청소부를 지원한다. 그런 그녀의 노력에도 불구하고 점점 더 가난해진다. 더 이상 가난해질 수 없는데도 가난해진다. 아이들을 먹이며 자신은 며칠을 굶는다. 겨울의 한기가 임대주택을 잠입한다. 그녀는 식료품지원소에서 몇 가지를 고르던 와중 참지 못하고 자리에서 통조림을 따서 먹는다. 울면서 말한다. "너무 배가 고팠어요. 너무 어지러웠어요." 지원만으로는 살 수 없어 가게에 갔고 돈을 아끼려 여성용품을 훔쳤지만 바로 들키고 만다. 학교에서 딸이 떨어진 신발로 놀림을 받자 그녀는 매춘을 선택한다. 그녀는 모든 걸 잃어버렸다.

다니엘은 케이티의 아들과 친해지려 문제를 낸다. "코코넛과 상어 중에 사람을 많이 죽인 것은?" 행동 장애를 가진 아들은 말하지 않지만 며칠 뒤 식사 중 뜬금없이 대답한다. "코코넛." 코코넛은 왜 사람을 죽였을까. 영화는 이유를 가르쳐 주지 않는다. 이유는 관객이 생각해 보라는 것이다. 팩트의 차원에서 본다면 '식중독과 같은 코코넛이 유발하는 질병이 식인 상어로 인해 죽는 사람보다 많다' 정도일 것이다. 그러나 이 영화의 주제 의식과 연결해 보자면 이렇게 생각할 수 있을지 모른다. "우리가 안전하게 존재한다고(시스템, 복지체계) 생각하는 것은 훨씬 위험하다. 여기에 한 가지 더. 코코넛(식량)이 없다면 그것도 사람을 죽인다."

다니엘의 항소 일정이 잡히고 케이티와 다니엘은 복지사

의 승소 확신 소식을 듣는다. 다니엘은 자신의 목숨이 벽 너머의 심사의원들에 손에 달렸다는 점을 마뜩잖아하면서도 국가의 시스템과 설계를 무력하게 받아들인다. 과하게 긴장한 그는 잠시 세수를 하러 화장실에 가지만 그 자리에서 쓰러지고 만다. 심장마비가 찾아왔고 차가운 화장실 바닥에서 체온을 잃어버렸다. 「나, 다니엘 블레이크」라는 제목을 「나, ㅇㅇㅇ」으로 바꿀 수 있는 사람들이 있다. 완벽하지도 않고 완벽할 수도 없는 복지 시스템의 틈 속에 어색하게 끼어 버린 사람들. '그들'일 수도 있고 언젠가의 '나'일 수도 있는 사람들. 안전고리조차 없는 사람들에게는 두 가지 선택지가 있다. 죽을 것인가, 모든 걸 잃을 것인가.

영화 끝에는 다니엘이 적은 항소서는 유언처럼 읽힌다. 그중 마지막 단락은 이렇다. "내 이름은 다니엘 블레이크. 나는 개가 아니라 인간입니다. 이에 나는 내 권리를 요구합니다. 인간적 존중을 요구합니다. 나 다니엘 블레이크는 한 사람의 시민 그 이상도 그 이하도 아닙니다." 그는 인간에게 당연한 권리와 존중을 요구하였다. 동시에 자신을 시민의 한 사람이라 말한다. 사전은 '특정한 정치공동체에서 그 공동체가 보장하는 모든 권리를 완전하고도 평등하게 향유하는 개별 구성원을 가리킨다'라고 정의한다. 그렇다면 다니엘에게 보장될 권리는 어디에 있었던 것일까. 그의 죽음에서 용의자는 심장마비가 아닌 국가라고 한다면 비약이 되는 걸까.

나는 이 영화를 보면서 8년 전 이야기를 떠올리지 않을 수 없었다. 2011년 시나리오 감독 최고은 씨는 "그동안 너무 도움 많이 주셔서 감사합니다. 창피하지만, 며칠째 아무것도 못 먹어서 남는 밥이랑 김치가 있으면 저희 집 문 좀 두들겨 주세요"라는 메모를 현관문 앞에 붙여 놓았다. 그리고 그녀는 그 메모를 붙여 놓고 아사하였다. 32세의 젊은 배고픔은 삶보다 죽음에 가까운 문장 두 개 남기고 갔다. 그해 나는 까까머리와 교복을 졸업하고 성인이 되었다. 더는 매주 월요일마다 자랑스러운 태극기 앞에 충성을 다 하지 않을 수 있었고, 남몰래 최고은 씨를 품어 두었다. 나는 삶의 언젠가, 가장자리에서 중심으로 들어왔다고 느낌이 들었을 때에도 그녀의 이름을 기억하겠다고 맹세하였다.

comment 🖉 이 글은 기본적으로 영화 리뷰다. 하지만 첫 문단을 다 읽고 나서도 우리는 이 글이 영화에 대해 말하고 있다는 사실을 깨달을 수 없다. 대신에 몇 가지 추측을 할 수 있을 뿐이다. 실화일까, 소설일까, 아니면 내가 생각해 내지 못한 장르일까.

그러나 고민은 이내 끝난다. 두 번째 문단의 첫 문장을 읽으면서 우리는 바로 이 글의 정체를 알 수 있기 때문이다. 이 같은 구성은 긍정적으로 평가할 만하다. 글쓴이는 뻔한 방식으로 이 글의 정체를 처음부터 대놓고 밝히지도 않았고, 뻔함을 피하려다가 도리어 정체를 알 수 없는 글을 완성하지도 않았다. 대신에 글쓴이는 첫 문단을 할애해 호기심을 자극한 다음, 늦지 않게 이 글의 정체를 밝혔다. 세련된 방식이다.

이 글의 80% 이상은 영화의 줄거리다. 이 문장이 부당하다면 나는 다시 이렇게 말할 수도 있다. 이 글의 80% 이상은 영화의 줄거리와 그 사이사이에 끼워 넣은 글쓴이의 감상이다. 때문에 이 글을 읽고 나면 흡사 영화 「나, 다니엘 블레이크」를 다 본 느낌이 든다. 영화관에 가지 않았음에도 영화를 다 본 느낌이 든다. 이 지점에서 반응이 갈릴 수 있다. 일단 영화를 보지 않았지만 영화를 다 본 느낌이 들어서 좋은 사람이 있을 수 있다. 그러나 영화에 대한 글이 영화를 궁금하게 만들지 않는다면 무슨 소용이냐고 반문할 사람도 존재할 것이다. 때문에 이 글은 누군가에겐 훌륭한 요약정리본이지만 누군가에겐 읽지 말았어야 할 글이다.

글쓴이는 마지막 문단에서 고 최고은의 이야기를 꺼낸다. 영화 「나,

다니엘 블레이크」가 그를 다시 떠올리게 만들었다는 고백이다. 물론 소외된 시민이라는 관점에서 다니엘 블레이크와 최고은은 공통분모 위에 있다. 둘의 연결고리 자체가 부자연스러운 것은 아니다. 그러나 글쓴이는 짧고 도식적인 이야기만 덧붙인 채 글을 끝내고 만다. 악의 야 당연히 없었겠지만 얼핏 이 글은 고 최고은을 도구적으로 활용한 듯한 인상을 준다. '영화 「나, 다니엘 블레이크」를 보니 고 최고은이 떠 올랐고, 난 그때 그를 잊지 않겠다는 맹세를 했었지.' 이 글은 끝난 것 같지 않은 느낌을 주면서, 아니 끝나선 안 되는 지점에서 갑자기 끝나 고 만다. 당황스럽다.

어쩌면 이 글은 마지막 문단에서 본격적으로 시작했어야 하는지도 모른다. 영화를 본 후 한 인물이 떠올랐다는 고백, 그것은 끝이 아니라 시작이었어야 했다. 그 고백이 끝난 후 글쓴이는 고 최고은에 대해, 그 리고 영화 「나, 다니엘 블레이크」와 고 최고은의 관계에 관해, 더 나아 가 영화와 현실에 관해 복합적이고도 세밀한 이야기를 시작했어야 한 다. 하지만 이 글은 시작도 하지 않은 채 끝나고 만다. A4 2장을 읽었 지만 나는 아무것도 읽지 못했다.

14. 구성의 지나친 정직함이 독이 된 글

📄 **나의 글쓰기 연대기 – 이원빈**

2006년쯤이었다. 학원 선생님에게 언젠가는 내 이름으로 된 책을 내겠다고 말했었다. 왜 그런 말을 한지는 모르겠지만 그때의 나는 책을 내고 싶다는 로망이 있었던 것 같다. 당시 나는 책을 그렇게 많이 읽지도 않았고, 글도 못 썼다. 그런데 왜 그런 꿈을 가졌는지 잘 모르겠다. 돌이켜 보면, 그때의 나는 글을 쓰는 사람이 멋지다고 생각했던 거 같다. 당시 내 삶에 가장 많은 영향을 미친 사람이 타블로였던 걸 생각해 보면, 글 잘 쓰는 사람에 대한 로망 같은 게 있었던 게 분명하다. 수많은 가사에서 나를 감탄하게 만든 타블로는 나를 영문학과에 진학하게 했고, 후에 미국 유학도 가게 했다.

2009년쯤이었다. 나는 한국에서 다니던 대학교에서 '한국 현대 정치사'라는 과목을 들었다. 한국 현대 정치사 과제에서 C를 받았다. 교수님에게 이유를 여쭤보니, 내 레포트가 엉망이라고 하셨다. 거짓 없이 Keep it real이던 교수님은 힙합 그 자체로 이유를 Straight하게 말씀해 주셨다. 내 글은 서론, 본론, 결론이라는 기본 틀도 갖춰지지 않은 엉망진창 그 자체라고 하셨다. 나는 뒤통수가 찌릿했다. 내 글쓰기 실력이 이 정도였다니. 글쓰기를 잘하고 싶었다. 그래서 나는 바로 다음 학기에 '대학국어'라는 수업을 들었다. 우선 강사님이 정말 예뻤다. 그것은 둘째 치더라도 그 수업은 내가 들은 모든 수업 중 가장 기억에 남는 수업이다. 최초로 A+를 받았고, 글쓰기도 열심히 하면 되는구나!하고 느낀 것도 그때가 처음이었기 때문이다.

2011년쯤이었다. 누구나 가는 군대를 갔다. 나는 공군 훈련소 내무반에서 느낀 점을 담은 글 '수양록'을 발표하던 그 순간을 잊지 못한다. 앉은 순서대로 수양록을 발표했고, 드디어 내 순서가 왔다. 늘 실수를 해서 조교한테 혼나던 '고문관'인 나의 글을 아무도 기대하지 않는 눈치였다. 나는 대학국어 시간에 배운 스킬을 활용해 훈련병과 봄, 새싹, 꽃이라는 키워드를 활용해 글을 완성했다. 내가 글을 읽어 내려갈 때, 주변에서 탄성이 터져 나왔다. 다른 훈련병들이 이게 나의 글이라고 도저히 믿을 수 없다고 했다. 그때가 처음이었다. 내 글로 인정을 받아 본 것이. 역시나 뒤통수가 찌릿했다.

2017년 겨울쯤이었다. 제대로 꾸준히 글을 쓰기 시작했다. 외로운 유학 생활을 견딜 뭔가가 필요했다. 나는 생각보다 예민하다. 또래 20대 남자들보다 말이다. 나는 나 자신이 또래 남자들보다 더 큰 감정의 폭을 지녔다고 생각한다. 이런 예민함은 가끔 스트레스를 만들어 내 생활에 마이너스가 되기도 한다. 나의 이런 특성을 인생에 마이너스로만 남기기는 싫었다. 이 감정의 폭을 글로 풀어 금전적이든, 정서적이든 플러스로 만들고 싶었다. 그래서 나는 꾸준히 글을 쓰기 시작했다. 미국에서 나는 1년간 거의 매일 글을 쓰고 블로그에 올렸고, 1년이 지날 때쯤 광고와 협찬이 들어오기도 했다. 아직 한참 부족한 실력이지만, 지금은 원고료도 받는 콘텐츠 제작자가 되었다.

2018년 겨울쯤이었다. 평소 팔로우하던 인스타그램 @youknowmysteez 님의 계정을 봤다. 김봉현 평론가님이 합평 참여인원을 모집 중이라고 했다. 글을 잘 쓰고 싶었고,

힙합을 좋아했던 나는 평소 리스펙트하던 김봉현 선생님께 메시지를 드렸고, 운이 좋게도 합류하게 되었다. 내 글쓰기 실력이 얼마나 부족한지 깨닫게 되는 경험인 동시에, 너무나 멋지고 글 잘 쓰는 분들을 만나게 될 수 있는 기회였다.

2006년부터 2019년. 13년의 글쓰기 연대기를 거쳐 오며 나는 얼마나 변했을까. 글을 쓰게 된 건 우연의 연속인지, 아니면 글을 써야 하는 운명을 타고났는지 모르겠다. 글과 나는 때로 일치하지 않는다. 글쓰기는 생각이라는 원석을 다듬고 세공해 보석으로 만드는 과정이다. 글은 지금의 내가 가진 생각을 멋지게 포장해 세상에 내놓은 결과물이기 때문에, 내가 쓴 글이 실제의 나보다 더 클 때가 있다. 글로 사람들에게 공감과 위로를 주는 사람, 삶의 질을 높여 주는 다양한 취향을 제안하는 사람, 친근한 카리스마가 있는 사람, 좋아하는 것을 따뜻하게 나누는 사람, 대체 불가능한 사람, 나의 글 기저에는 이런 모습이 되고 싶은 '지금의 나'의 열망이 깔려 있다.

지금의 나는 내가 쓴 글만큼 멋있는 사람이 아니지만, 언젠가 그렇게 될 거라며 다짐을 한다. 그런 다짐이 조금씩 쌓여 나라는 사람으로 퇴적되고 굳어진다. 언젠가는 내가 꿈꾸는 내 모습에 닿을 거라 믿는다. 그렇게 매일 맥북 앞에 앉아 키보드를 두들기며 맹세한다. 더 좋은 사람이 되어 많은 사람들에게 사랑받는 사람이 되겠다는 맹세.

comment 🖊 결론부터 말한다. 이 글은 100점짜리 글이다. '글을 잘 쓰고 싶었고, 힙합을 좋아했던 나는 평소 리스펙트하던 김봉현 선생님께 메시지를 드렸고, 운이 좋게도 합류하게 되었다.' 이 문장에서 알 수 있듯 나를 향한 존경이 담겨 있기 때문이다. 농담이다. 공과 사는 구분하자.

이 글에 관해 오로지 하나를 이야기해야 한다면 그것은 '구성'이다. 일단 글의 제목을 보자. '나의 글쓰기 연대기.' 연대기라는 단어가 제목에 담겨 있다. 그를 반영하기라도 하듯 이 글은 연대기적 구성을 충실히 따르고 있다. 각 문단의 첫 문장만 봐도 알 수 있다.

2006년쯤이었다. (첫 번째 문단)

2009년쯤이었다. (두 번째 문단)

2011년쯤이었다. (세 번째 문단)

2017년쯤이었다. (네 번째 문단)

2018년쯤이었다. (다섯 번째 문단)

어쩌면 글쓴이는 흐뭇해하고 있을지도 모르겠다. 연대기라는 글의 콘셉트에 맞게 글을 구성했다고 좋아했을지도 모를 일이다. 물론 동의한다. 제목과 콘셉트와 구성이 잘 맞아떨어진다. 누구도 이 글의 구성을 두고 틀렸다고 말할 수 없다. 하지만 동시에 의문이 든다. 틀리지 않았다고 해서 그것을 훌륭하다고 부를 수 있는 걸까.

이 글의 구성은 지나치게 정직하고 안전하다. 틀리지는 않았지만 훌륭하지도 않다. 기본만 충실히 이행했을 뿐 어떠한 시도도 없다. 피겨 스케이팅으로 치면 트리플 악셀은커녕 더블 악셀도 시도하지 않고 가장 기본적인 기술만 구사하며 안도하는 격이다. 그러니 틀리지는 않지만 훌륭해질 수도 없다.

연대기라고 해서 꼭 이런 방식으로 글을 구성해야 할 필요는 없다. 예를 들어 자기만의 관점과 기준에 따라 시간대를 뒤섞을 수도 있다. 순서를 재배열한 후 그것을 혼란스럽지 않고 설득력 있게 풀어내는 것이 진짜 실력이다. 위험을 감당하고 증명해 내는 것 말이다.

만약 시간의 흐름을 순차적으로 가고 싶다면 표현만이라도 바꾸면 된다. 어떤 문단에서는 연도가 아니라 다른 단어로 시작해도 되고, 어떤 문단에서는 시기를 특정 단어로 표기하지 않으면서도 서술 방법을 통해 읽는 이가 자연스럽게 시기를 알아차릴 수 있게 만들 수도 있다. 큰 일관성은 유지하면서도 내용과 표현의 적절한 변주를 통해 얼마든지 글을 덜 단조롭고 더 흥미롭게 완성할 수 있다. 그리고 그렇게 쓴 글이 설득력 있을 때, 그 글이야말로 연대기 콘셉트를 충실히 이행하면서 동시에 '훌륭한' 글일 것이다.

15. 모든 것이 전형적이라 매력이 덜한 글

📖 지성에서 영성으로 – 이와이 칸지

나는 맹세해야 한다. 성부와 성자와 성령 하나님을 믿고, 교인으로서 하나님의 은혜를 간구하며 하나님의 영광을 위하여 살도록 간구할 것을.

2019년 3월 25일 나는 오랜 교인 생활 끝에 세례를 받기로 결심했다.

정말 오랜 시간이 걸렸다. 신앙심을 갖고 믿음을 갖기까지. 그동안 수많은 생각을 동반했고 어쩌면 내 인생에 가장 중요한 챕터 중 하나가 아닐까 싶었다. 이단교를 다니던 어머니께 성경의 가르침을 받던 내가, 불교 집안 아버지의 아들이라는 이유로 교회에 나가면 온갖 핍박을 받던 내가, 그

둘 사이에서 혼란스러운 진리를 귀담아듣던 내가, 세례를 받게 되었다는 건 정말 중요한 일이 아닐 수가 없었다.

어려서부터 나의 집은 매일이 전쟁의 연속이었다. 매일 화가 나 있는 아버지의 잦은 폭력과 폭언은 집안에 폭탄과도 같았고, 우리 가족들은 그의 말에 순종해야 하는 어린 양들과 같았다. 나는 그런 그를 어려서부터 미워하고 증오했다. 사랑보다는 증오를 먼저 배운 '나'였고, 그런 아버지 덕에 다른 아이들보다도 금방 철이 들었던 '나'였다. 때문에 아버지로부터 우리 가족들을 지켜야겠다고 생각했다. 그러기 위해선 아버지보다 더 강하고 똑똑한 사람이 돼야 했고 그 다짐은 자연스레 나를 지성인의 길로 인도했다.

'지성에서 영성으로'

나는 여러 매개체를 통해 지식을 쌓았다. 이를테면 책, 인터넷, 사람들 간의 소통, 강연 등등. 그러다 우연히 이어령 선생님의 신앙 이야기를 들었다. 감히 말하자면 내가 여태껏 본 어른들 중 가장 똑똑하고 가장 강하신 분이셨다. 그분은 말씀하셨다. '지성이 있어야 영성으로 갈수 있고, 지성이 있기에 하나님을 믿는 겁니다'라고. 어디로 가야 할지 갈피를 잡지 못하고 있는 내 머릿속 지식에게 방향을 권해 준 한마디였다. 그때부터 나는 깨달았다. 내가 걸어가고 있는 지성인의 길은 사실 영성으로 가기 위한 시작점이었다는 것을.

그 후로 나는 교회에 나가는 발걸음이 잦아졌다. 스스로 성경 책을 펼치기 시작했고, 스스로 아버지께 기독교인이라 말씀을 드렸다. 또한 기도를 드리며 당당하게 신앙을 고백하기 시작했다. 그렇기에 이제 나는 맹세할 수 있다. 성부와 성자와 성령 하나님을 믿고, 교인으로서 하나님의 은혜를 간구하며 하나님의 영광을 위하여 살도록 간구할 것을.

comment ✏️ '맹세'라는 키워드를 가장 전형적으로 받은 글이다. 맹세라는 단어에 담긴 종교적 색채를 정통으로 받아들여 자신이 세례받은 일에 관해 썼다. 첫 문장부터 이미 이 글이 어떤 글인지 명확히 드러낸다. '나는 맹세해야 한다. 성부와 성자와 성령 하나님을 믿고, 교인으로서 하나님의 은혜를 간구하며 하나님의 영광을 위하여 살도록 간구할 것을.'

물론 키워드를 전형적으로 받은 것이 잘못은 아니다. 하지만 풀어내는 방식이나 내용도 전형적이라면 문제가 된다. 사실 이 글에 대해서는 특별히 할 말이 없다. 키워드를 전형적으로 받았고, 구성을 전형적으로 풀어냈으며, 내용 자체도 전형적이기 때문이다. 때문에 많은 사람은 아마도 이 글을 매력적으로 생각하지 않을 것이다.

문장에 문제가 많다면 몇 가지 할 말이 생겼겠지만 그런 것도 아니다. 문장은 또 대체로 준수한 편이다. 특별히 할 말이 없기 때문에 다른 이야기를 하나만 살짝 하고 끝내야겠다. 이 글의 네 번째 문단에는 이런 부분이 있다. '사랑보다는 증오를 먼저 배운 '나'였고, 그런 아버지 덕에 다른 아이들보다도 금방 철이 들었던 '나'였다.'

이 부분에서 굳이 '나'에 작은따옴표를 붙여 강조를 해야 했을까. 아니, 강조를 하면 안 된다. 부적절하다. 굳이 강조를 해야겠다면 '증오를 먼저 배운'과 '금방 철이 들었던'에 하는 게 적절하다. 가장 좋은 방법은 어느 부분에도 작은따옴표를 붙이지 않는 것이다. 물론 글을 쓸 때는 꼭 강조해야 하는 부분이라고 생각할 수도 있다. 하지만 그중 상당수는 읽는 이의 입장에서 볼 땐 불필요하거나 과도한 것이다. 때문에 퇴고할 때 최대한 작은따옴표를 없애는 습관을 들여야 한다. 나 역시 지금도 매번 거치는 과정이다.

글쓰기 합평모임의 이름은 〈글로forever〉다. 래퍼 더콰이엇(The Quiett)의 앨범 제목 『glow forever』를 패러디했다(본인에게 사용 허락도 맡았다). 사실 이 책은 〈글로forever〉 멤버들과 함께 쓴 것이나 다름없다. 애초에 글쓰기 합평모임을 만든 이유가 이 책을 쓰기 위해서였다면 설명이 될까. 모임을 통해 영감을 얻고 싶었고, 자료를 얻고 싶었으며, 글쓰기에 관한 더 넓은 시야와 더 깊은 통찰을 얻고 싶었다. 출간을 앞둔 지금, 목표를 어느 정도 완수한 것 같아 뿌듯하다. 무엇보다 다행이다.

여전히 풀리지 않는 의문이 있다. 가르치러 가기 전에는 늘 내 것을 사람들에게 전부 주고 올 것이라고 생각한다. 하지만 왜 늘 가르치는 사람이 배우는 사람보다 많은 것을 얻게 되는 걸까. 이 깨달음 앞에서 나는 매번 어쩔 줄 모르는 얼굴이 된다. 이 책은 〈글로forever〉 멤버들과 함께 썼다.

글로forever (2017~)

신원철 김상민 김은우 서담은 정주아 박세준 최나윤 이종헌 김지선

김홍식 한지선 배명현 한슬비 이종혁 오세준 김은경 강현실 유하람

송우근 주희진 배준호 윤혜정 신혜지 송혜미 김범규 이명현 박정빈

김선기 이창수 박찬현 홍지욱 최유민 백승균 양태욱 조우진 백세종

김경란 정지은

김봉현의 글쓰기 랩 : 디스 아닙니다, 피드백입니다

지은이 김봉현 | 발행인 유재건 | 편집인 임유진 | 펴낸곳 엑스북스

편집장 윤진희 | 편집·마케팅 홍민기 | 디자인 전혜경 | 경영관리 유하나

등록번호 105-87-33826호 | 주소 서울시 마포구 와우산로 180, 4층

대표전화 02-334-1412 | 팩스 02-334-1413 | 이메일 editor@greenbee.co.kr

초판 1쇄 발행 2019년 9월 2일

엑스북스(xbooks)는 (주)그린비출판사의 책읽기·글쓰기 전문 임프린트입니다. 이 도서
의 국립중앙도서관 출판예정도서목록(CIP)은 서지정보유통지원시스템 홈페이지(http://
seoji.nl.go.kr)와 국가자료공동목록시스템(http://www.nl.go.kr/kolisnet)에서 이용하실 수
있습니다. (CIP제어번호: CIP2019033217)

ISBN 979-11-90216-12-8 03800